愛について——プルースト、デュラスと

De l'amour — Proust et Duras

鈴村和成

紀伊國屋書店

愛について——プルースト、デュラスと

De l'amour——Proust et Duras

目次

序　ヴァーチャルな恋　*L'amour est virtuel*

——私の顔を見て。きっと顔に出てるはずよ。あたしたち、帰れないね。

デュラス『ロル・V・シュタインの歓喜』

——*Regardez mon visage, ça doit se voir, dites-le-moi que nous ne pouvons pas rentrer.*

Duras, ''Le ravissement de Lol V. Stein''

1　電話の恋人たち

恋は心でするものだ、とか、恋は肉体でするものだ、といった通念に対して、恋は「言葉」でするものだ、と考えてみよう。

思いではなく言葉。おそらく「思い」より「言葉」のほうが具体的な物に近いのだ。話された言葉は、口や耳という身体性に強く結びついているし、書かれた言葉は、それを書いた手や、それを読む人の目を喚起しないでおかない。

紫式部が『源氏物語』を書いた千年前ならいざ知らず、近頃ではラブレターをつくづくと眺めて、その筆跡（手）をたどるなどということは絶えてしまったが、パソコンの液晶画面の手紙や電話の声、そういう媒体を通した「言葉」に、恋人の身体性を感じる、ということがある。

実際、恋愛はどのようにして始まるか、と考えてみると、彼ないしは彼女に電話するときから始まる、というのが、もっとも一般的なケースではないだろうか？

そして電話のなかで行き交っているのは、「思い」でもなければ「肉体」でもなく、「言葉」なのだ。限りなく「思い」と「肉体」に近い「言葉」なのだ。

いや、ときには言葉は肉体や思い以上に恋の実質を伝える場合がある。デュラスの『船舶ナイト号』では、電話だけで結ばれた恋人たちが、互いの顔を見ないことによって類いまれな恋を持続させる。この恋人たちにとっては、相手の写真を見るときが、恋の終わるときなのである。

顔を見ない恋。なるほど『源氏物語』で匂宮は相手の姿かたちを一度も見ないうちから、よきライヴァルの薫からうわさを聞いただけで八の宮の姫君に恋し始めているようだ。プルーストも恋愛において実際の相手が占める割合の少なさについて語っている。『源氏』やプルーストの恋人たちは相手の存在より、むしろその不在——幻を相手に恋をしている。逃げ去るものだけが彼らの恋の対象なのか？　彼らにとって恋人とは〝不在の神〟に似たものなのだ。

だからといって、電話の恋人たちをプラトニックなどと言うことはできないだろう。電話で愛を語る二人はどんな肉体の愛を共有する恋人たちより、よほど恋の深みにはまっている。言葉しか交わさないように見えて、かろうじて口づけだけを交わす『モデラート・カンタービレ』のアンヌ・デバレードが、デュラスのヒロインのなかでも飛び切り淫らな不倫の女に見えるように。

言葉を精神的、抽象的なものだと思うのはやめよう。アンヌは言葉で姦淫しているようだし、恋人の言ったなにげない言葉に、その肉体に対する以上の、なまなましい肉感を感じている。とりわけ、恋の始まりにおいては、ある一言がその恋の命運を決する力を持つ。

むろん、恋が電話で始まると言いたいわけではない。電話の前に二人はいつかどこかで出会っていなくてはならない。初めての出会いというものが、なければならない。

初めての出会い……。とはいえ、彼ないしは彼女と初めて出会ったときというものは、どのようにして画定されるのだろうか？　それが初めての出会いであると知るためには、その出会いが恋につながるものであることを知らなければならず、その恋につきものの多くの物語が後に続かなければならない。「初めての出会い」などというものは毎日のようにあるのだから、それが「あの人との」初めての出会いになるかどうかは、出会いの過程にあってはとうてい予測しがたいものなのだ。

とすると、ある出会いが「初めての」出会いであると知るためには、それを後から振り返って思い出す必要があることになろう。

「初めての出会い」とは事後的に確認される類いの出来事なのだ。そしてこの回想、この確認は、「言葉」なしでは行ないえないものだ。「あのとき、あんなふうにして、初めて彼（彼女）に会った」――そう自分に語りかけることによって、恋の始まりとしての最初の出会いの場面は構成される。

事後的に構成される――そう、言葉によって構成されるのだ、恋の場面が。一篇の小説か、舞台で演じられる芝居のように。

この場合、登場人物（役者）は恋し始めた自分であり、読者（観客）も自分の、一人芝居であるのだが、この読者、あるいは観客は、他の多くのいわゆる「世間の目」を代表すると考えるべきだろう。私は世間の目に成り変わって自分自身の恋を〝読む〟のである。

この回想のなか、、、に恋の始まりはあったのかもしれない。

きわめて私的なものと思われがちな恋愛の、公的な側面に注目しなければならない。

公的な面とは、恋愛を秘すべきもの、罪あるものとして咎めるまなざしであると言っていい。恋する者は自分の恋を許していない。自分は悪いことをしている、してはいけないことをしているのだと自分に言い聞かせている。恋とはしてはいけないことをする歓びに他ならないからだが、そのように掟を立て、それの侵犯がなされることによって、恋は一篇の小説のように構成される。

さらに言うなら、恋の始まりは「初めての出会い」のなかにあるのではなく、それを事後的に構成する「言葉」のなかにあると言うことさえできそうである。なぜなら、言葉によって再構成されない限り、最初の出会いがあったということの確認は不可能なのだから。

そのような〝事後的な〟回想は、恋愛が終わってからではなく、恋愛の進行中に、それも最初の出会いがあって間もない頃に行なわれることがある。

つまり、恋愛では事態の進行と、それを事後的に物語化する回想が、互いにその切先を繰り出す剣の刃のように競い合って進む。恋愛がはげしいものであればなおさら、そのつばぜり合いは白熱したものになる。

最初の出会いの最中に、これが大きな恋愛の最初の出会いになると、確信に近い感情を抱く場合がある。そんな場合でも、一つの出会いを「最初の出会い」であると知るためには、それをすでに過ぎ去った過去のこととして見る必要がある。「最初の出会い」という事件の渦中に、それを「最初」と見る事後のまなざしが介入しなくてはならない。そんなとき「最初の出会い」は、それがまだ「最初の出会い」になることを知らない状態と、すでに「最初の出会い」であることを知った状態と、二つの時間帯に分割される。

一瞬のうちに燃え上がる恋であっても、その一瞬を言葉以前と言葉以後に分かつ切断の線が入らなくてはならない。さもなければ、一瞬のうちに燃え上がる恋は知覚されることなく過ぎ去ってしまう。プルーストは言う——「どんなふうに一人の女を愛し始めたかを思い出そうとするとき、人はすでに愛し始めてしまっている」と(『囚われの女』)。恋とは、回想と、そして知覚の問題なのだ。恋とはぎりぎりのところで知覚される感情であり、この知覚は言葉によって行なわれるしかないのである。

というのも、人に知られない恋愛というものは存在しないからだ。もしその恋が人に知られないものであるなら、どのようにしてでも恋する人はこの恋を人に知らせずにいられない（この「人」は、恋する当人、恋の相手、仲のよい友だち、夫、妻、誰でもよい）。それが恋の告白というものだ。そして恋はこの恋の告白と不可分の関係にある。

告白することによって恋は始まる。告白が、言葉が、恋には絶好の餌食になる。人は昨日会った人とのことを思い出し、自分に物語り、反芻しているうちに、恋を始めている。恋は言葉のうちに生まれ、言葉をすみかとし、言葉を食べて育つのだ。

秘密のうちに人に知られる、というのが恋の理想的な境地なのだ。「隠していることが見えなくてはならない *il faut que cacher se voie*」とロラン・バルトの『恋愛のディスクール・断章』にある。観客を前にして舞台で演じられるように進行しない恋愛というものはない。それは人目を忍ぶ秘密の恋であっても、そうなのである。

『モデラート・カンタービレ』の小さな田舎町の社長夫人アンヌと工員のショーヴァンの恋が、どんなに町の人々やカフェの女主人や客たちの視線の網の目のなかで繰り広げられるかを見られたい。アンヌの不倫の恋はそれらの視線によって生み出される、と言ってよいほどなのである。二人の恋を禁じる視線が、彼らの劇に不可欠な書割をなしているのだ。映画化された『モデラート』では、「私の周囲には何という見張りが……*Quelle surveillance autour de moi...*」というアンヌの嘆きのせりふがジャンヌ・モローによって呟かれる。この見張り *surveillance* は恋人たちによって忌み嫌われるものであるが、また恋に必要なものとしてひそかに要請されてもいるのだ。

盲目と言われる恋愛の空間には、このように数限りない監視の視線が張りめぐらされている。そしてこの監視の視線の中心には、恋する当人の見張りの視線がある。生まれたばかりの恋をもっとも よく監視しているのは、誰あろう、恋する人自身なのだ。

恋する人は目を見張って自分の恋を見つめている、たとえ夢のなかで目を見ひらいているにすぎないとしても——。

一つの恋が生まれると、同時にそこに数多くの視線が生まれる。恋はこの視線の網の目のなかでしか生息できない不思議な生き物である。それは噂やゴシップ、スキャンダルを生む土壌になるのかもしれない。

恋愛小説を読み耽る人は、小説のなかの恋する人とそうした視線を共有するのである。というのは、小説のなかの恋する人も、彼ないしは彼女自身の恋物語を読んでいるからなのだ。彼ないしは彼女自身の恋と、その恋物語の区別はつけられないからだ。

言葉と恋の区別はつけられないからだ。

恋愛とは、言葉と恋——知られることと知られないこと——の境界を行く、危険な綱渡りなのかもしれない。

ある出来事を、その意味をまだ知らない状態とその意味を知った状態に分かつ、そんな境目で恋愛は「言葉」をもっぱら使用する。というより、その境目で起こることが恋愛という出来事であり、そこでは言葉以外の何ものも生起していないと言ってよいのである。

言葉はやがて物語になるかもしれない。大きなロマンに発展するかもしれない。しかし、とりあえずは言葉である。物語になるより、言葉にとどまるほうが、恋はそのエッセンスを純粋に保つ。ちょうど、多くを語る以上に、その人の名を呼ぶことが、一瞬のうちに、その人への愛を打ち明けることになるように。

2　愛するとは見ること

たしかに恋愛は見ることと関わりがある。見ることと、言葉に。人は「言葉」を通して恋する者の姿を「見る」のだ。『エミリー・L』でデュラスは彼女自身に近い人物（「私」）に、「私は恋が感情なのかどうかは知らない。ときどき私は、恋って見ること *aimer c'est voir* じゃないかと思うことがある。あなたを見ることではないか、と」と言わせている。またプルーストの『逃げ去る女』には、「愛とは千里眼 *clairvoyance* の証明ではないか」とある。

『源氏物語』の時代でも、「見る」とは「愛する」の意だった。年若い柏木は源氏の妻、女三の宮を、走り去る猫が巻き上げた御簾《みす》の向こうに垣間見たときから、致命的な恋の感情のとりこになる。「まぎれどころもなくあらはに見入れらる」（「若菜上」）とあり、デュラス風の用語を使えば、それで「ことはなされた *C'est fait*」のである。

女三の宮は柏木に見られたとき、すでに侵犯されたのだ。

柏木は女三の宮が高貴な女性であり、禁じられた女性であるだけに、見ないでは――愛さないでは――いられなかったのかもしれない。やがて女三の宮は不義の子を宿し、柏木は源氏の咎めるまなざしを受けて夭折する。まことに柏木という薄命の青年の一生は、まなざしに始まり、まなざしに終わる一生だった。残された不義の子、源氏の嫡男、薫が宇治十帖の陰鬱なヒーローになって、大君や浮舟と悲恋を重ねることになるのだから、柏木の一瞥の意味はまことに重いと言わなくてはなるまい。

宇治十帖全篇には若くしてみまかった柏木の犯しのまなざしが遍在していると言えるのである。

しかし柏木は何を見たのだろう。「あらわに見えた」とあるが、その少し後のところには、「夕影なれば、さやかならず、奥暗きここちするも、いと飽かずくちをし」とか「あやしかりつる御簾《みす》の透影《すきかげ》」とあって、御簾の隙間にぼんやりと浮かぶ影のようなものを見たにすぎない。

「愛するとは見ること ***aimer c'est voir***」(デュラス) だとすれば、なんとも心許ない垣間見だが、恋愛における「見ること」とはこのように、見えるものと見えないものの境を見ることだと言うことができよう。垣間見の場に使われる「御簾」とは、恋する人の視界に生じるそうした境を目に見えるものにした、すぐれて愛の視線を洗練する調度に他ならなかったのだ。

柏木の視線は女三の宮の姿を隈取る禁域に注がれたのであり、御簾の向こう側に、その禁域を垣間見ることを通して、彼の恋は生まれたと言ってよいだろう。

同じ見えない界域はプルーストのヒロイン、アルベルチーヌを話者マルセル(「私」)が〝垣間見〟る場面にも認められる。〝垣間見〟と言っても、プルーストの場合、白日のバルベック海岸のことであり、対象は文字通り「あらはに見入れら」れたはずなのだが、アルベルチーヌとの「最初の出会い」を前にしたマルセルの目に、恋人の全貌が与えられるはずもないのだから、この出会いは「垣間見」と何ら変わるところはないのである。

「愛するとは見ること」なのだが、この「見ること」は愛する者のすべてを見ながら、何も見ていないのかもしれない。幻――プルーストなら *illusions* と言っただろう――しか見ていないのかもしれない。そこには現《うつつ》と幻がちらちらと交錯する「御簾の透影」が用意されている。

マルセルが見るのはアルベルチーヌ一人ではない。「花の乙女たちの一団」が海岸の堤防をこちらに進んで来るのを見る。「[……]白い卵形や、黒い目や、緑の目などが次々とあらわれて来るのを見た私は、それが今しがた自分を魅了したものかどうかも分からなくなり、[……]」と『花咲く乙女たちのかげに』にはある。マルセルの目は娘たちを識別する指標を見ようとしている。しかし最初の出会いのこの段階では、彼の目に与えられる対象を差異化する指標は、「白い卵形や、黒い目や、緑の目」といった、「透影」が与えるような印象の混雑した断片の集合でしかない。

これがマルセルの「愛すること」、すなわち「見ること」の始まりだが、この恋の始まりの光景は「調和のとれたうねり」とか「流れるように動く集団の美」と、もっぱら生きて流動する混沌の状態で捉えられていることに注意を要する。

マルセルの恋が進行するに従って、対象は次第にくっきりとした輪郭をあらわし、アルベルチーヌという名を持つ一人の娘としての明確な個別性を浮き彫りにする。マルセルの「愛すること」すなわち「見ること」はこの個別性を確立することに費やされる。しかしどこまで見通しても、愛する人のまなざしから「御簾の透影」が消えることはない。どころか愛の対象の個別性が浮かび上がり、輪郭がもっとも強度に彫り込まれた瞬間に、愛の対象が見えなくなるということが起こる。

垣間見から明視にいたる恋のまなざしが、こうして盲目に返る。

「囚われの女」が「消え去る女」に切り替わる瞬間。愛の対象の個別性がふたたび全体性に、混沌に返されるとき、目くるめく融解が生じる。ここには死の体験に似通ったものがありはしないか？

それは愛する者が自分を手放す瞬間であるかもしれない。愛することが見ることを放棄する瞬間かもしれない。

恋がそもそもの出会いの場から、咎むべきものと見なされるのはなぜだろう？　してはいけないこと知りながら、恋をしないではいられないのは、なぜか？

おそらくそれは、恋が自分を手放す歓びと不可分であるからだろう。

恋とは自分を手放し、恋人に与えることだ。ボードレール風に言えば、自分の外に出ることだ。自分を手放し、空虚になる。欠如の穴のような存在になる。デュラスが『ロル・V・シュタインの歓喜』で描いた「歓喜 *ravissement*」。魂を奪われること。喪心。それは確かに死ぬほどの歓びであり、そのような並外れた歓びに対して、それを禁じる掟が立てられるのは当然かもしれない。

恋する人は予感しているのである、――自分がこれから味わうのがこの世のものとは思われぬ悦楽であることを。

恋人の姿を「透影」としてしか見ることができないのは、恋する人が恋の対象にそのような歓びの印――死にいたるほどの快楽の印を、あらかじめ予兆のように読み取るからに他ならない。見てはいけないもの、この世の外にあるような幸福の印を恋人に見るからに他ならない。

逆に言えば、恋する人が恋人を幻と見るところに、地上の掟に反するものがあったのかもしれない。存在するものを聖化し、不在に転じるまなざしに侵犯の動機と、その悦楽はひそんでいたのかもしれない。

3　浮舟からロル・V・シュタインへ

そこに「消え去ったアルベルチーヌ」、あるいは「アルベルチーヌの眠り」が像を結ぶ。そこにいて、そこにはいない恋人の像。限りなく遠ざかってゆくように見えながら、腕のなかに抱かれている身体。そのようにして恋する人のまなざしが恋人を捉えるとき、ある種の錯誤、プルーストなら「間歇的な忘却」と呼んだかもしれない空白が生じて、恋人の姿が一つの消失点をあらわすことがある。「見ること」が「見えないこと」に反転する瞬間、〝あわい〟に浮かぶ恋人の幻像が浮かぶ。

それはさまざまな意味で〝あわい〟である。見ることと、見ないこと、存在と不在、あらわれることと、消えること。『囚われの女』と『逃げ去る女』のアルベルチーヌは、そんな薄明の中間地帯を行き来している。

パリのアパルトマンでマルセル（「私」）のまなざしの下に眠る「囚われの女」、アルベルチーヌにおいて、覚醒が眠りへ、隷属が自由へ、生の頂点が死の解放へ、あるいはその逆に、次々と移行してゆく変化の相が観察される。

そこに恋人というものの紛れもない形象を見る。それはほとんど幽体と化した形象である。恋する人も恋人もともに幽体になって薄明の域に漂い出す。恋する人は自分を解き放ち、半ば眠りに落ちるようして恋人の姿を見つめている。マルセルの監視の視線が眠りに落ちる恋する人の視線に移り変わる。マルセル自身が眠るアルベルチーヌの形象を身にまとい始める。彼はアルベルチーヌの眠りに「船出してゆく」。

デュラスの小説にあらわれる眠る女のさまざまな形象、『ロル・V・シュタインの歓喜 *Le ravissement de Lol V. Stein*』におけるロルや、『愛』における、半ばめざめ、半ば眠っている女……、『源氏物語』における、宇治川のほとりで物の怪にさらわれ、夢うつつの境にさまよう浮舟、それら「あるかなきか」の女たちの姿を愛の極点と見て、「アルベルチーヌの眠り」という印の下に読み解くこころみ。なぜ「逃げ去ったアルベルチーヌ」という形象がプルーストにおいて主題化され、デュラスにおいて深められることになったのか？

「逃げ去ったアルベルチーヌ」という主題を立てて、プルーストからデュラスへ、この主題を追い求めることは可能だろうか？　ちょうど逃げ去る恋人の形象を追いかけるように？　浮舟という古典の女の恋をときに参照しながら？

プルーストにおいて対象として考えられる「逃げ去る女」が、デュラスと『源氏』においては——ロルや浮舟に見られるように——「主体」として考えられる。そこでデュラスと紫式部が女性作家であることの意味が問われる。ロルや浮舟は〝眠るアルベルチーヌ〟のように「喪心／歓喜 *ravissement*」を体験しながら、「喪心／歓喜」のなかで言葉をつむぎ出すすべを知っている。喪心の女が語るという、この逆転はどのようにして生じたのか？　ロルや浮舟をプルーストの「逃げ去るアルベルチーヌ」と対照することによって見えてくるものは、何か？

——こうした問いに答えることが、以下に続く本論に託した著者の願いになる。

I

マルセル・プルースト、あるいはアルベルチーヌの行方

Marcel Proust, ou la trace d' Albertine

そう、それはコーチシナ南部の泥と米の大平原、「鳥たち」の平原のなかを、ヴィンロンとサデックのあいだ、メコン河の支流を、渡し船で渡ってゆくときのことだ。

デュラス『愛人』

C'est donc pendant la traversée d'un bras du Mékong sur le bac qui est entre Vinhlong et Sadec dans la grande plaine de boue et de riz du sud de la Cochinchine, celle des Oiseaux.

Duras, “L'Amant”

1　無意志的な恋

この本の始まりに恋の始まりについての問いを立ててみよう。そのためにプルーストの小説を開いてみよう。七篇からなる長篇『失われた時を求めて』に描かれるアルベルチーヌとの恋が、いつ、どのようにして始まるかを考えてみよう。この小説の最大のヒロイン、アルベルチーヌはいつ登場するかを問うことから始めてみよう。

マルセル・プルースト（一八七一―一九二二年）の書いた「一冊の書物」と言ってよい『失われた時を求めて』の全巻篇成は以下の通り、――第一篇『スワン家の方へ』、第二篇『花咲く乙女たちのかげに』、第三篇『ゲルマントの方』、第四篇『ソドムとゴモラ』、第五篇『囚われの女』、第六篇『逃げ去る女』、第七篇『見出された時』。作者自身をモデルにした「私」という人物が、一冊の長大な本を書き始めるにいたるまでの物語だが、これを恋愛小説と見なすなら、アルベルチーヌという女性の同性愛者（ゴモラ）との恋がもっとも重要な挿話を構成する。

作家は一九〇八年頃にこの大作に着手し、第一篇を一九一三年に刊行。しかし第二篇が刊行されるには、六年の歳月を待たねばならなかった。第一次大戦が勃発したからである。結果としてこの刊行の遅れは長篇の成立にとって幸いし、ここにアルベルチーヌという新たなヒロインを中心とする膨大な断章群がつけ加えられ、当初の構想は地殻変動にも似た大幅な変容を受けることになった。とりわけ『囚われの女』、『逃げ去る女』の二篇は、アルベルチーヌの登場による改変の賜物である。

プルーストの草稿にアルベルチーヌの名が初めて見えるのは、一九一三年五月頃のことであるとされる。本書の第Ⅲ部「ノルマンディーの恋」で触れるように、秘書として雇ったアゴスティネリという男性との関係が「アルベルチーヌの物語」に置き換えられて、小説のなかに介入して来たのである。作家自身のアゴスティネリとのホモセクシャルな関係が、レズビアンの女性との恋愛に置き換えられたことによって生じるセクシャリティーの錯綜が、アルベルチーヌとの恋愛を見る上で見逃すことのできない問題になっている。プルーストのアルベルチーヌは恋愛における性差ということを——今までの男と女という単純な図式とはことなる視点から——考えさせないではおかない。

作品のなかでアルベルチーヌはどのように登場するのだろうか？

『失われた時を求めて』にその〝名前〟が初めて出て来るときならば、すぐに答えを見つけることができる。第二篇の『花咲く乙女たちのかげに』第一部「スワン夫人をめぐって」で語り手のマルセル（「私」）とスワンの娘ジルベルトとの恋が進行するなかで、かねてあこがれていたスワン夫人（オデット）の家に招かれ、そこでジルベルトの口からその名が告げられる。

マルセルは書斎でスワン父娘と話していて、オデットはサロンで二人の客の相手をしている。二人の客というのは、医師コタールの夫人と官房長ボンタンの夫人である。スワンがボンタン氏の噂をしていると、娘のジルベルトが口をさしはさむ、——

「「その人、わたしの塾に来ていた女の子の叔父さんよ。わたしよりずっと下のクラスで、名うての〝アルベルチーヌ〟*la fameuse* “*Albertine*”っていうの。きっと将来とても“*fast*”な［進んだ——引用者注。以下、本書における引用文中のこの括弧内の記述はすべて引用者の注である］子になるにちがいないわ。もう今から変わったところがあるんですもの」
「まったく驚いた娘ですよ。誰のことでも知っている」
「知ってるわけじゃないのよ。通りすがりに見ただけよ。あっちでもアルベルチーヌ、こっちでもアルベルチーヌって、もう大変。……」

こんなふうにしてアルベルチーヌの名前は、彼女が実際に登場する以前に、露払いのようにして話者の前を通り過ぎる。

話者の前を通り過ぎる、と言ってよいのだろうか？　というのも、マルセルにとってこの段階ではアルベルチーヌの名前は何の意味も持たないはずだから。まさに「通りすがり」に小耳に挟んだという程度のことに過ぎない。読者にとっても同様で、あらかじめプルーストの小説のヒロイン、アルベルチーヌの名を知っている人か、この長篇を再読する人でない限り、スワンが娘と話す他の話題に取り紛れて、こんな「通りすがり」の女――*une passante*（ボードレール）――の名を記憶にとどめる、などということはないだろう。

この名はマルセルにとっても、読者にとっても、後になって振り返るとき初めて意味を持つものなのだ。

〝事後的〟に意味を結ぶ名。マルセルには、振り返っても記憶にないことを思い出すことはできないのだから、これは読者のためにのみ置かれたサインと見なさなくてはならないのだろうか？　この名をここで記し留めたのはマルセルではなく作者ということだろうか？（登場人物のマルセルが読者を意識することはない）。

とはいえ、記憶に留まらないことが思い出されるというのがプルーストの記憶の世界の仕組みである。あのよく知られたマドレーヌ菓子の挿話において、お茶に浸したマドレーヌのかけらが口蓋に触れた瞬間、はるか昔の幼少の日々――コンブレーの町も庭も、ヴィヴォンヌ川の睡蓮も教会も、サンザシの生垣も、一杯のお茶から〝無意志的〟に浮かび上がって来たように（『スワン家の方へ』）。

無意志的記憶はプルーストの作品をその深層部で支える要の石のようなものである。無意志的記憶とは（裏返して言うなら）忘却に他ならないのだが、この七巻からなる長篇は、忘却という――眠りと同様に――人の意識には昇らない界域によって領導された音楽のように構成されている。

「心の間歇 *intermittences du cœur*」はその最たるモティフだ。

『花咲く乙女たちのかげに』第二部「土地の名・土地」で、バルベックのグランド・ホテルに着いた当座、「祖母が私に手を貸してベッドに横にさせ靴を脱がせようとしているのを見てとった私が、それを制止して自分で服を脱ぎ始める仕種をすると、祖母は哀願するような目つきをしながら、上着とショートブーツの最初のボタンにかけた私の手を押しとどめた。／「わたしがやって上げるよ」……」

こんな何気なく読み過ごしてしまいそうな少年と祖母の間のこまやかな情愛のエピソードが、第四篇『ソドムとゴモラ』第二部第一章の後に添えられた「心の間歇」という独立した断章において、話者の二度目のバルベック滞在を語り始めるにおよんで、「私の全人格の顛倒」と言われるほどの決定的な事件を引き起こすことになる、――

「到着第一日目の夜から、私は疲労のあまり心臓が発作を起こしたように苦しいので、その胸苦しさを懸命に抑えながら、靴を脱ぐためにゆっくりと慎重に身を屈めた。けれどもショートブーツの最初のボタンに触れたとたん、私の胸はある未知の、神聖な存在に満たされて、ふくれ上がり、嗚咽が身体を揺り動かし、涙がはらはらと目からあふれ出た」

祖母は第三篇『ゲルマントの方』第二部第一章で亡くなっている。それに続く第二章冒頭のアルベルチーヌの訪問を始めとする『ゲルマントの方』の後半と、続く『ソドムとゴモラ』第一部のシャルリュス氏にまつわる挿話、第二部第一章のゲルマント大公夫人の夜会、アルベルチーヌの深夜の訪問などを通じて、話者は一貫して最愛の祖母の死を忘却の彼方に追いやっていると言ってよい。アルベルチーヌとの恋にうつつを抜かしている話者に、〝祖母（あるいは母。『失われた時』の祖母は作者の母の転写であると言われる）殺し〟の罪悪感が生まれるゆえんである。

読者はマルセルがあれほど愛してくれた祖母の死を忘れていることをいぶかしく思うだろう。その忘恩の振舞いに怒りさえ覚えるかもしれない。こういう側面は「私」という一人称体の記述に隠れて見えにくいことがあるが、登場人物としてのマルセルの恩知らずなところに注意したい。作者はときとして「私」を悪役に仕立てるのである。

マルセルの悪人ぶりについて付言すると、アルベルチーヌとの関係では、彼女の行動を嫉妬心から監視するマルセルには暴君ネロに似たところがあると言われる。マルセルの母は彼の神経質なことについて、「ネロはきっと神経質な人だったでしょうけど、神経質だからネロだって仕方がないというわけじゃありませんからね」と諭《さと》す（『囚われの女』）。また作者プルーストについて、晩年の作家にもっとも献身的に尽くした家政婦のセレスト・アルバレによれば、彼女の仕事を「監視」するときの「彼はすごかった」。彼女はこんなふうに主人に皮肉を言う、――「ムッシュー、信頼には監視がつきものだってことが分かりましたわ」(『ムッシュー・プルースト』)。

ジャン＝イヴ・タディエも一九九六年にガリマール書店から出した大部の評伝で、「感受性が強すぎる余り意地悪になるプルースト、そういう罪の定めを自覚している彼自身」ということを言っている(『マルセル・プルースト』)。モーリス・バルデーシュによれば、アルベルチーヌを「囚われの女」にするマルセルは「闇の拷問者」である(『小説家マルセル・プルースト』)。同じく『両世紀の間のプルースト』のアントワーヌ・コンパニオンにも、主人公マルセルを「不道徳 *vicieux*」とする指摘がある。「私 *je* (マルセル)」を語り手 *narrateur* と主人公 *héros* の二人に分けて考え、語り手が主人公の悪の部分を読者の目に見えなくさせている、と言う。

「[……] 苦悩に対してきわめて敏感であるにもかかわらず、残酷なところのある主人公自身については、[語り手によって] 一言も語られない。語り手は嘘をついている。主人公の《悪徳》を暴露することをしないで、隠そうとするのである」

こんな非情なところのあるマルセル(「私」)だが、二度目のバルベックを舞台とする「心の間歇」と題した件りに来て、今まで忘却のうちに遺棄されていた、——むしろ忘却によって護られてきた——祖母の死に対する痛切な思いが間歇的に、不意打ちのようにして湧き起こり、彼女の「ある未知の、神聖な存在 *une présence inconnue, divine*」が蘇って来る。

ここで祖母は時間の目に見えない透明な壁を突き破って話者に「現前 *présent*」するのだ。ちょうど『明るい部屋』と題した写真についての本のなかで、プルーストと同様に、亡くなった母親を追慕する喪の仕事——書くこと——に従事するロラン・バルトが、五歳のときの母親を温室で撮った写真を見て、彼女の現存 *présence* を見出し、みずからの人格の顚倒を体験するように（ちなみにプルーストの母親は一九〇五年、彼が三十四歳のときに亡くなる。彼が『失われた時を求めて』に着手するのは、その三年後のことである。一方、バルトの母は一九七七年没。彼はその三年後に『明るい部屋』を遺著として残し、六十四歳で亡くなる）。

同様の無意志的記憶の蘇りは、『花咲く乙女たちのかげに』の第一回バルベック到着の頃のエピソードに関わる。今度はもっと瑣末なことで、「ホテルのネーム入りの固く糊の効いたタオル *serviette* を手にして〔……〕」という、当人にも――読者にも――見過ごされてしまうに違いない仕種が、最終巻『見出された時』の、あらゆる啓示が話者に次々と到来するゲンルマント大公夫人のマティネで、給仕頭から手渡された「固く糊の効いたナプキン *serviette*」で口を拭いた瞬間に再現される。パリの大公夫人邸の図書室にいる話者の目の前に、バルベックの海が「孔雀の尾のような緑と青の海原の羽毛を拡げる」のである。大公夫人邸の図書室に海の波が押し寄せて来るかのようだ。

プルーストは書いている、――「私たちにある人のことをもっともよく思い出させるのは、まさしく私たちが忘れてしまったものなのだ（というのは、それが無意味なものだったからであり、そのために私たちはそれにすべての力を残しておいたからである）。そんなわけで、私たちの記憶の最良の部分は私たちの外に、雨もよいの風や、部屋のかびくさい臭いや、ぱっと燃え上がった焰の匂いといった、私たちのうちで知性が使い道も分からず無視してしまったもの、過去の最後の蓄え、最良のもの、私たちのすべての涙が涸れ尽きたと思われるときに、なお涙を流させるもの、そうしたものを見出すことのできるところなら、どこにでも存在しているものなのだ」（『花咲く乙女たちのかげに』第二部「土地の名・土地」冒頭)。

プルーストの小説の正真の力は読者にそうした「無意味なもの」(たまたま耳にしたアルベルチーヌの名、ナプキンの手触り、等々)を実際に忘れさせてしまうところにある。

彼の小説の大変な長さも、この忘却に与《あずか》って力がある。長い小説を時間をかけて読むあいだに、以前読んだところを忘れてしまう。我々はマルセルの忘却を〝体験〟するのである。

とはいえ忘却の体験ということはもっとも確認のむずかしい体験だろう。なぜなら、思い出したとき——読み返したとき——、忘却ということの真の姿は、すでになにがしか損なわれているはずだから。

アルベルチーヌの名はそんなふうにして話者が忘れてしまうものに属していて、それゆえにいっそうよく「記憶の最良の部分」を保存してくれる、「固く糊の効いたナプキン」のようなものだったのだ。その名は——小説のこの段階では——マルセルにとって「無意味なもの」だったから、そのために[彼]はそれにすべての力を残しておいた」のだ。

しかし何よりも不気味な印象を与えるのは、この後バルベックで海辺の少女たちの一人を好きになり、彼女の名を知るに及んでも、話者はかつてその名を小耳にはさんだことを思い出しもしないことである。

最初はまず、「あの娘さんは、シモネのお嬢ちゃんのお友だち」という言葉が耳元を掠め(『花咲く乙女たちのかげに』)、「ゴルフのクラブの少女、あのシモネ嬢らしい少女だった」(同)と彼女の姓が特定される。そしてバルベックにアトリエを持つ画家のエルスチールにその少女を紹介される段になって、ようやく「エルスチールは私に、彼女はアルベルチーヌ・シモネという名前だと言い、……」(同)というふうに、アルベルチーヌという名前と海辺で会った娘が一致するのだが、以前にこの名前を前に聞いたことがあるという説明は一つもない。後に少女がボンタン夫人の姪だと分かっても、話者の記憶に触れるものは何もないようである。ずっと後になって、第四篇『ソドムとゴモラ』に入ると、「私にはそれまで考えたこともなかったボンタン夫人のある言葉が記憶に蘇った」とある。「それはボンタン夫人が私のいる前でスワン夫人に、姪のアルベルチーヌがどんなに恥知らずな娘 *effrontée* かということを、まるで長所か何かのように告げた言葉だった」。差し当たり、彼は何一つ思い出さない。こんなことを覚えているのは作者のプルーストと、彼の小説のなかにアルベルチーヌという名前が出て来る箇所を検索する研究者ぐらいのものだろう。

これは小説技法的に言えば〝伏線〟に相当する。後から加筆してゆくプルーストの書き方からすれば、とりたてて言うほどのことではないのだが、この作者の場合、「アルベルチーヌ」という名前の〝伏線〟は、後に出て来るアルベルチーヌという娘と脈絡があるようには書かれていない。名前の登場は唐突で、非連続的である。そこが一般の意味の伏線と違う。

読者も、(ミステリーにしばしばあるように)後になって〝それと思い当たる〟ということがない。アルベルチーヌという名前の断片が〝未確認飛行物体〟さながら、小説の宇宙を当てどなくさまよっているようなのだ。

同様の名前の前触れ的な登場で思い出されるのは、『源氏物語』の「竹河」の巻で、後の宇治十帖に入って薫の恋人になる大宮のことが、「宇治の姫君の心とまりておぼゆる」というふうに、さりげなく出て来るところがある。「紅梅」の巻にも、匂宮の恋人になる中の君のことが、「八の宮の姫君にも、御心ざしのあさからで」とちらっと出る。ヒロインの名前のこんな前兆のような出現は、よほど注意深く読み返さない限り、見過ごされ――聞き過ごされ――てしまう。

『源氏』も『失われた時』も、再読ということを前提として書かれた節がある。これは両作が大部の長篇でありながら、断章 *fragments* の積み重ねからなる、ということに関係していよう（この点については第III部の6「移ろい、転移する日の光の断片」参照）。長い時間をかけて断章のあちこちが書き進められていって、修正や加筆が後からほどこされ、どこで切り取ってもいいような書き方がしてある。時間とともに生成する作品だから、ヒロインの名前ぐらい後からいくらでも書き加えることができる。『源氏』とプルーストは意外なところで共通点を持つようである。

　マルセルが耳にしたアルベルチーヌという名前は、「宇治の姫君」や「八の宮の姫君」という名前と同様、彼にとって、そして読者にとっても、「心の間歇」の深淵に失われてしまうのか？　その深淵でさまよい、転移しながら、誰の耳にも聞こえぬ音楽を奏でているのか？

　別の解釈もできる。語り手によってジルベルトのせりふのなかにアルベルチーヌの名が記し留められたということは（しかし、この小説を書いているのは語り手のマルセルではない。マルセルがこの小説を書き始めるのは、最終巻『見出された時』のゲルマント大公夫人のマティネで来たるべき書物の啓示を彼が得た後のこと、すなわちこの小説が終わってからのことだろう）、語り手が相当の関心をもってアルベルチーヌの名前に耳に傾けたことを意味しているかもしれない。

　プルーストの小説は年代記的な記述をしていないので、このときのマルセルの年齢を明確にすることはできない。年齢ばかりか、語り手の名前がマルセルであるということも確かではない。「私」とか「話者」とか「語り手」という名称は落ち着きが悪いし、後になってアルベルチーヌの口から「マルセル」の名が呼ばれる場面が二箇所だけある。ともに『囚われの女』で、一箇所は、アルベルチーヌが「私」を呼ぶときの呼称について、「もし仮にこの本の作者と同じ名を語り手に与えるとすれば、「わたしのマルセル」「わたしの大事なマルセル」ということになっただろう」、もう一箇所はアルベルチーヌの手紙で、「わたしの大事なマルセル……ひどいマルセル！……」。こういう事情を勘案して、本稿では語り手に「マルセル」の名を宛てる。

年齢ということで言えば、この時期の主人公の推定年齢はおおよそ十六、七ではあるまいか？『逃げ去る女』には、「人間は年齢の一定しない存在であり、［……］自分の生きてきた時間の壁に周囲をかこまれて、貯水槽に入れられたようにそのなかに浮かんでいるのだが、水位が絶えず変化するので、あるときは一つの時代に、別なときには別の時代に達することになる」とある。ロラン・バルトの言うように「それは揺れ動く年齢 *l'âge qui vacille*」（『パリのマルセル・プルースト』）なのだ。

名前も年齢も顔も定かではない奇怪な主人公ではあるが、恋人のジルベルトの口の端に上った「アルベルチーヌ」なる娘の名に、若いマルセルが聞き耳を立てただろうことは想像に難くない。ましてや、ジルベルトは「名うての〝アルベルチーヌ〟」と強調の括弧をほどこしてその名を告げ、「変わったところ *une drôle de touche*」がある、などと気を引くようなことを言い、「あっちでもアルベルチーヌ、こっちでもアルベルチーヌ」と連呼しているのだから、なおさらである。

まるでジルベルトはマルセルの心にアルベルチーヌの名前を刻みつけようとしているかのようだ。

むろん、ジルベルトにそのような意図はないだろう。何の意図もなくアルベルチーヌの名はジルベルトの口から出て、マルセルの意識、と言うより無意識の表層を通り過ぎただけだ。しかし出会いというものは、意識的な、あるいは意図的なものよりも、無意識的な、あるいは「無意志的」なもののほうが、重要な意味を持つことになる。期待をもって会った人より、たまたま会った人との間に恋は生まれやすい。意志的な恋というものはなく、無意志的な恋だけがある。デュラスの言をここで借りるなら、愛するという感情はどうやって起こるのか、という問いに、「おそらく世界のロジックの突然の裂け目から」という答えが返されている。「たとえば、ある誤りから」。さらにつけ加えて、「意志からは決して生まれない」(『死の病い』)。

マルセルの意識にではなく、無意識を擦過したかもしれないアルベルチーヌの名は、音楽のなかに織り込まれた小さなモティフのように、〝事後的に〟決定的な効果を発揮するものなのである。

別言すれば、それはサブリミナル効果に似て、後からじわじわと効き目を発揮する。その証拠に、もう少し先のところ、マルセルも居合わせる場面で、ボンタン夫人はスワン夫人やコタール夫人を相手に、「姪のアルベルチーヌもわたしと同じですの。あの子ったら、それはもう恥知らずな娘 *effrontée* なんですのよ」とか「猿みたいに悪知恵がはたらく」と、繰り返しアルベルチーヌの名前をマルセル(と読者)の耳に吹き込み、やがてジルベルトに取って代わる名高いヒロインの登場を予告することになるのである。

ここにはすでに、後にマルセルを苦しませるアルベルチーヌの悪徳――レズビアンの性癖――と、それを隠すために彼女が駆使するさまざまな手練手管への言及があると見てよい。

ジルベルトとの恋の渦中にありながら、絶えずあちらこちらへと恋心を移ろわせることを本然とするマルセルは、こんなふうに噂を聞いたアルベルチーヌに無意識の恋心を抱いたということは（その後ですぐに忘れてしまうにせよ、あるいは忘れてしまうからこそ）、ありうることだ。マルセルにはもともと身持ちのよい娘より悪徳の娘に魅かれる傾向があるのだから、そのようにして「恥知らずな娘」、アルベルチーヌの名が、マルセルの無意志的記憶の貯蔵庫にストックされ、出番を待つばかりになったのかもしれない。

2　生と死の鳥――フォルトゥニーの衣裳

ジルベルトにその意図はないとしても、彼女がマルセルのために彼の次の恋人候補の名を連呼して、アルベルチーヌを〝取り持つ *entremettre*〟ような結果を招いたことは、注目されてよい。

それとも、マルセルをいささかわずらわしく思うようになったジルベルトが、うるさくつきまとう恋人を振り払うために、「名うての〝アルベルチーヌ〟」を彼に押し付けようという――それこそ無意識的な――配慮をはたらかせたのだろうか？

アルベルチーヌのことをマルセルの前で宣伝するジルベルトの心理は忖度《そんたく》の限りではないが、プルーストの小説では一般的に言って女性に「媒体 *médium*」の役割が与えられているとする、ロラン・バルトの指摘がある（「フランス・キュルチュール」のラジオ番組「人と街 *Un homme, une ville*」で、一九七八年にジャン・モンタルベッティがバルトにインタビューして構成した『パリのマルセル・プルースト』

の三本組みテープによる)。なるほど、マルセルを『失われた時』の二つの方向、「スワン家の方」と「ゲルマントの方」へ導いてゆくのは、彼のジルベルト・スワンやゲルマント公爵夫人への恋であり、その意味ではマルセルはジルベルトやゲルマント公爵夫人を介して「社交界 *le monde*」を、さらには「世界 *le monde*」を知るにいたる。そこで彼は女性的なエレガンスの薫陶を受けるのである。

スワン夫人オデットのサロンに出入りするようになった話者のこんな描写は、彼がオデットから受ける〝感情教育〟をつぶさに伝えている。

「……今ではオデットはごく内輪の人を招くときに日本の部屋着を着ることはまれになり、むしろ明るい泡立つような絹のワトー・ガウンに身を包んで、そのガウンで自分の乳房の上に花咲くような泡を愛撫する仕種をしてみせたが、その泡のなかで湯浴みし、くつろぎ、はしゃいでいるときの彼女は、いかにも心地よげで、肌もさわやかに、ふかぶかと呼吸しているので、まるで彼女はそのガウンを額縁のような装飾と考えるのではなく、《*tub*》とか《*footing*》と同じように、美容の要求と細かな衛生上の配慮をともに満足させるために必要なものと考えているかのようだった。……」(『花咲く乙女たちのかげに』)

このあたり、マルセルが恋しているのは母親のオデットなのか娘のジルベルトなのか分からないような書き方がしてある。

やはり思い浮かぶのは『源氏物語』で、母と娘が同体として扱われる箇所が見受けられる。たとえば光源氏は知らぬ間に六条の御息所《みやすどころ》からその娘の秋好む中宮へと愛を移ろわせてゆき、この母子の間の区別は定かでない。母と娘ばかりではなく、一般に『源氏』ではプルーストと同様に、恋の対象は

——とりわけその始まりにおいて——明確な個人としての姿をあらわさない。匂宮にとって、彼が恋するのは八の宮の二人の姫君、大君、中の君の姉妹のうち、どちらなのか、不分明な状態がしばらく続く。手紙を受け取っても、「いづれかいづれならむとうちも置かずご覧じつつ」（「椎本《しいがもと》」）といった有様である。

マルセルの意識のなかでは母と娘の区別はそんなにはっきりとついていない。プルーストは恋の始まりに精細な分析をほどこすのを常とするが、最初に恋愛対象がそれほど個別化していない、前触れのような未分化の状態があって、そこに恋のポイントが置かれている。

アルベルチーヌにしてもバルベック海岸の少女集団に紛れて、マルセルには誰を愛しているのか明瞭な識別がつかない。彼の恋心はアンドレだとかジゼールだとかのアルベルチーヌの女友だちの上を移ろってゆく（その女友だちがアルベルチーヌの同性愛の相手だったかもしれないのだから、恋するマルセルの立場は、〝知らぬが仏〟と言うか、けっこう滑稽に設定されている）。恋の対象より恋心が先行するのだ。その段階ではマルセルにとって相手は誰でもいいのかもしれない。マルセルの恋したいという心に、たとえばアルベルチーヌという名前が刺戟を与え、そこで個別の対象に向けた恋愛感情の「結晶化作用 *cristallisation*」（スタンダール『恋愛論 *De l'amour*』）が始まる。名前が恋愛感情が一人の人に結晶する触媒のはたらきをして、対象を個別化する最初の動機を与える。プルーストにとって恋愛とはその始まりの感情であると言っていい。

オデットとジルベルトは二人で一人の女性のようにして、マルセルに恋愛教育をほどこすのである。ずっと後になって、『見出された時』の大団円となるゲンルマント大公夫人のマティネでは、今度はジルベルトが自分の娘のサン＝ルー嬢をマルセルに紹介し、ふしぎな取り持ち役としての役目を演じる。

バルトはやはり『パリのマルセル・プルースト』のなかで、ホモセクシャルの男は女性について語る術《すべ》を知る人である、と言っている。この言葉は彼自身ホモセクシャルである人の言であるだけに説得力がある。言わばホモセクシャルのバルトがホモセクシャルのプルーストの秘密を説き明かしてくれるかのようだ。

バルトによれば、ホモセクシャルの男は女性に欲望を感じないので、その目が曇らされることがなく、芸術作品に対するような視線を女性の美しさに向けることができる。先のオデットの描写なども、「泡立つような絹のワトー・ガウン」がオデットの肉体と見分けのつかない官能性を醸し出して、バルトが『モードの体系』などで見せた女性の衣服に対するフェティシストのまなざしを思わせるところがある。あるいは、ファッション・デザイナーのエルテがアルファベットの文字を女性の姿に形象化した作品を論じて、「エルテが文字 *la lettre* を構成する素材は、よく言われる通り、女と装身具の混合である。体と衣裳が互いに補い合っている」というバルトの評（『エルテあるいは文字通りに』）なども思い浮かぶ。

バルトが女性を肉体の生々しい存在においてではなく、香水や衣裳や宝石といった人工的な装飾のうちに見る姿勢は、ボードレールが詩篇『宝石』で歌った、裸体がそのまま衣裳であり化粧であり宝石であるような女への嗜好に通じ、また、マルセル――この人物のセクシャリティーには作者プルーストのセクシャリティーが（無意識的であるにせよ）埋め込まれている――がアルベルチーヌにヴェネツィアの古代模様をデザインしたフォルトゥニーのドレスを着せて、恋人を純粋に審美的対象として捉えようとする姿勢に通じるだろう。

プルーストの小説ではシャルリュス男爵にそうした（ボードレール的な）ダンディズムの側面が与えられている。彼がスワン夫人のドレスの裾に半身を蔽われるようにして長椅子に掛けている場面など、ホモセクシャルの男性がいかに深く女性のエレガンスと親しむものであるかを見せてくれる。「彼はどんな集まりに行っても、男たちのことは歯牙にもかけず、女たちに言い寄られながら、たちまちもっともエレガントな女性と一体になりにゆき、自分がその衣裳で飾りたてられたように感じるのだった」（『ゲルマントの方』）。ヴィルパリジ夫人のサロンにおけるシャルリュス氏は、選り抜きの美女の脂粉にくるまれて、彼自身が *féminin* な存在と化しているようだ。

『ソドムとゴモラ』の冒頭でシャルリュス男爵の性倒錯が明らかになってから、続くゲルマント大公夫人の夜会で、「モレ伯爵夫人の広々と拡がったスカートに、ほとんどすっぽり包まれた」シャルリュスを見出したりすると、一人の男のレントゲン写真を撮って見たらそれが女だと分かるような驚きをおぼえるだろう。マルセル・プラントヴィーニュの回想録『マルセル・プルーストとともに――カブールとオスマン通りの思い出』によれば、こういうシャルリュス男爵は、世紀末を風靡したダンディ、モンテスキュー伯爵の次の姿をモデルにしているのである。

「ある午後の終わりのこと、カブールで、カジノを出てホテル［グランド・ホテル］に戻ろうとしたとき、我々［プラントヴィーニュとプルースト］は、廊下のはずれに見える開け放しの小サロンの壁を背にして置かれた大きなカナペに、思いがけずロベール・ド・モンテスキュー伯爵の姿を認めた。栗色のフロックコートを着て、ボタン穴にはバラ色のカーネーションを差し、二人の夫人にぴったりと挟まって腰掛けている。夫人たちの幅広のドレスが一つところに集まって、彼の姿をほとんど完全に蔽っていた。とくに足はすっかり隠されていて、非常に高く持ち上げられた頭部と、今を盛りとエレガントな男の誇りに昂然と反らされた胸だけが、彼をぴったりと包む女のドレスのなかから突き出しているのだった。一方、しばしば喧伝される伯爵の傲岸不遜と甲高い口調は、遠くからでもその態度によって窺うことができた」

まるで小説の主要人物が現にカブールのグランド・ホテルに現われたかのようではないか。プルーストの小説がいかに実際の観察に基づいているかを、この描写は教えてくれる。

モンテスキューのこの姿を見たプルーストが、連れのプラントヴィーニュにささやいた言葉は意味深長である、――

「ご覧なさい、あれは詩人ですよ、女たちの魅惑にほとんど埋もれ、ワトー風の長い衣裳の襞からかろうじて姿を見せている、宮廷付きの詩人なんですよ」(同)

そのようにしてホモセクシャルの男性は女性の心理の「襞」に分け入り、その機微に通じる「詩人」たりうるのだ。おそらく女たちは自分に欲望を示さず、自分を追いかけようとはしない男に、逆らいがたく引き寄せられるのだろう。男のほうもそんな女たちを隠れ蓑に使い、欲望の介在しない女たちとの〝プラトニックな〟関係を楽しむところがあるのだろう。

『逃げ去る女』の末尾では、モレ伯爵夫人の衣裳にほとんど隠れてしまうシャルリュス男爵は、女性関係を「これ見よがしに」することによってソドムの性向を世間の目からくらませているのだ、とされる。男爵にとって「モレ夫人は女好き *gynophile* の立場を示す旗印」なのである。

「シャルリュス氏は私と正反対なもの、対蹠的なものを〃所有〃していた」とプルーストは書いている（『囚われの女』）――ここで作者は「私」ではなく、シャルリュス氏に自分を投影している。「すなわち、仔細に観察し、女の化粧だろうと、〃絵〃だろうと、ちゃんと細かいところまで見分ける才能を備えていたのである。ドレスや帽子について言えば、ある種の毒舌家や独断的な理論家はこう断言するだろう。男の場合、男性の魅力に惹かれる傾向があれば、その埋め合わせに女の化粧に対する天性の趣味や、研究心や、知識もあるものなのだ、と」

そして次の述懐など、先に見たバルトの女性のファッション観にそのまま通じるものがある。

「たとえばシャルリュス氏のような人物が、男によって肉体的欲望や深い愛情をいっさい独占された結果、代わりに自分の持っているいっさいの〃プラトニック〃な好み（このプラトニックという形容はひどく不適切だが［プラトンの時代の恋愛は、おおむね同性愛だったからである］）、あるいはただ単に好みと言うべきか、それも該博な知識で完全に磨きあげた好みを、女に対して捧げるようなものだ。この点については、シャルリュス氏は、後になってつけられた〃仕立て屋の女 *Couturière*〃という綽名にふさわしいと言えよう」（同）

シャルリュス氏もロラン・バルトも――そしてシャルリュス氏とは「対蹠的」であると言われている「私」も――女を純粋に審美的対象として観察するホモセクシャルの目を持っていたのである。以下に引用するのは『囚われの女』も末尾のページで、パリのアパルトマンにマルセルの「囚われの女」になったアルベルチーヌが、失踪するに先立って自分の姿をしっかりと話者の心に刻みつけようとするかのような場面である。

「……その夜アルベルチーヌが身につけていたフォルトゥニーの部屋着は、あの目に見えないヴェネツィアの誘惑的な幻影のように思われた。それはアラビア風の装飾に被われていた——あたかもヴェネツィアのように、あるいは透かし彫りの石のヴェールの背後にサルタンの王妃さながらに身を隠しているヴェネツィアの宮殿のように、あるいはアンブロジアーナ図書館の本の装幀のように、交互に生と死をあらわす東方の鳥を配した円柱のように。その鳥の模様が繰り返されるきらきらとした布地の深い青色は、私が目を近づけるにつれて柔らかい金色に変わり、それはちょうど進んでゆくゴンドラの前方で大運河の紺碧が火炎の色をした金属に変質してゆくのと似ていた。そして袖にはチェリー・ピンクの裏が当たってあったが、それはヴェネツィア独特の色であるためにローズ・ティエポロと呼ばれるものなのだ」

ヴェネツィアの幻影を体現し、「囚われの女」であると同時に「逃げ去る女」であることを紺碧から金色に変幻するフォルトゥニーの衣裳のうちにこの上なくアレゴリカルに示しているアルベルチーヌ。ここでもマルセルは恋人の身体ではなく、その衣裳にばかり気をとられているようである。フォルトゥニーのドレスに目を奪われることによって、マルセルは言わばアルベルチーヌの「肉体」を無視しているのだ。彼はアルベルチーヌを〝プラトニック〟に愛していると言えるだろうか？　それともアルベルチーヌはマルセルに鑑賞される美術品、一種のフェティッシュ（「撫で物」——『源氏物語』「東屋」で薫は浮舟のことをこう歌に詠む、「見し人の形代《かたしろ》ならば身にそへて恋しき瀬々のなでものにせむ」）にされてしまっているのだろうか？

『源氏』との関連で言えば、薫のフェティシストとしての性格が顕著に出ているのは、浮舟が入水して死んだと思われている頃、女一の宮を垣間見て、この皇女に恋心を抱いた薫が妻の女二の宮に女一の宮と同じ衣裳を着せて、思いを寄せる人の代用にしようとする場面がある（「蜻蛉《かげろう》」）。他にも、薄《うす》衣《ごろも》だけを源氏の手に残して逃れ去る空蝉のエピソードなど、『源氏』には衣裳フェティシズムが顕著だ。「かの脱ぎすべしたると見ゆる薄衣を取りて出でたまひぬ」（「空蝉」）とあるように、この「逃げ去ったアルベルチーヌ」において源氏の手に残されたのは彼女の薄衣しかないのである。女が脱ぎすべらかした衣裳だけを手にして部屋を出て行く源氏には、やがて「かの薄衣は、小袿《こうちぎ》のいとなつかしき人香《ひとが》に染《し》めるを、身近くならして、見ゐたまへり」とあるだけに、どこか不気味なものが感じ取られる。

マルセルの場合、とりわけ彼はアルベルチーヌがいるためにかねてからの夢想の土地、ヴェネツィアに旅行できないと考えて彼女のことをうらみに思い、この「囚われの女」に自分が「囚われ」ていると嘆くようにさえなっているのだから、彼女が身に纏《まと》うフォルトゥニーがデザインしたヴェネツィアのモティフは、マルセルにとって恋人を虜囚にする徴《しるし》であるとともに、恋人からの解放の徴でもあるのだ。

この身勝手な〝暴君〟はこんな感想を抱く、――「私は自分で思った以上に相手を左右している主人なのだ。思った以上に主人である。つまり思った以上に奴隷なのだ」（『逃げ去る女』）。アルベルチーヌの逃亡が近いこの時期には、マルセルも彼女から逃れたいと思っていて、彼の心のこの間隙を縫うようにして、まさに「生と死をあらわす東方の鳥」の模様を身に纏って彼女は飛び立ってゆくのである。

とりわけ年上の女性（オデットやゲルマント公爵夫人）について言われることだが、女性を〃媒体〃として崇高化しうるのも、ホモセクシャルの特権である、とバルトは言う（『パリのマルセル・プルースト』）。そのようにしてマルセル――彼はホモセクシャルではないが、作者の分身の一人であるという意味で、同一の性愛感情を共有している――は、オデットを始めとする社交界の夫人を通してそのエレガンスや洗練を学んでゆく。

女性はマルセルにとって *initiatrice*（手ほどきする人）であり、*médiatrice*（仲介者）なのだ。マルセルはジルベルトを通してアルベルチーヌの名前を媒介され、そのアルベルチーヌを通して、不実で「猿みたいに悪知恵がはたらく」女友だちへの疑惑と嫉妬を味わい、彼女が関係する他の多くの未知の人々を知るようになる。

「この女同士の愛は何かまったく私の知らないものだったので」とマルセルは言う（しかし本当に〃知らない〃ものだったろうか？　彼は「花の娘たち」の「秘密」に通じているのではないか？　マルセルが二枚舌を使う自己欺瞞の人物でないかどうかは、検討の余地がある）、「その快楽やその性格を正しく想像させるものも何一つなかった。なんと多くの人を、なんと多くの場所を（直接彼女に関係のない場所や、彼女が快楽を味わったかもしれないどこか歓楽の場所、人出が多くて肌の触れ合う場所さえも）、アルベルチーヌは［……］、私の心に導き入れたことだろう！」（『囚われの女』）

3　墓地に咲く花

そのようにしてマルセルの前にゴモラ（女の同性愛）の女たちの背徳の世界が開示される。ジルベルトやアルベルチーヌがマルセルに媒介するのは、自分とは違う世界に住む女たちの神秘、その他者性であると言うことができる。「プルーストにおける神秘とは他者の神秘である」とエマニュエル・レヴィナスは言っている、――

「アルベルチーヌのリアリティは、囚われの女になったときでさえ、消えなんとする消失感、無からなるリアリティである。すでに消え去っていながら囚われの女であり、囚われの女でありながら、もっとも厳重な警戒の目をものともせず、退却の領域を自由に使って、消え去ろうとしている」（「プルーストにおける他者」『固有名』所収）

ここで語られるのはマルセルがアルベルチーヌのゴモラの世界への逃亡を阻止するためにパリのアパルトマンに彼女を住まわせ、厳しい監視の下に置くようになった、第五篇『囚われの女』で描かれる頃の二人の関係だ。それは甘美な愛の世界からはほど遠く、「彼女はつねに私を嫉妬深い裁き手と感じるだろう。／私たちの婚約生活は裁判のおもむきを呈し、アルベルチーヌは犯罪人のようにおどしていた」といった息づまる様相を呈する。

プルーストにあっては恋人たちはこのように愛する者と愛される者、追う者と追われる者、奴隷と主人の関係にあって、両者が幸福な相思相愛の状態になることはない。それは常に片道通行の〝片思い〟の世界なのである。

「相思相愛でない恋愛――つまり単に恋愛において」とプルーストは言う（『ソドムとゴモラ』）。片思いがすなわち恋愛であるということだが、そうした意味での「単に恋愛において」は、二人が向かい合って同じように愛するということはなく、どちらかが必ずより多く愛している。恋人は決して自分と同化することなく、神秘な「他者」であり続ける。ジャック・デュボワもレヴィナスに倣いアルベルチーヌの「挑発的な他者性 *altérité provocante*」を語る（『アルベルチーヌのために』）。「アルベルチーヌにおいてプルーストの心をかき乱すのは」と彼は言う、「アルベルチーヌという二重に女である女 *femme doublement femme* が、彼の手から逃れてゆくということである［「二重に女である女」とは、アルベルチーヌが「女を愛する女」であるという意味だろう］。きわめて実際的な問題として、彼女は決してそこにいることがない。あるいは、決して真にそこにいることがない。あるいは、そこにいても他の場所にいる。いや、きわめて存在論的な問題としても、彼女は根源的に異なる *étrange* 存在であり、それゆえ不可知の *inconnaissable* 存在である」。というよりむしろ、アルベルチーヌに限らず、恋人である限り相手は神秘な「他者」と考えるべきなのだろう。相手が神秘性を失うのは、恋する者の恋が止んだときである。

ロラン・バルトも『恋愛のディスクール・断章』で、恋人に「他者 *l'autre*」という名称を与え、「［愛する］主体の位置と、［愛される］他者の位置は、交換不可能である」と言っている、「それはすなわち、《私は愛しているほどには愛されていない》ということなのだ」。

「私」と「他者」、愛する主体と愛される対象は、つねに不均衡な関係にある。ここでは平等とか博愛ということはありえない。それは徹底的に不平等（不公平）な世界であり、偏った独占愛の世界である。恋愛の主体は「主体」、すなわち「私」として相手と相対したとき、すでに愛する者の立場に自分を置いたのであり、愛される対象、すなわち「他者」の立場は望むべくもない。

「私」と「他者」が相互に同じ程度に愛し合う、いわゆる相思相愛の状態を想定してみよう。そのような場合、理想的な相思相愛が成立したとするなら、「私」と「他者」は相互に相手を識別する理由を失って、「私」はそのまま「他者」の位置に移行し、「私」は「他者」になるのではないだろうか？なぜなら「私」とは「他者」を愛する者であり、「他者」によって（「自分が」愛しているほどには）愛されていない者であるからだ。「私」が「他者」によって「私」が愛すると同じ程度に愛されるとするなら、愛する者が「私」であり、愛される者が「他者」であるとする、そもそもの前提が失われてしまう……。

とはいえ「相思相愛が存在することは知っています」とプルーストはエムリ＝アルティ・ド・ピエールブール男爵夫人宛の書簡で言っている、――「でも残念ながら、その秘訣は知りません。それでも私は、すべてのものはついにやって来る、ということは知っていて、先行したものに何らかのかたちで報いる感じは持っているのです。望むものさえも来る、ただもはや望まなくなった時に、なのです」（一九〇三年七月九日付）。

同様の思考は『失われた時を求めて』でも展開されていて、たとえばマルセルのゲルマント公爵夫人への恋は報いられることなく、片思いに終わるしかないようなのだが、彼の公爵夫人への愛がさめた時に、あんなに手の届かないと思われたゲルマント公爵夫人のサロンは彼の前に難なく開かれ、今度は公爵夫人のほうが彼の訪問を求めるような状況が出来《しゅったい》する。二人の力関係が逆転したのである。公爵夫人はそうした心境の変化をマルセルに問われて、以前あなたを避けていたのは、あなたが私を愛しすぎているように思われたから、と答えるのである。『花咲く乙女たちのかげに』ではアルベルチーヌの拒否した接吻が、『ゲルマントの方』では難なく与えられるのも、同様のすれ違いのケースと言えよう。アルベルチーヌはマルセルに求められないと知ると、自分から進んで彼に体をゆだねるのである。

プルーストの世界では〝相思相愛〟は時間のズレのなかで、シーソーゲームでも演じているかのようにして成立する。恋愛のみならず、社会の力関係が絶えず上がったり下がったりして、止まることがない。その最大の例が、ゲルマント家の大貴族シャルリュス男爵の失墜と、しがないブルジョワであるヴェルデュラン夫人のゲルマント大公夫人への〝成り上がり〟であろう。

一方が愛しているときは他方が愛していない。他方が愛しているときは一方が愛していない……。だから時間という壁を取り去れば、「相思相愛が存在することは知っています」と言うことができるのである。

マルセル（「私」）はそのような意味での「愛する主体」であるがゆえに、アルベルチーヌを愛することを望み、愛されることを必ずしも望んでいない。「望むものさえも来る」ということを知っているのだが、「望むもの」はそれが「来た」ときにはもはや望ましくはないものに変わっている。そのような者に望まれる（愛される）ことは、少しも望ましいことではない。

しかし一方では、彼はアルベルチーヌを「囚われの女」にすることで満足するわけではない。彼はアルベルチーヌを逃げ去る状態で、——最初にバルベック海岸で出会ったときのように「通りすがりの」状態、神秘な「他者」の姿で、愛することを望んでいる。

だから『逃げ去る女』、あるいは『消え去ったアルベルチーヌ』と題される第六篇（タイトルは版によってことなり、確定されていない）でアルベルチーヌが失踪したからといって、マルセルの愛が消えるわけではない。不在のアルベルチーヌへの愛はいっそう強まると言っていい。アルベルチーヌは逃げ去ることによっていっそう強くマルセルに対する支配を確立する。

彼女の死の報がもたらされても、彼の愛はさめるどころか、かえって募るほどである。「恋人が生きているときであっても、私たちの愛と呼ぶものを構成する思考の大部分は、恋人がそばにいない時間に浮かんで来るものだからである」（『逃げ去る女』）。バルトも『恋愛のディスクール・断章』で「恋の対象とはいつでも不在なのではないか」と問うている。人は多かれ少なかれ〃ここにはいない人〃をしか恋することはできない、ということなのだ。

アルベルチーヌの消滅は、彼女の逃亡——あるいはその最大なものとしての彼女の事故死——によって生じるのではなく、愛する主体であるマルセルの心のうちに忘却が進行することによって生じる。その過程でアルベルチーヌはマルセルに別の女たちを提供するかのように思われるのである。「こうして終わりを迎えようとしている私の愛は、私に新しい愛を可能にしてくれるように思われた。長いあいだ愛されていた女が、後になって愛人の好意が弱まるのを感じると、仲介者 *entremetteuses* の役割に甘んじて自分の影響力を維持しようとするように、アルベルチーヌはルイ十五世に対するポンパドゥール夫人さながらに、私のために新しい娘を準備してくれるのだった」（『逃げ去る女』）

ここではバルトがプルーストの女たちに、社交界への導き手、「仲介者」、「媒体」の役割を見出したのと似た意味において、アルベルチーヌが話者に新しい女を仲介するかのような状況が描かれている。

「仲介者 *entremetteuses*」という言葉には娼家の「取り持ち役」、「遣り手婆」の意味がある。プルーストはしばしば社交界を娼家のメタファで語り、ヴェルデュラン夫人のサロンなどはスワンと高等娼婦上がりのオデットの逢引の場と化しているようだし(『スワンの恋』)、バルベックの軽便鉄道の車窓から見える御殿のような売春宿を高級ホテルと勘違いした社交人士が、「ここならヴェルデュラン夫人に来てもらっても恥ずかしくない」、「夫人にお誂《あつら》え向きですね」などと、それとは知らずに真実を穿《うが》ったことを喋る場面がある(『ソドムとゴモラ』)。

アルベルチーヌとの恋を失ったマルセルは、死んだ彼女の手引きで新しい女との出会いに胸をときめかせると言ってもよいのだ。

「……私の官能はふたたび目ざめた。ジルベルトに会うのを止めたときのように、またしても女への愛が私のうちに湧き上がり、それは今までに愛していた特定の女だけとの排他的なつながりを棄てて、以前にあったものが崩壊して解放されたエキスがあたりに漂うように、ひたすら新しい女との結合を求めて春の空気に浮かんでさまよっているのだ。墓場ほど多くの花が芽吹くところはない、――たとえその花が《忘れな草》と呼ばれようとも。私はこの晴れた日に数知れぬ花を咲かせている娘たちを眺めた[……]。するとたちまち、その娘たちのうちのだれかの上に私が注いだまなざしに、一つのまなざしがただちに寄り添って来た。ものめずらしげで、ひそかな、大胆に捉えどころのない思考を反映しているまなざし、アルベルチーヌがこっそり彼女たちに投げかけたかもしれないまなざしである。それが私のまなざしと対になって、神秘的で素早い、青味がかった翼を与え、それまでごく自然な場所であったこの「ブーローニュの森の」散歩道に一つの未知なものの戦慄を走らせた「……」」(『逃げ去る女』)

この一節は『源氏物語』「蜻蛉《かげろう》」の巻で、死んだと思われている浮舟を薫が次第に忘れてゆく過程で、六条院の女房たちに心を移ろわせる場面を想起させる。「東の高欄におしかかりて、夕影になるままに、花のひもとく「「ひもとく」は、下紐を解いて共寝することを含意する。したがって「花」はプルーストの場合と同様、「女」のメタファーである」御前の草むらを見わたしたまふ」という件りなど、アルベルチーヌを失ったマルセルの「花の娘たち」に投げる視線をほうふつとさせる。同じ『逃げ去る女』には、「私は一人の生きた女の後を追いかける。ついで別の生きた女の後を。それから私の死んだ女に戻って来るのだった」とあり、「私」はまるで生きた女を身代わりにして死んだアルベルチーヌと愛し合っているかに見える。『源氏』の薫が中の君や浮舟を「形代《かたしろ》」にして死んだ大君と愛し合おうとするのと同様に。

『源氏』が『失われた時を求めて』と似通うのは、一つの恋を描くのではなく、一つの恋の忘却と、その恋が他の恋へ移ろってゆく過程が丹念に描かれるからである。恋は死に絶えるとき（対象が消え去ったとき）、後を引いて、別の対象に転移し、そのようにして亡霊となっても生き残ろうとする。『逃げ去る女』で描かれるのは、この亡霊となった女とつきあうマルセルの姿なのだ。

引用文に見た「未知なものの戦慄」とは、マルセルにとって未知なものであるゴモラの女たちとの接近が及ぼす戦慄を言うのだろう。死んだアルベルチーヌがそれまで彼女のうちに蓄えていた多くの娘たちをマルセルの前に解き放ったようだ。

マルセルは死んだアルベルチーヌと合体しようとするのではなく、アルベルチーヌの死によって解放された彼の官能を他の多くの「花咲く娘たち」のほうに振り向けている。そこにそれらの娘たちに投げられたかもしれないアルベルチーヌの欲望のまなざしが唆《そそのか》すように寄り添って来る。

これはマルセルのアルベルチーヌへの恋の解体の過程であるが、プルーストはこの恋の終わりの時期を旅の帰路に喩え、そこではその往路におけると同じ体験をするということを言っている。「彼女を完全に忘れてしまうまでに、旅行者が往きと同じ道を辿って出発点に戻ってゆくように、私の大恋愛に行き着く前に辿ったすべての感情を、当初の無関心にいたるまで、逆向きに辿り直すことが必要だったのだろう」(同)。その帰路にはしかし、アルベルチーヌの墓場に花咲いたかのような娘たち(「花のひもとく御前の草むら」)が散らばっていて、そこで「私」はアルベルチーヌとともに花の娘たちへの欲望を共有するというのである。

プルーストはこのように恋の始まり——〝結晶化〟の過程——と、その解体の過程に対して、恋愛の実質に対する以上の関心を寄せている。このことは逆に言うなら、恋の実質、その醍醐味は、始まりと終わりにあって、中身は空洞になっている、ということなのだ。

4　黒い神秘

アルベルチーヌがゴモラの女であることを考え合わせると、娘たちの花咲く散歩道に走った「未知なものの戦慄」は、初めてアルベルチーヌを見かけたときに話者が覚えた「未知なものの戦慄」、――彼にはうかがい知ることのできないレズビアンの「黒い神秘 ***noir mystère***」（ボードレール『レスボス』）――を予感したときに感じる戦慄と同じものだったに違いない。後に見る通り、マルセルはバルベック海岸でアルベルチーヌ――と、やがて分かる娘――と初めて視線を交わしたとき、「その目から発する黒い光線 ***le rayon noir***」に神秘を感じ取る（『花咲く乙女たちのかげに』）。

というのもレスボスが地の上にわけても私を選んだから、
島に花咲く乙女たちの秘密を歌うために。
そして幼時より私は許されたのだ、暗い涙と混じり合う
奔放な笑いの、黒い神秘に参加することを。
というのもレスボスが地の上にわけても私を選んだから。

Car Lesbos entre tous ***m'a*** *choisi sur la terre*
Pour chanter le secret de ses vierges en fleurs,
Et je fus dès l'enfance admis au noir mystère
Des rire effrénés mêlés aux sombres pleurs ;
Car Lesbos entre tous ***m'a*** *choisi sur la terre.*

（『レスボス』）

『花咲く乙女たちのかげに *À l'ombre des jeunes filles en fleurs*』という長篇第二篇の表題が『悪の花』のこの詩を踏まえていることは明らかだが、『レスボス』のボードレールの場合とはことなり、『失われた時』のプルーストは、「花咲く乙女たち *vierges en fleurs* の秘密を歌うために」話者のマルセルを「選んだ」と言うことはできない。彼が生前発表した最後の評論「ボードレールについて」(NRF誌一九二一年六月)には、『レスボス』の上記引用の部分に触れて、こうある。「ソドムとゴモラのこの《結合 *liaison*》を、私は自分の作品の終わりのほうで、シャルル・モレルというならず者 *brute* に委ねておきましたが(たいがいこの役目は通常ならず者に与えられるものです)、ボードレールはまったく特権的なやり方で、彼みずから、自分をこれに《割り当て *affecté*》ていたようです。なぜボードレールがこの役目を選んだのか、どのように彼がその役目を果たしたのか、それを知ることができれば、どんなに興味深いことでしょう。シャルル・モレルにおいて理解しやすいことが、『悪の花』の作者においては深い神秘として残っているのです」

ヴァイオリニストのシャルル・モレルはプルーストが創作した男色家シャルリュス男爵に寵愛される青年だが、一方では彼は持ち前の美貌を利用して手に入れた娘たちをアルベルチーヌに《調達》していたことが彼女の死後、第三者の伝聞としてマルセルの知るところとなる(『逃げ去る女』)。モレルはシャルリュスのソドム、アルベルチーヌのゴモラ、という二つの世界に出入りし、その「黒い神秘」に通じていた。その意味で両者の《結合》を委ねられていたと言うことができる。

プルーストの小説ではこの役割は「私」に与えられていない。マルセルはそのような事情には無知な、正常な異性愛者として設定されている。第四篇『ソドムとゴモラ』冒頭でシャルリュス男爵がチョッキ仕立て人のジュピヤンと関係を持つ同性愛者であることが話者に露見する場面を転機として、この長篇に登場する人物は、その大半がまるでフィルムが現像されてそれまで潜在していた像が浮かび出るように同性愛者であることを明らかにするのであるが――アントワーヌ・コンパニオンも『両世紀の間のプルースト』で『ソドムとゴモラ』を『失われた時を求めて』の蝶番のような作品として、二つの世界の「中間 *entre-deux*」に位置づけている。それを受けてロラン・ブルールも『単独性と主体――プルーストの現象学的読書』で「『ソドムとゴモラ』こそが『失われた時』の真の《中間 *entre-deux*》である」と言っている――、奇妙なことに「私」だけは最後まで〝白〟であり続けるのである。

むろん「私」を同性愛ではないかと疑わせる節がないわけではない。『囚われの女』でマルセルがアルベルチーヌの〝ゴモラ〟に係わる関係をことのほか嫉妬するのは異常なほどであるが、マルセルを〝隠れソドム〟と考えれば、別に異常でもないだろう。嫉妬という感情は自分と似た立場にある者に対してさし向けられる。マルセルが同性愛であるとすれば、アルベルチーヌの同性愛にとりわけ嫉妬するのは当然だろう。同性愛は異性愛より成就するのが困難な愛である（『ソドムとゴモラ』冒頭参照）から、なおさらこの嫉妬は激しいものになる。

とはいえマルセルは立て前としてはあくまでも異性愛者として登場しているのである。これはおそらく、この「私」には他の作中人物の倒錯を映し出す鏡のような役割が与えられているからではないかと思う。鏡が倒錯していては倒錯した世界を映し出すのに役立たないからである。

さらに言えば、マルセルを異性愛者として設定することによって、その他の人物たちを同性愛者に転換することが可能になったとも考えられる。マルセルには何よりもソドムとゴモラの世界を〝発見〟する役目が与えられているのだ。彼がソドムであったとすれば、そのような発見はないだろう。そしてこの発見は当然、読者によって共有されるものである。読者もまたマルセルとともに正常な異性愛者の立場に身を置き、ソドムとゴモラの世界の発現に〝驚く〟ことができるのだ。

そのためにマルセルはとりあえず正常な青年である必要があったのである。これはプルーストがスノビズムの価値について語ることに通じるだろう。スノブは洗練された貴族たちの社交界に憧れを抱いているのだが、この憧れのない者は冷やかな侮蔑的なまなざししか持つことがなく、そのような侮蔑的なまなざしには、どのような〝驚き〟も発見もないだろうからである。「私がゲルマント家の人たちを語るときは」とプルーストはリュシアン・ドーデ宛の書簡で言っている（一九一六年五月または六月付）、「……スノビズムのなかに存在しうる詩的なものを用いて考察するようにつねに気をつけてきたつもりです。私が社交界を語るのは、社交界の人間のうちとけた口調でではなく、社交界というものがとても遠い存在であるような人の驚嘆した口調でした」。ここに言うスノビズムの「詩的なもの」とは、「想像力のなかで社交の春が花開く時期に、スノブの心の内部」で繰り拡げられる〝憧憬〟のことであるに違いない（『ソドムとゴモラ』）。

スノブの憧憬はしかし初心者の憧憬ではない。それは〝通〟の振りをする者の憧憬である。スノブは本当の〝通〟ではない。であるからこそ、スノブには演技とか仮面が必要になる。プルーストの言うスノブの「詩的なもの」とは、この演技とか仮面の謂《い》いだ。

プラントヴィーニュの『マルセル・プルーストとともに』には、プルーストがヴェネツィアのアマチュア、ヴェネツィアのファンについて語る件りがある。この種のスノブは観光客が訪れるシーズンには決してこの水の都を訪れない。彼は「見る」ためにそこに行くのではなく、「生活する」ために——むろん、ヴェネツィア人の暮らしをなぞるにすぎないが——そこに行く。「さらに言うなら、そこで人に見られるために」と、プルーストは微かなあざけりを浮かべて強調したという。スノブは観客ではなく、役者なのである。さらに言うなら、観客であり役者なのだ。

先の『ボードレールについて』を書いた頃、ジードの訪問を受けたプルーストが、この少年愛の作家を前にもっぱら「男色趣味」のみを話題にしたということにも、「男色趣味」に対してソフィスティケイトされた驚きをもって対するスノブが顔を出している。そしてこの同じスノブの顔を我々は小説の語り手のマルセルに認めるのだ。ジードの『日記』(一九二一年五月十四日)の伝えるところでは、「……私は彼[プルースト]のために『コリドン』[ジードが書いた同性愛弁護の本]を持って行ったが、この本のことは誰にも話しません、と彼は私に約束する。私の回想録について少し説明を加えると、——「何をお書きになってもかまいませんが」と彼は声を大にして言う、「ただ、決して私という人称で言わぬことです」。私にはそんなことは向かない」

「私」を主人公とする〝自伝的〟小説を書いたプルーストの言としては、これは意外な発言と取られるかもしれない。ここでジードに使わないように勧めている「私という人称」は告白の文学における「私」と解するべきだろう。ここには当然、《自己欺瞞 *mauvaise foi*》をことのほかに嫌ったモラリストのジードに対する牽制があると見てよい。ジードがオスマン通りのプルースト邸に訪問するのを迎えた家政婦のセレスト・アルバレは、『地の糧』の作者に関し、「《私》をいつもいじりまわしていたジード」と的確な評言を残している（『ムッシュー・プルースト』）。何と言ってもジードの一枚看板は《真摯 *sincérité*》という徳だったのである。「私にはそんなことは向かない」というジードの反撥は、プルーストによって当然予想されたものだったはずだ。

このことはまた、プルーストが小説で使った「私」がいかにジード流の真面目な告白の「私」から遠いものであるかを証するだろう。プルーストの「私」にジードの誠実が欠けているというのではない。『失われた時』は告白の書や自伝の書ではなく、言葉の真の意味における小説であり、そこに登場する「私」は *fiction* の人物に他ならないということである。「この作品を私は小説 *roman* と名づけています」とプルーストは書簡で言っている、「なぜならそれは回想録のような偶然性を持っていないからであり（つまりそこに偶然があっても、それは実生活での偶然の役割をあらわすためのものでしかありません）、またその構成が、複雑なだけになかなか捉えにくくはありますが、非常に厳密にできているからです」（ルイ・ル・ロベール宛、一九一二年十月二十八日付）。『花咲く乙女たちのかげに』以後プルーストの版元になるガリマール書店のガストン・ガリマールによれば、ジードがプルーストに向かって、「あなたは［同性愛という］問題を五十年も後退させたんですよ」と言ったとき、プルーストは「私にとって問題 *question* などというものはないのです。登場人物 *personnages* があるだけなんです」と答えたという（『ガストン・ガリマールが語る』）。この挿話を引きながらミシェル・エルマンは「プルーストがマスクを用いたとすれば、それは登場人物のマスクなのであって、モラリストや予言者のマスクではない」（『評伝マルセル・プルースト』）と言っている。重要なことは『失われた時』の最大の *personnage* である「私」にも当然、マスク *persona* がつけられているということである。そして「マスク／ペルソナ」にとって「問題」などということはないのだ。

この人物は限りなく作者のマルセル・プルーストに似せて創られている。作者のプルーストをモデルにして創造された人物と言ってよいだろう。ただ、作者は自分をモデルにマルセルを創造しながら、そこから性倒錯というもっとも重要なコアを抜き去り、それを他の登場人物たちに割り振ったのである。プルーストその人の人生を素材にしながら、その伝記には回収されない、書物のなかの人物であること。しかし一方では作者自身の生——とりわけそのセクシャリティー——に深く浸されていること。ここにプルーストの「私」の秘訣がある。

それゆえ、この漂白された虚点のような人物——『アルベルチーヌのために』を書いたデュボワによれば、この「私」は「倒錯者の快楽の空洞そのものに *au creux même du plaisir pervers* 位置する」——のまわりに配された人物は、ほとんどすべてが有徴の人物となり、倒錯者としての徴《しるし》を担わされることになったのだ。その意味で「私」こそがソドムとゴモラの「中間 *entre-deux*」にあって、両者を取り持つ役割をひそかに振られていたのかもしれないのである。

ジードを前にボードレールを男色家であると断ずるプルーストの発言は、そのような立場からの発言と解される。先のジードの『日記』はこう続く、——

「彼は自分のユラニスム［男の同性愛］を否定したり隠したりするどころか、むしろそれをさらけ出す。自負する、と言ってもいいくらいだ。彼は、女を精神的にしか愛したことはない、恋愛を経験したのは何人かの男とでしかない、と言う。彼の会話は、絶えず挿入句を割り込ませ、脈絡もなく流れ出る。ボードレールは男色家だったという確信を自分は持っている、と彼は私に言う、——「レスボスについての歌いぶり、第一、レスボスのことを歌うというその欲求、それだけで私を納得させるに充分です」と彼が言うのに私が反対して、——

「とにかく、たとえ男色家だったとしても、彼は自分で気づいてはいなかったでしょう。実際にやったとはまさか考えられないでしょう……」と言うと、

「どうして！」と大声になって、「私にはその逆のことが確信されるのですよ。どうして実際にやったと考えられないのでしょう？　あのボードレールがですよ！」

そういう彼の声には、私がそんなことを疑うのはボードレールに対する侮辱だ、と言いたげな調子があった」

サバティエ夫人や黒人との混血女ジャンヌ・デュヴァルとの恋で知られるボードレールにプルーストが男色家を見たことのうちには、ボードレールの時代（十九世紀中葉——『悪の花』は一八五七年刊）には、公然と自分が同性愛者であると表明する人はいなかったという事情が介在していよう。イギリスの耽美主義作家オスカー・ワイルドが同性愛の罪を問われ獄中に繋がれたのは、一八九五年のことだった。

もっとも「世紀末とは、すぐれて同性愛の時代であった」という解釈も成り立つわけで（原田武『プルーストと同性愛の世界』）、抑圧されスキャンダルになるということは、プルーストの時代には同性愛がそれだけ脚光を浴び流行していたと考えることができる。エルマンによれば「レスボスの主題は［当時］流行していた」（『評伝マルセル・プルースト』）のだし、工藤庸子も『プルーストからコレ

ットへ』で、プルーストは「社交界でもてはやされる同性愛の作家」という役割を、ある程度意識してふるまっていたのかもしれないと推量している。

たとえそうではあっても、倒錯者とは本来的に自己を偽る存在であり、嘘つきであるという、サルトルが男色家で泥棒作家のジュネを論じた『聖ジュネ――喜劇役者にして殉教者』で展開したような認識には、変わりがあるまい。その意味で我々は『失われた時』の「私」を白か黒か（倒錯者か否か）を決定できない立場にある。つねに虚実皮膜の境目に生息するホモセクシャルは、いつ偽装のヴェールが剝がれるかと戦々兢々として生きることを余儀なくされる。そこにはスノブにプルーストが見抜いたと同じ「詩的なもの」――演技と仮面が張りついている。

スノブも倒錯者も、ありのままの自分を生きることができない。それは名門ゲルマント家の大立者――シャルリュス男爵のような人物においても例外ではない。かねてからシャルリュスの傍若無人な振舞いに腹を据えかねていたヴェルデュラン夫人が、男爵を彼の愛人モレルの前で辱《はずかし》め、夫人のサロンから追放する場面を参照されたい（『囚われの女』）。

『失われた時』における話者のジルベルトやアルベルチーヌへの愛は、どこか彼女たちの擬装――擬装ということのうちには性倒錯だけではなく、演技、衣裳、化粧、そして嘘、といった要素が含まれる――への愛が底流しているようだ。マルセルは女の嘘を愛している。女性なるものの真の力が虚構性にあることを知っている。女は嘘によって「逃げ去る女」になる。そしてマルセルにとって「逃げ去る女」の翼以上に女を美しく見せるものはないのである。

これはゴモラの女について言われたことではないが、恋人の嘘が持つ効用をプルーストはこう説明している、——「そんなわけで、なぜあんな女を愛するのかと不思議がられるようなつまらない女のほうが、聡明な女よりもはるかに世界を豊かにする。彼女の洩らす一つ一つの言葉の裏に、人は嘘を感じる。彼女が行ったと言うすべての家の背後に別な家を、一つ一つの行動や一人一人の人間の背後に、別な行動、別な人間を感じる」(『逃げ去る女』)。

マルセルはあらがいがたく倒錯者に引き寄せられるかのようである。それはつまり、倒錯者が付けざるをえないマスクを彼は愛しているということだ。そしてそのマスクはマルセルの顔に認められるものだったのだ。

それともマルセルはアルベルチーヌという女性倒錯者の嘘を通じて、彼の世界を一枚岩の真実の世界から解放し、「この麗しき虚言者の二重の言語のうちに、真と偽を本当らしさにおいて両立させる、そんな美点を持つ言語の魅惑を知った」(デュボワ『アルベルチーヌのために』)ということだろうか? アルベルチーヌの嘘はマルセルにとってジェラール・ジュネットの語る「間接的な言語 *langage indirect*」のレッスンたりえたのだ(「プルーストと間接的な言語」『フィギュールII』所収)。そうした言語に精通することによって、社交界の、ひいては恋愛の裏と表を知りえたのだ。

5　時間のなかの心理学

「ジルベルトに会うのを止めたときのように、またしても女への愛が私のうちに湧き上がり……」こんなふうにジルベルトは彼女への話者の恋が終わりかけたときにアルベルチーヌという見知らぬ娘への愛をマルセルに吹き込んだのだった。そして今度は、そのアルベルチーヌが話者の心から消滅する間際に、「またしても女への愛」を「私のうちに湧き上が」らせるのである。

ジルベルトからアルベルチーヌへ、相称的な愛のかたちがマルセルに手渡されてゆく。相称的な、と言うのは、マルセルはジルベルトにおいてもアルベルチーヌにおいても、彼女たちの個性を愛するというより、そのマスク――ペルソナ――を愛しているような節があるからである。

ジルベルトやアルベルチーヌのマスクとは、彼女たちの嘘をつく能力であると言ってもいい。あるいは、その嘘によって「逃げ去る女」になり、マルセルを苦しませる能力である、と。アルベルチーヌの場合、その能力はもっぱら彼女のゴモラの女としての悪徳を隠匿するために用いられるのだが、ジルベルトにおいてその性倒錯の傾向はそんなに明らかなものではない。『花咲く乙女たちのかげに』の冒頭で話者はジルベルトがシャンゼリゼを若い男と連れ立って歩いて行くのを目撃し、ずっと後になって（『逃げ去る女』）、その若い男が男装の女優、レズビアンのレアであったことが判明する。これがおそらくジルベルトがゴモラの女であることを示唆する唯一の箇所だろう。ジルベルトのマスクは単に女性の持つ演技、衣裳、化粧といったフィクショナルな性格に解消できるものであるのかもしれない。

自分のまわりのすべての人に性倒錯者を見つけ出し指さしてゆくマルセルという人物。彼はそんなふうにして自分が指されるのを免れているようだが、バルデーシュが言うように、「私」には「私」が見えないとすれば（『小説家マルセル・プルースト』）、この一人称体の小説では「私」が隠れミノになって彼の性倒錯を話者に――ということは読者に――見えなくする役割を果していると考えられる。

ここでもう一つ問題となるのは、マルセルのジルベルトやアルベルチーヌへの恋は、第一篇『スワン家の方へ』に〝入れ子〟のようにして挿入された、三人称体の小説「スワンの恋」で語られる、スワンのオデットへの恋を反復しているということにある。清水徹によれば、「総じてこの『スワンの恋』は、ちょうど『ハムレット』のなかの劇中劇のように、作品の全体をすこし歪めたかたちで要約して映し出す仕掛けとなっている」(『スワン家の方へ』書評)。

「スワンの恋」は話者が生まれる以前のことであり、話者はこれを人から聞いたという体裁を取っている――「私の生まれる前にスワンが経験したある恋愛について、私がこの小さな町［コンブレー］を離れてから多くの歳月を経た後に、細部まで正確に知ったこと」と、プルーストは『スワン家の方へ』第一部「コンブレー」の末尾に書いている。「スワンの恋」は続く第二部を構成する。しかしこの伝聞の恋がこの後マルセルの恋において、一種の強迫観念《オブセッション》のようにして反復されるのである。

「スワンの恋」に「私（マルセル）」は登場して来ないが、「私」が伝聞をもとに書いた小説と考えることもできよう。『失われた時』も終幕に近い『囚われの女』には、「私」がアルベルチーヌと住むアパルトマンで、スワンのことを書いた紙がうっかりフランソワーズの目に触れてしまう件りがある。この女中はアルベルチーヌを目の仇にして、いろいろと主人の身辺を探っていたのだが、――「私は一度フランソワーズが、大きな眼鏡をかけて私の書類をごそごそやりながら、スワンに関する話、またスワンがオデットなしでいられないことについての話を私が書きとめておいた紙を、もとの場所に返すところを見かけた」。

これは『失われた時を求めて』という長篇のなかにその断章として組み込まれた「スワンの恋」の

一部分についての言及と見なすべきで、プルーストの作品のメタ・フィクション的な構造を明らかにしているが、「スワンの恋」にスワンのオデットへの恋を書くに当たって「私」のアルベルチーヌへの恋を参考にしていることを窺わせる。

しかしここにはもう一つ別のレベルの場面があって、アルベルチーヌとの恋を書くに当たって自分自身の（アゴスティネリとの）恋を参考にしている作家プルーストがいるのである（第III部「ノルマンディーの恋」参照）。このようにプルーストの小説ではさまざまなレベルの恋が二重、三重に引き写されて、もつれたメビウスの輪をつくっているのだ。

「スワンの恋」を――心のなかに――〝書いた〟ことが、マルセルの恋に影響を与えて、スワンのような恋しかできなくなった、と考えるべきだろうか？　とはいえジルベルトやアルベルチーヌと恋をするマルセルは、当然のことながら、まだ書くことを始めていない。先に見た通り、ノートを取り始めたとは言えるかもしれない。問題はそのノートがどこまで進んでいるかだが、それをまだ〝この小説〟の一部と見なすことはできないだろう。

「スワンの恋」は話者の心に擦り込まれた、言わば〝潜在的な〟小説だったのか？　小説に書かれるのを待っている恋愛小説？　ともあれ、こうした書くことの時間が人生の時間の後を追いかけて相前後する仕組みが、プルーストの小説の重要な主題を構成していることを忘れないようにしよう。

『ソドムとゴモラ』で描かれる二度目のバルベック滞在で、コタール医師の指摘によってアルベルチーヌの同性愛が明らかになって、彼女への疑惑と嫉妬に苦しめられるとき、「私」はこう考える、――「そのとき私は、スワンのオデットに対する愛について、またスワンが一生の間どんなふうに騙され続けたかということについて、私の聞いたさまざまなことを思い浮かべた。結局、今にして思えば、アルベルチーヌの全性格について私が少しずつ作り上げた仮説――私には支配できなかった一人の女の生の個々の瞬間について苦悩に満ちた解釈を加えた仮説とは、かつて話に聞いた通りのスワン夫人の性格についての思い出であり、固定観念だったのである。そうした話が私の想像力にはたらきかけて、後にアルベルチーヌのことを、善良な娘ではなく、かつての淫売女［オデットのこと。オデットはスワンと知り合う前、高級娼婦だった］と同じ背徳、同じ人を欺く能力を備えているかもしれないと思わせたのだ。そして私は、そういうことだとすれば、もし彼女を愛したりすることになったら、私を待ち受けているだろうあらゆる苦しみに思いを馳せるのだった」。

そして実際、マルセルはそういう最悪の結果を招き寄せてしまうのである。オデットの嘘に苦しめられたスワンの苦悩が、マルセルの上に転移したかのように、この語り手はジルベルトを、そしてアルベルチーヌを愛するにつれて、自分のうちにオデットを愛したスワンの苦しみを見出してゆく。

プルーストがこの長大な作品において、スワンのオデットへの、マルセルのジルベルトへの、そしてアルベルチーヌへの恋を通じて、同じ一つの懊悩と嫉妬をしか描こうとしないことに注意したい。それはプルーストの才能が乏しいからではない。彼は愛の対象の性格を描き分けようとはしない。むしろ愛の対象の性格が互いに似通ってゆくことを描こうとする。プルースト自身、恋愛感情は好きな女の「性格」などというものを越えていってしまう、と言い、「したがって小説家は、主人公の生涯を通じて次々と起こる恋愛を、ほとんどまったく同じようなものとして描くことができるし、そうやって主人公が自分自身の恋愛を模倣しているのではなく、創造しているという印象を与えることができるだろう。なぜなら人工的な斬新さよりも、反復のなかにこそいっそうの真理があり、これが新たな真理を暗示するからである［このあたりニーチェの「永遠回帰」の思想やワグナーのライトモティーフの楽想が感じ取られる］と小説のなかで説明している（『花咲く乙女たちのかげに』）。

そのようにしてプルーストはさまざまな対象の上に移ろいながら、同じ一つのタイプの女をしか愛することができない主人公の性向を描く。「人生で大切なのは、愛の対象じゃありません」とシャルリュス男爵は言う、「それは愛するということですよ」（同）。いや、さまざまな女を同じ仕方でしか愛することができなくて（「誰にもその人なりの風邪の引き方があるように」、振られ方にも決まった癖がある、とプルーストは『逃げ去る女』に書いている）、その同じ愛し方がさまざまな女を同じ愛の鋳型に嵌めてしまう。そのようにして、オデット、ジルベルト、アルベルチーヌと、対象を変えた同型の恋が転移していく。

プルーストの小説ではこんなふうにただ一つの大恋愛が描かれるのではなく、いくつもの大恋愛が描かれる。『失われた時』を恋愛小説であると考えるとすれば、それがこの作品を他の恋愛小説と区別する大きな特徴である。その意味で――〝間歇的に〟複数の女性に恋をするのだから、マルセルは不実な主人公である。プルーストが描くのはジルベルトやアルベルチーヌへの恋ではなく、一つの恋からもう一つの恋への移行だった。ある女に夢中になっていたのに、時がたつと、もうその女のことがどうでもよくなる、そのような忘却と心変わりにこそ「心の間歇」の秘訣がひそんでいたのだ。

そこに心理的恋愛を解体するプルーストの新しさがある。心理的恋愛が描かれないと言うのではない。心理的恋愛は精細をきわめて描かれるのだが、スワンのオデットへの、マルセルのジルベルトやアルベルチーヌへの心理的恋愛は、それぞれの愛する主体によって底の底まで生きられながら、時間の腐蝕的な作用によってその心理的なものが否応なく解体されてゆく。まるで恋における運命的な出会いや成就ではなく、その運命的な訣別や忘却に魅せられているかのように。

プルーストは時間による心理の解体をこそ描いたのである。逆に言うなら、心理的恋愛は解体されるものであるから、それを極限まで生きる（書く）ことが可能になったと言える。プルーストはその間の事情をアンリ・ゲオンに宛てた手紙で、「『時間』のなかの心理学を行なう」と言っている（一九一四年一月二日付）。また、『逃げ去る女』でも、「立体の幾何学があるように、時間のなかの心理学がある」と。プルーストはスワンやマルセルの恋の心理的深みに降りてゆき、それが決して永続するものではないというメカニズムに精細な分析を加えるのである。

そのようにして、時がたつ、ということが実感される。心理の皮膜を取り払った時間のエッセンスがあらわれる。マルセルを不実な恋人に変えるのは、時の流れによる緩慢な忘却の作用なのである。プルーストの人物は時間のなかで人に恋し、時間のなかで同じ人に不実になる。出会いも別れも時間が織りなしたもののように思われる。一つの恋が終わり、忘却の作用が進行し、次の恋に受け継がれる、その変わり目に、作者の関心は向けられている。

ジルベルトの口からアルベルチーヌの名が発せられる時というのは、まさにジルベルトへの恋がアルベルチーヌへの恋に移り変わる、その転調の時期だったのだ。そんな変わり目においてプルースト的な時間はその純粋状態で取り出される。

6 恋とは名を〝読む〟こと

アルベルチーヌの名前がジルベルトやボンタン夫人の口から「通りすがり」のようにマルセルの耳に告げられたスワン夫人の——本書の冒頭に引いた——サロンの場面からしばらくして、小説はその間の経緯をさらに明確に次のように語っている。

「その頃、家ではちょっとしたいざこざがあって、その原因は私がさる公式の晩餐に父のお伴で行かなかったからだ。その晩餐にはボンタン夫妻が彼らの姪に当たるアルベルチーヌというまだほとんど子供のような少女を連れて来ることになっていた。こうして私たちの人生のさまざまな時期は互いに重なり合うものだ。私たちは、今でこそ愛しているが、やがてどうでもよくなる人［ここではジルベルト］のために、今日はどうでもよいけれども、明日になれば愛するようになる人と出会う機会を、にべもなく拒絶してしまう。もしその人に会うのに同意していれば、たぶんもっと早く相手を愛することができただろうし、私の現在の苦しみは短縮されたことだろう——もっとも、別の苦しみがそれに取って代わることになるのだろうけれど。［……］」（『花咲く乙女たちのかげに』）

これはアルベルチーヌの名前が『失われた時を求めて』に登場する三度目の光景である。ここでは彼女の名はジルベルトやボンタン夫人によって口にされる会話文ではなく、話者の地の文のなかに書き込まれることになる。それだけアルベルチーヌの「名」はマルセル（と読者）に〝馴染み〟になったということだろう。

この話者の語りには、しかしもう一つの語りが重ねられている。

「アルベルチーヌというまだほとんど子供のような少女」が――話者の出席しなかった――晩餐会にやって来ることになっていた、というところまでは、話者の人生のその時点までの叙述であるが、「こうして私たちの人生のさまざまな時期は互いに重なり合うものだ」から先は、話者の人生の行く先を見通す作者の語りが混じって来る。

それは作中人物によっては担うことのできない語りである。ここで話者と作者の声が「互いに重なり合う」、――「さまざまな時期」が重なり合うように。と言うのも、ここに言う話者と作者とは、同じ「私」をあい異なる二つの時期に分離した二者に他ならないからである。

現在の「私」と、近未来の「私」と。アルベルチーヌという名がまだ何の意味も持たず、ジルベルトへの愛の苦しみがすべてであるような「私」と、やがてジルベルトを忘れ、アルベルチーヌのためにジルベルトによって味わったと同じ愛の苦しみを味わうことになるのをすでに知っている「私」と。「現在」という時間のなかで盲目になっているマルセルと、マルセルの身にこれから起こることを明察しているプルーストと。

この間の事情についてロラン・バルトはプルーストの名を冠した数少ない論考の一つ、一九六七年に発表された『プルーストと名』(『新＝批評的エッセー』所収)のなかで、作者がコード化し、話者がそのコードを解読する、と書いている。ちなみに、バルトのプルースト論は四本あって、他の三本は、『探究の構想』(一九七一年)、『長いあいだ、私は早くから床に就いた』(一九七八年)、『それは固まる *Ça prend*』(一九七九年)。これに何度か引いた、テープのみが流布してテクストが公刊されていない一九七八年の『パリのマルセル・プルースト』を加えることができる。

『失われた時』の全体はいくつかの「名」から生まれた、とまずバルトは言う。「『失われた時』を《開始》した（ポエティックな）事件とは、名前の発見である。なるほどプルーストは『サント・ブーヴに逆らって』以来、いくつかの名（コンブレー、ゲルマント）をすでに手に入れていた。しかし彼が『失われた時』の固有名の体系をその総体において構築するのは、ようやく一九〇七年から一九〇九年の間であったと思われる。この体系が見出されるや、作品はただちに書かれたのだ」という主旨の呈示の後で、――

「いずれにせよ、それらの名前を選択――または発見――しなくてはならない。まさにここで、プルーストの名前の理論における、言語学の、あるいは少なくとも記号学の最大の課題の一つであるもの、すなわち記号の動機づけの問題が浮上して来る。おそらくこの問題はこの場合いささか人為的なものであるかもしれない。と言うのは、この問題が提起されるのは実際には小説家に対してでしかなく、小説家は新奇であると同時に《正確な》固有名を創り出す自由を（だが義務をもまた）持っているからだ。とはいえ、実を言えば、話者と小説家は同一の行程を逆方向に辿っているのである。［……］話者はコードを解読し、小説家はコード化する」

アルベルチーヌの名に関してバルトのこの解釈を適用するなら、スワン夫人のサロンでアルベルチーヌの名を耳にする話者は、小説家が発見し、コード化した「固有名の体系」のなかでその名を聞いたのであり、そのように混入して来た作者の声のコードを解読する過程が、これ以後の話者のアルベルチーヌへの恋に他ならなかったのだ。

その意味で、マルセルのアルベルチーヌへの恋は、名前から始まり、名前に終わる恋であると言うことができる。彼はこの紆余曲折に富んだ、長い、苦しみに満ちた恋を通じて、アルベルチーヌという名前を〝読む〟以外のことをしていない。彼女がパリのアパルトマンから失踪してしまった後、マルセルはこんな述懐をする――「アルベルチーヌその人について言えば、彼女はもう私の心のなかで、ほとんど名前の形でしか *sous la forme de son nom* 存在していなくなっていた」と。「もし思い浮かぶことを声に出していたら、私は絶えずこの名を繰り返していたことだろう［……］、人間だったときに愛していた女の名を際限もなく呼びながら啼いたという寓話の小鳥のように」と（『逃げ去る女』）。

最初、通りすがりのようにその名を耳にして、やがてバルベックの海辺に現われたある娘の顔とその名前が一致する。『花咲く乙女たちのかげに』（アルベルチーヌによる接吻の拒否）、『ゲルマントの方』（その肉体の所有）、『ソドムとゴモラ』（ゴモラの女であることが判明）の三篇を通じて話者は、アルベルチーヌという名の下に〝彼女を知る〟という困難な事業に乗り出し、彼女を「囚われの女」の身にしてまでも他の女のもとへ走るのを阻止しようとするのだが、嘘という煙幕を張って自分の真相を話者の目から遠ざけることに長《た》けたこのゴモラの女に関して、話者がかろうじて知り得た唯一の確実なこと、それは彼女の名がアルベルチーヌであることぐらいであったかもしれないのである。

アルベルチーヌに関して確かなこととは何だろう？ 彼女がゴモラの女であるということさえ確かではない。すべてが伝聞と憶測の域を出ないのである。アルベルチーヌとはまさに曖昧なるものの別称であると言ってよいのだ。

それは話者がアルベルチーヌを愛すれば愛するほど、彼女は話者の手許から逃れてゆく結果を招くからである。換言すれば、彼はアルベルチーヌを逃げ去る姿においてしか愛することができない。彼は彼女を知りたいと思うのだが、彼が彼女を知り、完全に所有するにいたったときは、彼の彼女への愛が止むときなのだ。彼が所有するアルベルチーヌの真実とは、彼女の抜け殻に過ぎない（ちょうど、『源氏物語』の空蟬が源氏の手に「薄衣」を脱ぎすべらかして逃れて行ったように）。逃れ去るアルベルチーヌが彼の手に残すのは、それゆえ彼女の名前に過ぎなかったのかもしれない。この恋を通じて、初めて彼女の名を耳にしたときそうであったように、最後においても〝神秘〟としてマルセルに残るのは、アルベルチーヌという名前だったのだ。

ここで最初に立てた問いに帰ってみよう。恋の始まりはどこにあるのだろう？　話者のアルベルチーヌへの恋はいつ、どんなふうに始まったのだろう？　そもそも恋愛にとって始まりとはどこにあるのだろう？

7　i赤

『花咲く乙女たちのかげに』第一部「スワン夫人をめぐって」は、アルベルチーヌの名が初めて発せられる場面に先立ち、話者が受け取ったジルベルトの手紙の筆跡についての、こんな記述を置いている。

「手紙の末尾に記されたジルベルト *Gilberte* の名前は、装飾風に書かれたGの文字が点の打たれていないiの上に寄りかかっていて、まるでAのように見えるばかりか、最後の綴りは鋸葉状の飾り文字のおかげでどこまでも伸びているので、フランソワーズ［マルセルの家の女中］は頑としてこれをジルベルトとは読めないと言い張った」

Gilberte の名の下にパランプセストのように *Albertine* の名が透かし見られるのである。言うまでもなくこのような「固有名の体系」を拵えたのは、バルトの『プルーストと名』にあった通り「小説家」なのだろうが、しかし一方ではマルセルに不思議な予見の能力（*voyance*）を与えるとすれば、この登場人物は小説のこのページから抜け出して彼の身にこれから起こること——ジルベルトの次にアルベルチーヌを愛する——を透かし見たのかもしれないのである。

先に引用した、ジルベルトの署名を話者が解読する部分は、『失われた時を求めて』の始めと終わりを円環的に結ぶ役割を果たしていて、長篇も終局に近いところ、アルベルチーヌへの恋の終わりを記述した『逃げ去る女』で、話者のパリのアパルトマンから失踪したアルベルチーヌが、彼の愛が一番高まった折も折、落馬して死んだと知らされる、その悲しみからもようやく癒えて、ヴェネツィアに旅をしている頃、受け取った一通の電報の差出人の問題と対応している。

それは死んだと思っていたアルベルチーヌからのもので、「お会いして結婚の話をしたい」という旨のことが記されている。これは普通の小説なら〝どんでん返し〟になるはずのところだが、物語の筋書に対してではなく、人物の心の在り方に対して忠実なプルーストの場合、むしろ淡々と受け止められる。そしてこのクールな応接が話者の心変わりを読者にまざまざと実感させることになるのである。

話者の心のうちにアルベルチーヌの忘却が進行したこの段階では、彼女が生きているという知らせは、「意外にも喜びをもたらさなかった」のだ。そしてヴェネツィアを去る頃、今度はジルベルトから来た手紙の署名を見て、またしても大きな〝どんでん返し〟がやって来る。ジルベルトの手紙は話者の友人のゲルマント家の貴公子サン＝ルーとの結婚を知らせるものだった。そのようにして、小説の始めの頃には、あんなにかけ離れていると思われた「スワン家の方」と「ゲルマントの方」が、一つに結ばれるのだが、そのときふと、アルベルチーヌからと思った電報が実はジルベルトからのものだったことに気づくのである（手紙の差出人をこのように読み違えることは、思い込みがあると起こりうるものだ）。

「ジルベルトのiの点は、上の行にまたがり中断符［……］と一緒になっていた。またGはゴシック文字のAのように見えた。その他にも、二、三の語がうまく読めず、他の言葉と取り違えられたのであれば（もともといくつかの語は私に判読不能だった）、それだけで私の思い違いの詳細を説明するのに充分だろう［ジルベルトの署名を読み違えたのは電報局員でもあり、「私」でもあるような書き方がしてあるが、この違いは本稿の論旨を左右するものではない］」

ジルベルトとアルベルチーヌの名前の錯綜によって終わりを迎えるアルベルチーヌとの恋は、その恋の始まりに位置する二人の名前の錯綜する場面へと送り返される。プルーストの小説ではこんなふうに、恋の始まりと終わりをつかさどる役割が「名前」に与えられているのだ。

ジルベルトの名にアルベルチーヌの名が隠れていて、アルベルチーヌの名だと思われたところにジルベルトの名が浮かび上がって来る。不実なマルセルは、やがて愛することになるアルベルチーヌのためにジルベルトを忘却の彼方に追いやり、またジルベルトの名の上にアルベルチーヌの名を読み取るという冒瀆を重ねている。

冒瀆と言うのは、かつては神の座に祭り上げた恋人を今では棄てて省みないからである。それは女神の顔を踏みつけにする仕打ちではないだろうか？　ジルベルトの名の上に死んだアルベルチーヌの名を読むとは、かつてはあんなに愛したジルベルトを殺すに等しいのだ。

ジルベルトだけではない。アルベルチーヌもまたここで忘却され、抹殺されている。

「すべては最初の思い違い *une erreur initiale* から出発しているのだ」（同）とは、ジルベルトの名を読み違えた話者の述懐だ。彼の恋は最初から「思い違い」だったのか？　だれか別の人を間違えて愛してしまったのだろうか？

注意してほしい。プルーストは「思い違い *erreur*」とか「錯覚 *illusion*」というものを無下に否定し去るのではない。むしろ「視覚的な錯覚 *illusions optiques*」から出発するエルスチールのような画家の方法を高く評価するのである（『囚われの女』）。

語り手（「私」）はまず何も知らない状態に置かれている。それから次第にさまざまなことを知るにいたるのだが、その知識も「真理」と言えるようなものではなく、思い違いや錯覚の連続なのだ。そしてプルーストにとってこの人生では最終的な真理には——一冊の「書物」を除いては——到達できない。だから、思い込みや錯覚のなかに真実の断片があると言ってよいのである。

こういう「錯覚」から出発する知覚の在り方を、十七世紀の古典作家セヴィニェ夫人の『書簡集』における「ドストエフスキー的側面」と名づけ、こう書かれている——「セヴィニェ夫人はエルスチールと同様に、物事をまずその原因から説明するのではなく、知覚の順序に従って物を私たちに提示しており、そのことを私はバルベックで理解したのである」(『花咲く乙女たちのかげに』)。また、『囚われの女』には、マルセルがアルベルチーヌに文学談義をする場面があって、「セヴィニェ夫人はエルスチールやドストエフスキーと同じで、論理的な順序に沿って、つまり原因から先に出してくる代わりに、まず結果 *l'effet* から、僕らをぎくっとさせる錯覚 *l'illusion qui nous frappe* から始めることがあるんだ」。

　プルーストにとっての真実とは、無数の錯覚の上に成立する万華鏡の世界なのだ。万華鏡の一つ一つのきらめきが真実の断片を見せてくれる。「あばたも笑窪」と言うが、あばたが笑窪に見えないところには、どのような真理の発見もないということだろう。まず錯覚すること、間違えることから始めなくてはならない——つまり、恋することから。

「私の思想はいっさいの幻想を失った懐疑主義 *scepticisme désenchanté* だという結論を引き出す人がいたら」、それは間違いである、とプルーストはＮＲＦ(『失われた時』の版元ガリマール書店)の編集者であり、慧眼の批評家ジャック・リヴィエールに宛てた最初の手紙に書いている、「私は思考の変遷 *évolution* を抽象的に分析するのではなく、変遷そのものを再創造し、生きさせたかったのです。ですから私は、さまざまな錯誤 *erreurs* を描かざるをえなかったのですが、それを錯誤と見なしていると言うべきだとは考えなかったのです」(一九一四年二月六日付・傍点引用者)。

「それを錯誤と見なしていると言う」としても、プルーストではそれが言われるのは最後の最後の段階でしかない。いや、むしろ最後の段階で提示される真相より、そこにいたる「思考の変遷」のプロセスのほうが大事にされる。

マルセルにとって恋人の秘密を解く鍵は、ジルベルトのなかにあらかじめ予兆のように潜んでいたアルベルチーヌの名——Aのように見えるGの頭文字や、二人の名に共通するiの字のなかに潜んでいたのだ。彼はジルベルトの名の下にアルベルチーヌを、あるいはその逆に、アルベルチーヌの名の下にジルベルトを愛していたのか？

『失われた時』の前身になったと言われる『サント・ブーヴに逆らって』の「ジェラール・ド・ネルヴァル」と題された章には、ネルヴァルの散文作品『シルヴィ』のヒロインの名前に含まれる母音のiを「赤」と結びつける次の批評が見られる、——

「『シルヴィ *Sylvie*』の色彩といえば、深紅 *pourpre* だ。深紅のバラ、深紅ないしは紫がかったビロード、そういう色彩であって、言うところの中庸を得たフランスの、水彩画の色調ではまったくない。この赤の喚起は、弓の的、赤いスカーフなど、何かにつけて回帰して来る。そして二個のi［*Sylvie* のyとiのこと。フランス語ではともに［i］と発音される］で深紅になったこの名前自体が、シルヴィであり、本当の『火の娘』だ」

ここで思い出されるのは、「母音の色を発見した」ことで知られるランボーのソネット『母音』に、「I赤」と言われ、「I、深紅 *pourpres*、吐かれた血、美しい唇の笑い／怒りのさなか、あるいは悔悛の陶酔のなかで」とあって、iは「赤」や「深紅」と結ばれていることである。

ジルベルトとアルベルチーヌがその名のうちに持つ深紅のiは、ランボーの詩でも「悔悛の陶酔」とあるように、肉体の犯す罪の色、プルーストにおいてはとりわけゴモラの女の背徳の色をあらわしているようである。

『失われた時』では『ソドムとゴモラ』冒頭のシャルリュスとジュピヤンの結合の場面を回転扉のようにして多くの登場人物が性倒錯者であることを明らかにすると先に述べたが、最重要な登場人物であるシャルル・スワンは（話者とともに）例外的にソドムの徒であることを免れた人物であり、そのことを示すかのように彼のスワンという名は「白」を含意している。作者はアリ・スワンというスワン *Swann* と同じ名を持つ読者からの手紙に、「私は、アングロ・サクソン風で、前後に子音が来る母音aが持っている白さの感覚を与えてくれるような外見の名前を探したかったのです」と答えている（一九二〇年十二月十日付）。

スワンには深刻な意味での堕罪の機会はおとずれない。したがって、贖罪のチャンスもない。彼は美術に対する洗練された目を持ちながら、生涯を通してジレッタントで終わる。

一方、ゴモラの女の徴を帯びたジルベルトやアルベルチーヌはその名のうちに「i赤」を持つだけではなく、たとえばジルベルトが初めて話者の前に姿を現わすときは、バラ色のサンザシの生垣の下に、「バラ色のそばかす *taches roses* のある顔を上げて私たち［話者の家族］を眺めて」（『スワン家の方へ』）いるのだし、アルベルチーヌの場合にしても、彼女――の名前ではなくて――本人とバルベックの海岸で出会ったときには、「この褐色の髪の娘 *cette brune* が一番私の気に入ったわけではない。というのもまさに彼女が褐色の髪をしていたからで、また（タンソンヴィルの小さな坂道でジルベルトを見た日からというもの）金色の肌をした赤褐色の髪の娘 *une jeune fille rousse* こそが私にとって近寄りがたい理想になっていたからだ」（『花咲く乙女たちのかげに』）というふうに、「赤褐色の髪の娘 *rousse*」に対するアンビバレントな感情を表明している。そもそも *Albertine* という名はサンザシ

aubépine (オベピーヌ) と綴りも音も似通っており、*aubépine*、*Gilberte*、*Albertine* と、三者をその名において結ぶ「i赤」の絆は明らかである。

その後もバルベック海岸のアルベルチーヌも含めた少女集団 (*petite bande*) について、「大部分の娘は、その顔自体がこのあけぼのの混乱した赤味 *rougeur confuse de l'aurore* のなかに溶け込んで、各人の真の特徴はまだ湧き出ていなかった」(同) と「赤味 *rougeur*」が強調され、アルベルチーヌに接吻しようとして果たせなかった場面では、その顔が「ふだんよりいっそうバラ色を帯びているように見え」(同)、パリのアパルトマンで彼女を抱くときには、「彼女の頬が作る美しいバラ色の球形の上に視線をすべらせて」、「これからアルベルチーヌの頬という、未知のバラの味 *le goût de la rose inconnue* を知ることになるんだ」(『ゲルマントの方』) と自分に言い聞かせるように、アルベルチーヌを彼女の頬のバラ色と一体化して感受している。さらに『囚われの女』の眠る彼女を眺める断章では、「未知のバラの味を知る」の場合は、『ゲルマントの方』第二部第一章で最愛の祖母の死が語られた直後のことであるだけに、アルベルチーヌにおけるバラ色の肉体の所有はひとしお罪深い不謹慎なものになったはずである。

「バラ色の人 *la rose personne*」と、その人格が端的にバラ色と結ばれるにいたる。なかでも

プルーストにおいてはしかし、ゴモラの女のバラ色は罪の徴であるだけではない。このバラ色は——スワンの「白」とことなり——贖罪の契機ともなりうる。そのことをもっともよく体現しているのが、その生涯をほとんど無名で終わった作曲家ヴァントゥイユの娘 (名前は与えられていない) の場合だ。

8　真紅の七重奏曲

ヴァントゥイユの娘は『失われた時』全篇を通じて最初に登場するゴモラの娘であり、話者によってもっとも怖れられる背徳の女である。『ソドムとゴモラ』第三章の末尾で「アルベルチーヌとの結婚は、狂気の沙汰のように思われるのだった」と、すっかり恋がさめて別れるつもりでいたマルセルが、続く第四章でアルベルチーヌがヴァントゥイユの娘と友だちだと知ると、嫉妬と猜疑心に眠られぬ夜を明かした話者は、「バラ色のアルベルチーヌ *Albertine, rose* ［この表現では、アルベルチーヌとバラ色は一体である］」がヴァントゥイユ嬢と猫のように戯れる姿をバルベック海岸の真紅のあけぼののなかに思い描いて、彼女のゴモラの女との絆を断つために「どうしてもアルベルチーヌと結婚しなければならない」と急転直下、豹変した決意を抱き、そのまま彼女をパリに連れて帰り「囚われの女」にしようとする……。

それというのも、マルセルは幼少の頃、ヴァントゥイユ嬢がコンブレーの近くのモンジューヴァンで女友だちとレズビアンの戯れに耽る光景を見たことがあるからである。『スワン家の方へ』でバラ色のサンザシの生垣にジルベルトの姿を認めるより先に、この初恋のヒロインの登場に先立つようにして、話者はヴァントゥイユの娘のそばかすだらけの顔を想像する場面がある。

「教会を出ることになって、祭壇の前にひざまずいた私は、立ち上がろうとしたとき、突然、サンザシからアーモンドのようにほろ苦く甘い薫りが洩れ出るのに気づいた」

ここまではサンザシの匂いは教会の祭壇という聖なるものとの関連にあるのだが、——「またそのとき、花の上にいっそうブロンドになった小さな斑点を見つけて、ちょうどフランジパンの味がその焦げた部分に潜んでいたり、ヴァントゥイユ嬢の頰の味「アルベルチーヌの「未知のバラの味」に通じる。その意味でここにもアルベルチーヌとの最初の出会いの予兆が準備されている」がそばかすの下に隠れていると想像するように、この小さなブロンドの斑点の下に花の薫りが潜んでいるのではないかと想像した」

教会の祭壇に捧げられるサンザシの薫りがここでは「ヴァントゥイユ嬢の頰の味」を喚び起こす。瀆聖の意味は明らかだ。

アルベルチーヌの登場に関して見てきた通り、作者はヴァントゥイユ嬢の登場に関しても細心の注意を払っている。ヴァントゥイユ嬢はここでまだ実際に登場しているわけではない。作者はもっぱら祭壇のサンザシを描写している。とはいえヴァントゥイユ嬢の頰はサンザシの花のメタファとして使われているわけでもない。ヴァントゥイユ嬢の頰はサンザシの花に従属する修飾ではない。むしろヴァントゥイユ嬢の頰とサンザシの花は「換喩 *métonymie*」(ジェラール・ジュネット)の関係にある。なぜなら、この教会の祭壇のサンザシの描写のすぐ前に、祖母によるヴァントゥイユ嬢の——比喩ではなく実在の——印象が語られ、「そばかすだらけでひどく荒っぽいこの女の子の視線のなかに、とても優しく繊細で、ほとんどおずおずした表情が頻繁に過ぎること」が指摘されているからである。話者の目にサンザシの花とヴァントゥイユ嬢の頰のそばかすは、言わば〝同時存在〟しているのだ。

と言うことは、この後にサンザシの生垣に初めて姿を見せるジルベルトも、ヴァントゥイユ嬢と〝同時存在〟しているのかもしれない。さらにジルベルトによって（それとは知らず）話者に〝紹介〟されるアルベルチーヌも……。プルーストの小説が年代記的な記述を混乱させる手法を取るのも、こうしたいくつもの時間の重ね合わせと関係がある。

さらに、*Vinteuil* 嬢もまたその名のうちにｉを持つことを指摘しよう。三人の娘、*Vinteuil*、*Gilberte*、*Albertine* が、自分の名前の「·i赤」を触媒として〝同時存在〟する瞬間が『失われた時』のさまざまな場面で垣間見られるのである。

モンジューヴァンで話者によって垣間見られるヴァントゥイユ嬢の倒錯行為は『スワン家の方へ』の前半部に置かれ、『失われた時』の執筆に取りかかった最初期から、この作品には「きわめて淫らな部分さえある」と言っている（一九〇九年八月中旬付アルフレッド・ヴァレット宛書簡）ことからも窺われるように、この種の場面はもっとも早く作者によって構想されたらしい。

喪服姿のヴァントゥイユ嬢が女友だちとソファで戯れながら、亡くなったばかりの父親の写真をかたわらに置いて、「お父さんの写真があたしたちのことを見てるわ」とささやき、その写真に唾を吐くという情景である。「こうして自分たち二人が、墓のなかまで追いかけて行ってヴァントゥイユ氏から父親の資格を剥奪し、残酷の極みに達したことを感じて、恍惚としていた」。――「彼女のようなサディストは」とプルーストはつけ加える、「悪の芸術家である。そして根っからの悪人には、悪の芸術家になることはできないのだ」。

ここではこの場面を覗き見する話者のマルセルが、そして作者のプルーストが、ヴァントゥイユ嬢のサディズムに自分を投影している。マルセル自身の「悪の芸術家」としての心情が語られていると見ていい。このときマルセルは覗く人であり、覗かれる人である。男であり、女である。「ヴァントゥイユの娘はマルセルを体現し、ヴァントゥイユはマルセルの母である」とジョルジュ・バタイユはそのプルースト論で書いている（『文学と悪』）。「父親の存命中にヴァントゥイユ嬢が女の愛人を家に連れ込むことは、話者がアルベルチーヌを［母と一緒に住んでいる］アパルトマンに連れ込むこととパラレルになっている」。

　祖母の死後すぐにアルベルチーヌとつきあい始めるマルセル（『ゲルマントの方』）、その後、喪に服している母親と同じ屋根の下にアルベルチーヌを住まわせるようになるマルセル（『囚われの女』）、――ここにプルーストには親しい〝冒瀆された母親（祖母）〟の主題が見え隠れしている。

　初期の短篇集『楽しみと日々』（一八九六年）の一篇「若い娘の告白」では、この〝冒瀆された母親〟の主題が正面から扱われている。

　この短篇の語り手「私」は『失われた時』の話者マルセルの前身と見ていいだろう。マルセルという虚点のような人物に潜在している女性像が、『若い娘の告白』では、くっきりと浮かび上がる。まるでマルセルが「若い娘（であること）の告白」をしているようである。

　この「若い娘」は『失われた時』の「私」と同様に、母親におやすみと言ってもらわないと眠ることができない神経質な娘である。彼女はマルセル同様、就寝に際して母親が傍らにいないことに恐怖に近い感情を抱く。これはマルセルがアルベルチーヌの《ゴモラの市》への逃亡に異常なまでの嫉妬を覚える心理を思わせる。母親との就寝の儀式が愛の原風景をかたちづくっているという点では、

『失われた時』の原点の一つがここにあると見てよい。

また、死んだ母親について、「愛するものにとって、不在は、もっとも確かな、もっとも有効な、もっとも生き生きとした、もっとも破壊しがたい、もっとも忠実な存在なのではないでしょうか」という件りなど、マルセルが死んだアルベルチーヌの〝不在〟に生前以上の恋情をかきたてられる心のメカニズムをほうふつとさせる。

興味深いのは、『失われた時』でマルセルの振舞いとしては余りに女々しいと思われること――就寝前の母親のキス、サンザシの花との涙の別れのシーンなど――が、「若い娘」の振舞いに置き換えて考えれば必ずしも違和感を覚えないことである。『スワン家の方へ』第一部の「コンブレー」で、例年より早くパリに帰ることになって、話者がサンザシと別れを惜しむ場面、――

「……母はあちこちと探しまわった末に、タンソンヴィルに続く小さな坂で私が涙でくしゃくしゃになっているところを見つけた。私は刺のある枝を腕にかき抱いてサンザシに別れを告げている最中で、役にも立たない身の飾りが重たく感じられる悲劇の女王のように、結び目をこしらえた髪を苦心して額にあつめようとした煩わしい手に対する恩を忘れて、引き抜いたカールペーパーや新しい帽子を足で踏みつけていたのだった」

サンザシを抱いて涙にくれるマルセルが、ここではラシーヌの悲劇『フェードル』のヒロインになぞらえられている。義理の息子イポリットへの道ならぬ恋に悩むフェードルが御付きの女エノーヌの手になる丹念な身繕いを煩わしく思う場面である。作者がマルセルに「悲劇の女王」の恋する姿を与えていることが理解されよう。

他にも『フェードル』への言及は数多くあるが、とりわけ長篇も大団円に近い『逃げ去る女』でヴェネツィアを訪れているマルセルが、アルベルチーヌの〝忘却〟の最後の段階に入って、ヴェネツィアで出会う若い娘たちを「新たなアルベルチーヌ」と呼び、「忠実で誇り高く、いくらか野性的でさえある」娘、というふうに、『フェードル』を引いてアルベルチーヌをイポリットになぞらえるところでは、マルセルが女性化されてフェードル（「悲劇の女王」）の役を演じ、アルベルチーヌが男性化されてイポリットの役を演じる。ここにはプルーストがカブールの運転手アゴスティネリに恋して、この男性からアルベルチーヌを創造した経緯が垣間見られるようだ（この点については第Ⅲ部「ノルマンディーの恋」で詳述する）。

マルセルは恋する「悲劇の女王」であるばかりではない。若い娘でもあり、またフェードルのように母親でもあっただろう。実際、このあたりはすべてを女性化した、女づくしの世界で、プルーストがいかに女たちの「黒い神秘」に通じているかを窺わせる（シャルリュス男爵が女たちに蔽われている情景を思い起こされたい）。

『囚われの女』においても、マルセルのアルベルチーヌに対する関係は、ときにアルベルチーヌに母親を見ていることもあれば（「［そのときのアルベルチーヌには］はるかなコンブレーの夜、母が私のベッドにかがみ込んで接吻とともに安らぎを与えてくれたとき以来、絶えて感じたことのない心を鎮める力があった」）、アルベルチーヌを娘として見ていることもある（「このように穏やかな［アルベルチーヌの］眠りは、自分の子がすやすやと眠っているのを見て、素晴らしい子だわと喜ぶ母親のように、私を喜ばせた」）。またときにはマルセルは母であり娘だ（「アルベルチーヌを恋人であると同時に妹として、娘として、それればかりか毎晩おやすみを言いに来る母——私がまたしても子供のようにその必要を感じ始めた母——として、ベッドのかたわらにいさせることができなくなりはしないか、そう考えて恐れおののく私の全感情が、あたかも冬の日のように暮れやすい私の生涯の、ごく早い時期のあの夜のなかに集まり、一つになり始めたようだった」)。

マルセルがアルベルチーヌに対して母であり娘とすれば、彼は〝冒瀆される母〟であるとともに〝冒瀆する娘〟になるのだろうか。

『若い娘の告白』では、結婚を間近に控えたパーティの夜、「私」は一人の青年とあやまちを犯してしまう。この「若い娘」にマルセルを重ねながら、終幕の場面を読んでみよう。

「そのとき、ますます快楽に捕えられる一方、心の底で、限りない悲しみと嘆きが目覚めるのを感じました。母の魂、守護天使の魂、神の魂に涙を流させているように思えたのです。[……]マントルピースの上の鏡に映った自分の顔が見えました。私の魂のあのとらえどころのない不安は、その顔には少しもあらわれていませんでした。それどころか、頬をほてらせ、目を輝かせ、口を差し出しているその顔全体に、愚かしくも荒々しい官能の歓びが息づいていました。そのとき私は考えました。ついさっきもの悲しい優しさをこめて母に接吻したばかりだというのに、今こんなふうに獣になり下がってしまった私を見る人がいたら感じるはずの、ぞっとするような嫌悪のことを。でもすぐに鏡は、口髭の下の、むさぼるようなジャックの口が私の顔に貼り合わされるのを写し出しました。もっとも奥深いところまで揺り動かされて、私は顔をジャックの顔に差し出しました。そのとき、正面に見えたのです。そう、あるがままに申しましょう、私にはまだものを言う力が残っているのです。お聞き下さい、窓の前、バルコニーの上で、呆然として私を見つめている母が見えたのです。母が叫んだのかどうか、私には分かりません、なにも聞こえませんでした。でも、母は仰向けに後ろに倒れ、バルコニーの二本の支柱に頭を挟まれたままになっていました……」

この若い娘には、父親の写真の見ているところで女友だちと快楽を貪るヴァントゥイユ嬢のサディズムはないが、彼女の快楽を見つめる母親の顔を穢していることには変わりがない。相手が写真ではなく、母親その人であるだけに、犯された罪は深いと言える。母親はこうして死んでしまうのだから、母を殺したと言ってもいいだろう。

さらに言うなら、プルーストの潜在意識のなかには、女性とともに味わう快楽は母への裏切りになるという罪悪感があった。一般にホモセクシャルの男性には母親を熱愛する傾向があると言われる。プルーストも、これまで何度も触れてきたバルトも、母親に最愛の女性を見出している。彼らにおいては、母親が暗黙のうちに母以外の女性を愛することを禁じるのだ。母親がとくに禁じるわけでもないのに、そうした禁止を仮想して、母親の気持ちを先取りし、それに迎合してしまう。そのようにして、母以外の女性を愛するたびごとに、神聖なものを穢す「錯乱の快楽」(『囚われの女』)が生まれる。女性の快楽の顔のなかに「若い娘」が鏡のなかに見た母の呆然として穢された顔を見出さずにいられないのだ。この罪悪感がヴァントゥイユ嬢に、ひいては彼女と分身関係を結んでいるかに見えるマルセルに投影して、母親(祖母、あるいはヴァントゥイユ嬢の場合なら父親)殺しの意識を抱かせたのである。

そんなふうにしてヴァントゥイユ嬢という「悪の芸術家」が誕生する。

「悪の芸術家」であるという意味で、彼女はプルーストの同類である。なぜなら彼女は自分の名前に刻まれた「i赤」を贖罪の動機とする術《すべ》を知っているからだ、――マルセル・プルーストが一九〇五年、母の死を転機として、不思議な変身を遂げ、「暗き者、男やもめ、慰められない者」(ネルヴァル)の生を、『失われた時を求めて』という七篇からなる「一冊の書物」に捧げるにいたるように。

ヴァントゥイユ嬢の女友だちは、生前無名の音楽家だったヴァントゥイユの死後、彼の娘が父親に捧げる崇拝の心を知り、彼が残した判読不能の楽譜の解読に専念して、「楔形文字を点々と綴ったパピルスよりもさらに判読不可能な書類のなかから、この未知の歓びの、永遠に真実であり永久に実りゆたかな書式を、朝の真紅の天使 *l'ange écarlate du matin* の神秘な希望を抽き出した」――それが『囚われの女』で話者が聞くヴァントゥイユの七重奏曲である。

プルーストの〝重ね合わせ〟の手法からすれば、このヴァントゥイユの七重奏曲には(ヴァントゥイユの娘の「形代《かたしろ》」としての)アルベルチーヌが重ね合わせられていよう。その意味で、『囚われの女』における真の「囚われの女」とは、ヴァントゥイユの七重奏曲であったと言える。

ここで初めて「i赤」の持つ両義的な価値が明らかにされる。ゴモラの「i赤」は聖なるものを穢す「バラ色」に頬を輝かせることもあれば、「朝の真紅の天使の神秘な希望を抽き出す」こともできる。いや、「i赤」の「悔悛の陶酔」がなければ、そのような「真紅」の七重奏曲は決して日の目を見ることがなかっただろう。「赤味を帯びた七重奏曲 *le rougeoyant septuor* は」とプルーストは書いている、「なるほどあの白いソナタ *la blanche sonate* とは奇妙に違っていた」。

「白いソナタ」とは、『スワンの恋』でスワンとオデットの「愛の国歌」になり、二人を結びつけることになるヴァントゥイユの作品である。「白いソナタ」によってプルーストの言わんとするところは、スワンとオデットの恋には、ヴァントゥイユ嬢とその女友だち、マルセルとアルベルチーヌの関係に見られるような、「i赤」の使嗾《しそう》する聖なるものの冒瀆がなく、したがって贖罪の契機もない、ということとである。

ヴァントゥイユからジルベルトへ、ジルベルトからアルベルチーヌへ、「i赤」の糸をたどるマルセルは七重奏曲の真紅の世界にいたって、芸術作品の啓示を受け取る。ここにも『失われた時』の「名前の体系」を導いてゆく作者の手を見てとらないではいられないのだ。

9　私

作者の手と言ってはいけないのかもしれない。この「作者」(名前をコード化する者)は、まだ登場人物としての話者マルセルなのかもしれない。プルーストの小説における「私」が作者と紛らわしいのは、マルセルはやがて「この小説」を書く人になるだろうからである。

『見出された時』の末尾で彼は『失われた時を求めて』を書こうとするわけだが、この生きる人にはいつでも書く人が重なり合おうとしている。彼はすでに書く人でもある。『スワン家の方へ』で年少のマルセルはマルタンヴィルの鐘楼が与える感動を記述するために馬車のなかでペルスピエ医師に紙と鉛筆を求め、「この小説」の一断章を書きとめる。『ソドムとゴモラ』の二度目のバルベック滞在時には、アルベルチーヌとの恋の最中にありながら、「この私という奇妙な人間」――というふうに作家プルーストの肖像としか思われない一節が挿入されている。「死によって解放されるのを待ちながら、鎧戸を閉ざしたままの生活を送り、世の中のことは何も知らず、梟のようにじっと動かず、そして梟のように、闇のなかで少しはものがはっきりと見えるにすぎない」。プルーストが一九一〇年頃からオスマン通り一〇二番地のアパルトマンの仕事部屋をコルク張りにして、喘息の病身を鞭打つようにして大作の執筆に邁進したことはよく知られている。「私」はそんな「梟」のような生活を送る作家プルーストの前身である。いや、そのような作家の前身であり、すでにそのような作家そのものである。

そうである限りにおいて、この「私」の語りに作者の語りが混入するのは避けられないことだ。事実は、どのような小説であっても、作中人物が手探りで生きる物語の時間（バルトの言う「コードを解読」する時間）と、作品の構造を統《す》べる作者の時間（コード化する時間）とが重ねられているのだが、一般の小説はそのような作者の介入は見えない仕組みになっている。作中人物を——読者とともに——一寸先は闇の状態に置いておくことが必要だからである（娯楽小説の要諦）。

プルーストの作中人物である「私」は、しかし単に一寸先は闇の状態を生きるだけではない。この「私」は二重になっていて、一人の「私」は物語の現在時を生きるが、もう一人の「私」は別の時間帯に生息している。このもう一人の「私」を先に見た通り作者の前身と呼んでもよい。あるいは、作者その人と。プルーストにおいては作者の前身と作者の区別がつかない。ある意味ではプルースト的な作家はつねに作家の前身であるのかもしれず、書くことを先送りしてゆく時間が、プルーストにとっては書くことの時間を形成したのかもしれない。コンパニオンによれば、『失われた時』の全体が

「主人公の側における果てしない《一日延ばしにする習癖》の産物」なのだ（『両世紀の間のプルースト』）。『ロラン・バルトによるロラン・バルト』という〝擬似〟自伝的書物の「いつか後で *Plus tard*」と題した断章には、作品を先送りにしてゆくそんな心性と時間性がこう説明されている、――「第一に、作品とは、来たるべき一つの作品へのメタ＝書物 *méta-livre*（予見的注釈 *commentaire prévisionnel*）以外のものでは決してなく、その来たるべき作品は実現しないことによって現にあるその作品となるのだ。例えばプルーストやフーリエは《予告案内書 *Prospectus*》しか書かなかった。……」バルトによれば『失われた時』は「これから小説を書く」ということの長い――七篇に及ぶ――予告でしかないのである。そしてマルセルはこう述懐する、――「おそらく、心の底にある種の欲望を秘めておく習慣――［……］たとえば春先に田舎へ行ってサンザシや花ざかりの林檎の木や嵐を見たいという欲望、ヴェネツィアへの欲望、仕事に取りかかろうという欲望、人並みの生活を送ろうという欲望、こういう欲望を満足させることなく、それを自分のうちに保存しておき、いつかは必ずこれを満たしてやろうと自分に約束するだけですましてしまう習慣である。おそらく、シャルリュス氏に一日延ばしと非難されたように、絶えず一日一日先へ延ばしてゆく積年の習慣、おそらくこの習慣が私のうちに拡がり、［……］」（『囚われの女』）。さらに、『逃げ去る女』によれば、「［……］私の《一日延ばし》の習慣のために、何事も実現は困難で、ある種の疑惑の解明も、欲望の成就と同じく、これまで一日一日と、ひと月ひと月と、先延ばしにしてきた」のだ。

このもう一人の「私」（来たるべき書物を書く「私」）は、実際は誰ともアイデンティファイすることのできない人物であり、それゆえプルーストは『囚われの女』で二度ほど「マルセル」と呼ぶ以外は、名前で呼ばないようにしたのだろう。この「私」には名前がない、とする鈴木道彦の先駆的な論考『無名の一人称』もある。前に述べたように、本書では「私」、「話者」、「語り手」の頻用を避けるために、「マルセル」を用いている。

この「私」は潜在状態における作家であり、彼のうちには書く人の未来が書き込まれているのだが、その実現は不可視の闇のなかに失われている。彼の顔はいかなる顔立ちも見分けることのできない闇のなかに見失われて、彼の住まう領域はどのような時間帯とも特定することのできない薄明の時間帯にある。

そのような潜在状態の作家こそがプルースト的作家の真の在り方であったのかもしれない。それは蛹の状態にある蝶のようなもので、その意味で彼の才能は〝眠っている〟(潜在している)と言うことができる。

『失われた時』には数多くの眠りの場面が挿入されている。要所、要所に配された眠りが――「心の間歇」とともに――作品を無意識によって組み立てられた構築物にしている。小説の冒頭(「長いあいだ、私は早くから床に就いた」)が、まず語り手の眠りに入る挿話から始まっている。「眠っている人は時間の糸、歳月と自然界の秩序を、自分のまわりに環のように巻きつけている」。あるいは「ときとして、イヴがアダムの肋骨から生まれたように、一人の女が私の睡眠の間に寝違えた腿のところから生まれるのだった」(『スワン家の方へ』)。「私」の生息する薄明の時間帯とは、そのような睡眠の時間帯であるのかもしれない。プルーストの世界はこの睡眠の海に浸されているから、年代記的な秩序とは別の秩序、――眠る人が自分のまわりに巻きつけている時間の秩序に属することになる。

10 ヘルマフロディトスの恋

そこでは歳月の秩序が混乱しているだけではなく、とりわけ性の秩序が混乱している。「イヴがアダムの肋骨から生まれたように」、男の体から女の体が抜け出して来ることもある。ジルベルトやアルベルチーヌも、誰それといったモデルにその出自を求めるより、薄明の時間帯に眠るマルセルから生まれた女であると考えたほうがいいのかもしれない。

マルセルは語り手であり、その意味では潜在的な作家であって、ジルベルトやアルベルチーヌは彼の語りによって紡ぎ出された登場人物であると言うこともできるのだから、そういう仮定もあながち荒唐無稽ではない。あるいは、語り手とは『千夜一夜物語』の女の語り手シャハラザードのように本来的に女性によって担われる役割であったのか?

そこで語られるのが恋の話であるとすれば、なおさらである。ロラン・バルトは『恋愛のディスクール・断章』で、不在の恋人を語る言葉は女性のものである、と言っている。「……他者の不在を語るすべての男において女性的なもの *du féminin* が姿をあらわす」。そのようにしてマルセルは眠りに落ちる度に物語の糸を紡ぐ女に姿を変える。プルーストのデッサンにつけた論考『プルーストの目』でフィリップ・ソレルスが言うように、「プルーストは、眠りの底にあって、そして《ある種の下等の組織体におけるように、単純な分割によって》、みずからを女として産み出すことができるのだ」。『ゲルマントの方』で話者が友人のサン＝ルーに会うためにドンシエールの駐屯地に行った晩の眠りには、「未知の花々のように、互いにひどく異なるさまざまな眠り、ダツラの眠り、インド大麻の眠り、エーテルから引き出した多様なエキスの与える眠り、ベラドンナの、阿片の、鹿の子草の眠りが生い茂っている。……」駐屯地という男ばかりの世界でマルセルがことの他に幸福であるのは、彼のうちに潜む同性愛的傾向のゆえであるとする解釈がある。これらの花々の眠りには、ボードレールの「悪の花」に似て両性具有的性格が賦与されているようだ。それは『花咲く乙女たちのかげに』に咲き乱れるレスボスの娘たちの花々でもある。

『ソドムとゴモラ』で二度目のバルベック滞在のときにヴェルデュラン夫人の別荘ラ・ラスプリエールから夜遅くホテルに戻った話者に訪れる眠りは「第二のアパルトマン」に喩えられ、「そこに住む種族は、初めの頃の人類と同様に、男女両性具有 *androgyne* である。そこでは一人の男が一瞬の後に一人の女の姿であらわれる」。

プルースト自身は「女性的」と評されることをひどく嫌った。一例が「ル・タン」に『ゲルマントの方』の書評を書いたポール・スーデーに対して、「あなたは私のことを《女性的》と評することによって、あらゆる意地悪な連中に前もって道を切り拓いてやったのです（悪意によってでないことは確かなのですが）。〃女性的〃から〃女々しさ〃まではほんの一歩です。私の決闘に立ち会った人々に聞いてみて下さい「プルーストは一八九七年、二十五歳のときに、ムードンの森で小説家のジャン・ロランと決闘したことがある」。私が女々しい連中のように軟弱だったかどうか」（一九二〇年十一月六日付）。

こうした抗議にもかかわらず、今日残されているこの作家の写真を見ると、とりわけ男らしい男の価値を称揚したシャルリュス氏なら「まるで女だ」と唾棄したかもしれないような、みごとな手弱女ぶりを見せていて驚かされる。まるで手指の先までしなをつくっているようである。『ソドムとゴモラ』には、シャルリュス氏に関して、「ついに男爵はレディ・ライク lady-like と呼ばれるのにまったくふさわしくなった」とあるが、プルーストもまたそう呼ばれるにふさわしい。ある会合でこの「昔は美人だったろうと思われるユダヤ女のような」晩年のプルーストを見かけたルネ・ボワレーヴによれば、「……若くて、老人で、病人で、女で、——まことに奇妙な人物」と評されている。

サンザシとの別れを惜しんで泣き濡れるところなど、「若い娘」としか思われないことを先に見たが、プルーストに関する最大の謎は、彼が自分のなかに彫り込まれた女性のイマージュにどれだけ自覚的だったか、という点だ。あるいは彼は自分のなかの無自覚な女性を演じることができるほどにソフィスティケイトされた人物だったのだろうか？　マルセルを女性的で神経質な人物として造形したとき、プルーストはどこまでモデルとして作者の前で〝ポーズを取った〟のか？　ジード宛の手紙で彼はシャルリュス氏のことをこう書いている、——「私がこのように男らしさに惹かれる同性愛者を描こうと試みたのは、彼が自分では気づかない一人の〈女〉だからです」（一九一四年六月十日付）。シャルリュス氏ならざるプルーストも、「自分では気づかない一人の〈女〉」だったのだ。しかし「自分では気づかない」ことについて本人が語ることができるのだろうか？「気づかない」ことのうちにプルーストの持つ〈女〉の天稟が見出されるのか？　ここにも〝無意志的〟な女の出現を見るべきだろうか？

『花咲く乙女たちのかげに』には、シャルリュス氏は声を聞くと、若い男と女が交互に歌う二重唱のようで、内に「愛情をふりまく許婚の娘や修道女のコーラス」を含んでいるようだった、とある。

「女性化ということには何によらず怖じ気をふるうシャルリュス氏は、自分の声のなかにこうした少女たちの一群をかくまっているように見えると知ったら、どんなに心を痛めたことだろう」。同様に、自分のなかに「花咲く乙女たち」の一団をかくまっていると知ったら、この作家はどんなに心を痛めたことだろう。

次は同じ『ソドムとゴモラ』でソドムの一族の生態を描写する件り、——ここでは眠る話者のことが語られるのではなく、話者によって観察されたソドムの男の眠る姿が語られるのだが、ここにも眠るマルセルが女性に変容する姿を見出すことが許されよう。これは『囚われの女』の「眠るアルベルチーヌを眺める」場面を扱った断章の——きわめて意味深い——先取りとして読むことができるのである。

「ある人たちは、朝まだ寝ているところをそっと見ると、見惚れるほどの女の頭部 *une admirable tête de femme* をあらわしている。それほどまでに表情が広くその性のすべてを象徴しているのだ。髪の毛からしてそのことをはっきり示していて、そのうねりはいかにも女性的で、ほつれたのが三つ編みになって、いかにも自然に頬のところに垂れかかっているので、この若い女、この娘、自分を閉じ込めている若い男のこの身体の無意識のなかでかろうじて目をさましたガラテイア［ギリシャ神話で海のニンフ］が、だれに教えられたわけでもないのに、自分自身で、じつに巧みに、彼女の牢獄のわずかな逃げ道を利用して、彼女の生に必要なものを見出す術を心得ていたことに驚きの目を見張るのである」。

マルセルがここで自分自身を眺めているのだとしたら、どうであろうか？「若い男のこの身体の無意識」と言われているものが話者の身体の無意識であるとしたら？「話者は女とともにあって、何をすることができるだろう？」とソレルスは問うている、――「もしも彼が女の一員だとしたら？……誰が誰のことを語っているのだろう？」（『プルーストの目』）

彼のうちに「かろうじて目をさましたガラテイア」に、アルベルチーヌの姿を認めることができる、――パリのアパルトマンでマルセルの「囚われの女」になったアルベルチーヌの姿を。彼女は「牢獄のわずかな逃げ道を利用して、彼女の生に必要なもの」、すなわちゴモラの女たちを求めて、この「牢獄」から逃れて行ったのである。

そう言えば、『逃げ去る女』には、アルベルチーヌの死後、ヴェネツィアに旅したマルセルの心の牢獄に囚われた恋人を意識する次の場面がある。「黄昏の興奮のなかで、私は自分にも見えないかつてのアルベルチーヌが、それでも心の奥にある内面のヴェネツィアの牢獄《プロン》とも言うべきところに閉じこめられているのを感じないわけではなかった」。

11　男のなかの女が、女のなかの男を愛し、……

確かに、眠るマルセルはジル・ドゥルーズが『プルーストとシーニュ』で分析したような「原初のヘルマフロディトス［両性具有者］*Hermaphrodite originel*」をあらわしているのかもしれない。「原初のヘルマフロディトスは［ソドムとゴモラという］分岐するホモセクシャルの二つの系列 *séries* を絶えず産み出す。それは両性 *sexes* を結び合わせるのではなく、分離する」。

『ソドムとゴモラ』の扉のページには、「女はゴモラを持ち、男はソドムを持たん」というヴィニーの詩が銘句として引かれている。評論『ボードレールについて』では、「ヴィニーが裏切られて嫉妬に燃えた愛のさなかで」この詩を書いたとされ、「少なくとも彼は、男女を互いに相容れぬ敵同士として、別々に遠く離して設定しました」と論じられている。

なるほどプルーストにおいては男女を結びつける親和力より、両者を互いに引き離す、敵対する力のほうが多く語られる。スワンとオデット、マルセルとアルベルチーヌは、互いに慰謝を与える仲睦まじい伴侶と言うより、看取と囚人、判事と被告、スパイと要人、つばぜり合いを演じる二人の敵と言ったほうがいい。そこではやさしい睦言が交わされるかに見えて、姦計、嘘、密偵、罠がいたるところに仕掛けてある。

しかし、男女が「互いに相容れぬ敵同士として、別々に遠く離して設定」されているだけならば、問題は生じない。事態が紛糾するのは、男と女が、ドゥルーズの言うように、プルーストにおいては「隣接しながら壁で仕切られ互いにコミュニケートしない」関係に置かれ、一個の個体のうちに共存しているからである。それがヘルマフロディトスにおける、「男性の器官が女性の器官から仕切り壁 *une cloison* によって隔てられている」(『ソドムとゴモラ』)隣接状態の在り方である。

マルセルのなかの男女両性具有者の女性的半身は、仕切り壁によって隔てられる自身の男性的半身とは交わることができないので、この女性的半身は男を求めることになるのだが、彼は同性愛者として設定されていないために(マルセルには登場人物としての制約がある)、その代償行為として「女を愛する女[ゴモラの系列の女]」を求めるにいたる。そのとき、彼は「女を愛する女に対して、女の役割を演じる。すると女は彼が男に見出すとほとんど同じものを同時に彼に提供するのである」(『ソドムとゴモラ』)。つまりこの「女を愛する女［アルベルチーヌ］」は、彼女のなかの男性的半身において女を愛していたのであるが、彼女はこの男性的半身を男（マルセル）のなかの女性的半身の欲望に提供する、ということである。

マルセルのうちの女がアルベルチーヌのうちの男と愛しあう。見た目には普通の男女であるマルセルとアルベルチーヌの間で、そんな二重の倒錯が進行している。男が女役の倒錯者を、女が男役の倒錯者を演じる。そしてそんなことが一般の男女関係にも認められるのだ（なぜならマルセルは建前としては健常者であるのだから）。

ロラン・バルトは『パリのマルセル・プルースト』でモンタルベッティのインタビューに対して、プルーストにおける性について語りながら、この点には慎重な扱いが必要だと留保をつけた上で、――それはあたかも、ホモセクシャルである自分の性について語るときは慎重であってほしい、という含みのある要望のように聞こえる――『失われた時』では年上の女が社交界への導入役を演じるのに対して、若い娘 *jeunes filles* は若い男 *jeunes garçons* の代用 *substitut* であるかもしれない、との示唆を与えている。

アルベルチーヌの前身と言うべきヴァントゥイユ嬢について、すでに『スワン家の方へ』の始まりのところで、「男の子のような様子 *l'air d'un garçon* をしていて、とても頑丈そうに見える」とか「そばかすだらけのひどく荒っぽいこの女の子 *enfant si rude*」、あるいは、「この《おちゃめでやんちゃな子 *bon diable*》の男のような表情 *la figure homasse* の下に、もっと繊細な、泣き濡れた少女の顔立ちが照らし出され、透き通ったように浮かび上がる」と言われたりしていたことが思い出される。そしてこのヴァントゥイユ嬢の肖像が、『文学と悪』のバタイユの示唆にあった通り、マルセルの自画像に通じるようでもあるのだ。

プルーストにおけるこうした性のもつれ——ドゥルーズは異性愛とも同性愛とも異なる「トランス・セクシャリスム *transsexualisme*」と言っていた（『プルーストとシーニュ』）——の重要性は、どんなに強調しても強調しすぎることはない。

12　花の娘たちの軍団

ここで話題を元に戻して、アルベルチーヌの——名前ではなく——その実際の出現がどのようなものであったかに目を転じてみよう。マルセルのアルベルチーヌへの恋の始まりはどのようなものだったのか？

『花咲く乙女たちのかげに』に描かれる最初のバルベック滞在時、そのときも若いマルセルは恋愛の「空位時代 *périodes*〔……〕*vacantes*」にあって、いたるところに未来の恋人の候補を見出すような状態にあったのだが、——。

「……そのとき、まだほとんど堤防の突端のあたりに、奇妙な斑点 *une tache singulière* を動かして、五、六人の娘たちがこちらに進んでくるのが見えた。……」

ワグナーの楽劇『ワルキューレ』における女戦士たちの騎行、あるいは『ラインの黄金』の「河の精たち」や『パルジファル』の「花の娘たち」の輪舞を思わせる場面である。遠くから進んで来る娘たちの一団が敵の襲来にも似通うことが注目される。マルセルにとってこれ以後、アルベルチーヌは手強いゴモラ軍団の尖兵としてたち現われるのである。

マルセルとアルベルチーヌは、その最初の出会いのときからして、「互いに相容れぬ敵同士として、別々に遠く離して設定」(『ソドムとゴモラ』前出)されていたのだ。マルセルを〃隠れソドム〃と考えるとしての話だが、ここでソドムとゴモラの戦端が開かれたと見るべきか?

数ページ先のことになるが、アルベルチーヌとおぼしき少女との最初の出会いの場面の一つを、プルーストはこんなふうに描いている、——「自転車を押している褐色の髪をして膨らんだ頬 *la brune aux grosses joues* をした娘の脇を通ったとき[ヴァントゥイユ嬢の場合と同様、この娘の男っぽさが暗示されていることに注意。この時代、良家の令嬢は自転車を乗り回したりはしなかった。プレイアード版(タディエ篇、第二次)の注によれば、女性にとって自転車に乗ることは、服装の点でデリケートな問題を引き起こし、自転車に乗る女は「第三の性」に属する、とまで言われた。アルベルチーヌが「自転車に乗ったバッカスの巫女 *la bacchante à bicyclette*」と呼ばれる場面を引き、ここに彼女の男性的なものを表わす表徴を読み取る評家もいる(ブルール『単独性と主体——プルーストの現象学的読書』)]、一瞬、私の目は笑みを含んだ彼女の流し目と交叉した。この小部族の生活を閉じ込めている非人間的な世界、私という存在に関する観念など決して到達することも入り込むことできない、未知の近づきがたい世界の奥底から向けられたまなざしだった。ごく目深にポロ帽をかぶったこの娘は、仲間の言うことに夢中になっていたが、その目から発する黒い光線 *le rayon noir* が私とぶつかったとき、私を見たのだったろうか？　見たとすれば、彼女にとって私はどんな姿をとってあらわれたのだろうか？　どんな宇宙の内奥から彼女は私を識別したのだろうか？……」

この見知らぬ娘の瞳が発する「黒い光線」は、異邦の神々が投げるオーラに似て、ボードレールが『レスボス』で歌った「黒い神秘」に他ならない。それはアルベルチーヌの「他者性」を指し示すものだ。マルセルが愛することになる娘は、「女を愛する女」であるのだから、彼女の愛が男としてのマルセルに振り向けられることはないだろう。マルセルの愛は「女を愛する女」――絶対的な他者性――への一方通行の、不可能な愛に終わる他はないのだ。

「非人間的な世界」の「小部族」とは、後にゴモラの一族と知れるレズビアンたちのことだ。フィリップ・ソレルスが『プルーストとゴモラ』（『例外の理論』所収）のなかで、「ソドム［シャルリュス氏］が両義性と鏡のきらめきが交錯する表層であって、当惑を覚えさせる面よりもコミカルな面がまさっている」のに対して、「ゴモラ［アルベルチーヌ、ヴァントゥイユ嬢……］のほうは純然たる否定を担った防衛機構であり、はるかに激越な火傷をもたらす」と言っていることを、考え合わせてみよう。『失われた時』におけるアルベルチーヌの社会的な機能の重要性を指摘するデュボワも、シャルリュスを筆頭とするソドムの問題系列が遺伝的でパラノイアックな次元にとどまり、シャルリュスがゲルマント家の大貴族という出自にまつわる尊大な自意識から逃れられないのに較べると、庶民の出であるアルベルチーヌのゴモラは、他者性 *altérité* と二重の存在性 *duplicité*（曖昧性）を武器とする、開かれた存在であると論述している。アルベルチーヌを導き入れることによってプルーストの作品世界は貴族社会とは別の因子を含み込むことになったのだが、このことは貴族たちの宮廷恋愛をもっぱら扱ってきた『源氏物語』が、宇治十帖で浮舟という皇族とは異なる身分の賤しいヒロインを見出したことを想起させずにおかない。

ずっと後のことになるが、『ソドムとゴモラ』の終局でアルベルチーヌがヴァントゥイユ嬢と関係があると知ったマルセルにとって、「アルベルチーヌの向こうに見えていたのは、もはや海がおりなす青い山々の連なりではなく、彼女がヴァントゥイユ嬢の腕のなかに倒れ込んで笑い声をたてたとき、その笑い声のなかに未知の快楽の音色がひびいていた、あのモンジューヴァンの寝室だった」。それがマルセルが上陸したと思う「未知の土地 *terra incognita*」、現代の《ゴモラの市》だ。「実のところ、バルベックを発つとき、私はこれでゴモラを離れ、アルベルチーヌをゴモラから引き離せると思っていた。ところが何ということだ！　ゴモラは世界の隅々にまで散らばっていたのである」（『囚われの女』）。それは嘘と背信で武装された城砦都市であり、「現代のゴモラは、およそ思いがけないところから現われるばらばらの要素で組み立てられたパズルなのだ」（同）。次のポートレイトにはほとんどSF的なサイボーグに似た女が姿を見せる――「部屋に戻って来たアルベルチーヌは、黒いサテンの部屋着を着ていたためにふだん以上に顔色が悪く見え、蒼ざめた多情なパリジェンヌ、濁った空気と人いきれ、おそらくは悪徳の習慣のためにやつれたパリジェンヌそのものだった」。それは常に裏表のある、どっちつかずの態度でマルセルと接する「嘘の存在」だ。「しかしその嘘に対して私は自分の死以外の解決を求める勇気がなかった。こうして私は、ヴェルデュラン家から帰ってまだ脱いでいなかった毛裏のついたコートを羽織ったまま、このねじれた肉体、この寓意的な姿の前にたたずんでいた。何の寓意か？　……」（同）。

ここではアルベルチーヌはマルセルのパリのアパルトマンで眠っているのだが、この眠るアルベルチーヌの「寓意的な姿」からあらゆる「危険な力」が襲いかかって来る。ゴモラがソドムより「はるかに由々しい倒錯」であり、「人間が崩壊する深い井戸」（ソレルス）であるとすれば、そのようなものの到来を前にして、マルセルならずとも恐怖を覚えずにいられなかっただろう。

13　現われること、消えること

未来の恋人はバルベック海岸での最初の登場の段階ではまだ「奇妙な斑点」であり、「一群の鷗たち」であって、海を背景に通り過ぎる光と影の戯れでしかない。しばらくすると、「これらの見知らぬ娘たちの一人は、手で自転車を押していた。ほかの二人は、ゴルフのクラブを持っていた」とあって、娘たちが少しずつ個別の特徴を帯びてくるさまが窺われる。それは全体的なものから個体が分割してくる過程である。ディオニュソスからアポロが分離する過程（ニーチェ『悲劇の誕生』）、と言ってもよい。混沌からフォルムが誕生する光景と。それでも「一人ひとりをまだ見分けることができなかった」。それは「流れるように動く集団の美の絶え間のない移動 *translation*」、「光を発する彗星のように堤防沿いに前進して来る一団 *bande*」である。

マルセルがこの一団となった少女たちに瞳を凝らしているように、読者もおそらくこの一団に瞳を凝らし、そのなかからマルセルの未来の恋人を識別しようとするだろう。そんなとき、読者は――話者と一緒になって――この出会いの場面を〝再読〟する状態に入っているはずである。

というのも、たとえ初めてこの海辺の少女たちの出現の件りを読むとしても、この先マルセルの前に恋人が現われることは当然予想されてしかるべきであるからだ。話者がここに未来の恋人を——ほとんど無意識のうちに——捜しているように、読者はここにアルベルチーヌを——という名はまだ与えられないかもしれないが——捜している。「白い卵形や、黒い目や、緑の目などが次々にあらわれて来る」なかに、マルセルが恋することになるただ一人の娘の顔を選り分けようとしている。「そのとき目に映った対象には境界線 *démarcations* が欠けていて……」

読者がこの場面に対して〝再読〟の状態で臨まざるをえないのは、本稿が最初から問題にしている問い、マルセルがアルベルチーヌと出会ったのは、いつか？ という問いと関係している。「奇妙な斑点」か「彗星」、「流れるように動く集団の美」を堤防の突端のあたりに目撃したマルセルは、このとき〝アルベルチーヌ〟に出会ったと言えるのだろうか？ 恋人に出会ったと言えるだろうか？ 「その娘たちは、白くてぼんやりとした一つの星座のようなもので、そこには他の少女より輝いている二つの目や、意地悪そうな顔つきや、ブロンドの髪などを認めたと思っても、それはすぐにまた失われ、たちまちのうちにぼんやりした乳白色の星雲のなかに紛れ込んでしまうのだ」。この「星座」、この「星雲」はまだアルベルチーヌではない。しかし、すでにアルベルチーヌであるかもしれない。すべてはこの「まだ」と「すでに」のあいだで揺れ動いているかのようだ。

このような瞬間、出会いが成立する時期というものは、それが過ぎ去った後から、振り返ることによってしか画定することができない。アルベルチーヌの名が初めて発せられたとき、アルベルチーヌに初めて会ったときは、「星雲」か「彗星」か「斑点」のうちに紛れていて、そのページは〝再読〟するようにしてしか読むことができない。「不幸なことに恋人の嘘の始まりは［プルーストにとって、恋人の嘘の始まりは恋の始まりに他ならない］、私たち自身の恋や天職の始まりと同様なのだ。それが形成され、かたまり、過ぎていっても、私たちはそれに気づかない」（『囚われの女』）。バルベックの海岸で垣間見られた流星の群れか胞子の集まりのようなアルベルチーヌたちの記憶についても同様だ。「それが形成され、かたまり、過ぎて」いったとき、初めて、あのとき、あの場所で会ったのは、あれはアルベルチーヌだったと思い出す。そんな後追いの確認（〝再読〟）のなかでしか捉えられない像なのだ。

マルセルにとってアルベルチーヌに初めて会ったときの記憶というものは、どこまでいっても画定できない日付のように、あるいは初めてアルベルチーヌの名前を耳にしてすぐさま忘れてしまった記憶のように（1「無意志的な恋」参照）、欠落したものとしてしか記憶されない。消え去ったものとしてしか認知しえない。プルーストは「遁走 *fuite*」と言う、――「もしこの小集団 *la petite bande* の散歩が、今まで私の心をかき乱してきた通りすがりの女たちの数知れぬ遁走 *la fuite innombrable* の一つを抜き出したものにすぎないとしても、この遁走はここでは非常に緩やかなものにされていたので、不動の状態 *l'immobilité* に近づいていた」（『花咲く乙女たちのかげに』）

花の娘たちの出現にプルーストは、その最初の出会いのときから「巧みにワルツを踊る女のめざましい不動性 *immobilité si remarquable chez les bonnes valseuses*」を認めている。全速で回る独楽が〝澄む〟ときに見せるような不動性である。「一閃する稲妻……それから夜！――消え去った美しい女よ Un éclair…puis la nuit ! —Fugitive beauté』。ボードレールがこの詩『通り過ぎる女 Une passante』で使った Fugitive という語は、そのままプルーストの『逃げ去る女 La Fugitive』という表題になった。この通り過ぎる女の迅速な移動には、刻一刻と不動の瞬間が刻み込まれているのだ。それゆえ彼女をアルベルチーヌであると「画定」することのできる輪郭が絶えず移動して、とらまえどころのないものになる。マルセルにとってのアルベルチーヌの魅力とは、この速度、この変化する能力にある。それは若さの持つ可変性でもあっただろう。

「その頃あまりにも幼かったこれらの少女たちは、各人の顔の上にまだ個性が刻印されていない、人格のごく初歩的段階にいたのである。あたかもあの原始的な有機体において、個体がほとんどそれ自体では存在しておらず、ポリプの一つひとつによってというよりも、むしろそれらが形成するポリプ母体によって構成されているように、当時の彼女たちは互いにぴったりくっついたままであった［少女たちのこうした仲の良さに関してはマルセルの——プルーストの、ではない——無邪気な、しかし後になって大きなわざわいをもたらす、誤解があると考えねばならない］。ときにはそのなかの一人が隣りの女の子を地面に倒すことがある。すると、気違いじみた笑いが起こり、彼女らの個人生活の唯一の現われのように見えるこの笑いが、全員をいちどきに揺り動かし、くしゃくしゃになった曖昧なその顔を、きらきらと震えているただひと房のゼリーのなかに溶け込ませ、消し去るのだった」

娘たちのパラダイスのようなこの光景はやがてどんな地獄の色彩をもってマルセルの前に現われることになることだろう！　しかしその予兆はこの最初の出現のはしばしに垣間見られて、アルベルチーヌはこの流動性、遁走のうちに見失われようとしている。彼女の姿は変化の只中にある。この個体性の欠如——それは性の差異の欠如とパラレルだ——が彼女をとらまえどころのないものにすると同時に、マルセルの目をくらませ、彼女の本性を最後まで不可知のものにする。

ここでは「花の娘たち」はまだ「きらきらと震えているただひと房のゼリーのなかに溶け」込んだとさりげなく書かれているだけであるけれども、そこにはこのゴモラ集団の快楽が煮凝ったようにして震えている。この「気違いじみた笑い」のなかに、彼女らの「黒い神秘」が現われては、消え失せようとしている。「ゴモラの徒は逃げ去る存在として、中間 *entredeux* の存在として、表象 *représentation* の裂け目のなかに描出される」とデュボワは言っている（『アルベルチーヌのために』）。揺れ動く少女たちの体の上で、性差そのものが揺らいでいるのだ。

14　時間の女神

この揺れ動く性差、その変化の只中に入ったときから、プルーストの『失われた時を求めて』は始動したのではないだろうか？

『失われた時』はきわめて長大な作品であるにもかかわらず、ひとたび作品のなかに入り、読むことが進行し始めると、それが〝長い〟ということが気にならなくなる。それはちょうど眠りに入った人が眠っている時間を長いとも短いとも判断できないと同様である。

連続する瞬間の流れのなかで、次々と現われる万華鏡のような断片的瞬間との応接に暇《いとま》がなくなり、まさに「不動の遁走」とも言うべき時間帯に巻き込まれてゆく。

一九一三年、まだほとんど無名のプルーストから『スワン家の方へ』の原稿を受け取ったオランドルフ社のアンブロが出版を拒否した手紙はよく知られている。「私は頭が鈍いのかもしれません。しかし、一人の男が眠る前に輾転反側する様子を三十ページも読むことに何か得るところがあるとは思えないのです」。この一節を引用しながら、ロラン・バルトは彼が書いた最後のプルーストについての論であり、バルトの著述のなかでも最後の作品の一つに数えることのできる『長いあいだ、私は早くから床に就いた』(一九七八年のコレージュ・ド・フランス講演)のなかで、こう書いている、——「しかし、得るところは大です。時間の水門を開くのです。クロノ=ロジー[時間の=論理]が揺さぶられると、知的なものにせよ、物語的なものにせよ、断片 *fragments* が、《物語》とか《推論》といった父祖伝来の法則を免れた一つの連続体 *une suite* をただちに形成します。そしてこの連続体が、《エッセイ》でもない、《小説》でもない、第三の形式 *tierce forme* を産み出すのです」

これはアルベルチーヌのバルベック海岸における現われについても言い得ることだ。アルベルチーヌの登場は「時間の水門」を開き、そこに彼女の数多くの「断片」が「一つの連続体をただちに形成」する光景を繰り拡げたのである。

プルーストの作品が〝長い〟と思われるのは、バルトの言う「連続体」が与える印象で、この「連続体 *suite*」はその内部に入って観察するなら非連続的な「断片 *fragments*」から成り立っている。この断片が連続する瞬間の与える印象は、〝短い〟と感じられるだろう。

しかし、このことは『失われた時』という作品の在り方についてばかりではなく、そこに登場する主要な人物、とりわけアルベルチーヌ(とマルセル)にも当てはまる。バルベック海岸でのアルベルチーヌの最初の現われを見たとき、「流れるように動く集団の美の絶え間のない移動」という彼女（たち）の通り過ぎてゆく姿は「*suite*」を、「奇妙な斑点」とか「ポリプ母体」、「ポリプの一つひとつ」といった彼女の様態はその「*fragments*」の性格をあらわしている。

というのは、語り手が『スワン家の方へ』の冒頭で眠りに入り、「時間の水門」が開かれたとき、そこに産み出されたのは「第三の形式」とバルトが名づける「連続体／断片」の組み合わせからなる作品であるばかりではなく、作中の人物たちの「男はソドムを持ち、女はゴモラを持つ」と言われる身体でもあったからである。「ときとして、イヴがアダムの肋骨から生まれたように」、眠る話者の体から生まれるのは、男でもない、女でもない、「第三の形式」を持ったヘルマフロディトスたちだったのだ。ソレルスは「眠り、《書物》の偉大な登場人物」と言っている（『プルーストの目』）。眠りに入る話者が引き起こすのは、「変調の、揺れ動く、間歇的な意識 *une conscience déréglée, vacillante, intermittente*」（前掲バルト）ばかりではなかっただろう。時間の年代記的な秩序が壊されただけではない。性が倒錯したのだ。性の「第三の形式」が誕生したのだ。

そのように考えると、バルトの言う「変調の、揺れ動く、間歇的な意識」が、バルベック海岸における花の娘たちのあらわれを描くプルーストの、「調和のとれたうねり、流れるように動く集団の美の絶え間のない移動 *un flottement harmonieux, la translation continue d'une beauté fluide, collective et mobile*」という表現と等しいものであることに気づかれる。

「作品の構造が、厳密に言えば、ラプソディー風 *rhapsodique* の、つまり（語源的に言えば）縫われた *cousue* ものになる」（バルト）だけではない。アルベルチーヌの身体が「ラプソディー風の、縫われたもの」になったのだ。それはさまざまな時間の断片を身に纏った、男の身体と女の身体を縫い合わせたものだっただろう。たとえばアルベルチーヌに初めて接吻するこんな場面におけるように（これについてはジョルジュ・プーレ『プルースト的空間』に精細な分析がある）、――

「要するに、バルベックでアルベルチーヌが絶えず違った娘に見えたのと同じく、今も、一人の人間がさまざまな出会いのなかで提供する視点や色合いの変化を猛烈に速めながら、そうした出会いを数秒間に込めて、あたかも人間の個性を多様化する現象を実験的に再生するとともに、その人の持つすべての可能性を次々と一つのケースから取り出すように、私は自分の唇が彼女の唇に達するこの短い道のりのあいだに、十人ものアルベルチーヌを見たのである。ただ一人のこの娘は、いくつもの顔をした女神 *une déesse à plusieurs têtes* のようだったから、最後に見た娘に近づこうとすると、それが別の娘に変わってしまうのだった」（『ゲルマントの方』）

この「いくつもの顔をした女神」は別のところでは「〈時〉の女神」というふうに呼ばれている。「切迫して残酷な、出口のないかたちで、私を過去の探索へと誘う彼女は、大いなる〈時〉の女神 *une grande déesse du Temps* のように思われた」（『囚われの女』）。デュボワによればアルベルチーヌが身に纏うこの時間は「継起する時間」であり、これが「社会的な時間の流れ、その型にはまった直線的な流れ、その抑制された杓子定規な流れとは決裂した、非連続的な、あるいは循環する時間性を導き入れるのだ」（『アルベルチーヌのために』）。

アルベルチーヌばかりではない。ずっと先の、『失われた時を求めて』に「完 *Fin*」の字が置かれる少し前のことになるが、『見出された時』のゲルマント大公夫人のマティネで、ジルベルトから彼女の娘のサン＝ルー嬢を紹介（取り持ち？）されたときも、話者はこれから愛し合うことになるかもしれないサン＝ルー嬢の上に「無色で、とらえがたい時」を見出し、「彼女は私の青春に似ていた」と思うのである。

「青春」と言うことによってプルーストが言おうとするのは、サン＝ルー嬢が体現する時間の可変性ということだろう。変化し、流動する「とらえがたい時」、そこにサン＝ルー嬢の「青春」が重ねられる。

プルーストの時間が間歇的であるように、アルベルチーヌの現われも間歇的で、現われたり消えたりを繰り返して、話者の時間そのものを「揺れ動きの原則」（バルト）のなかに引き込む。プルーストはアルベルチーヌを作中に導入することによって、まさに小説のクロノロジーを解体し、それを非連続な断片の集合に変えた、——「時間の水門」を開いた——と言うことができる。『失われた時』の、そしてその核心に「囚われの女」になっているアルベルチーヌの存続は、あげてこの揺れ動きとこの倒錯のうちに支えられてあるのだ。

15　眠るアルベルチーヌ

「眠る彼女を眺める。私のめざめ *La regarder dormir. Mes réveils*」と題して、一九二二年十一月、NRF誌に発表された『囚われの女』の抜粋は、プルーストが『スワン家の方へ』の冒頭に置いた話者の眠りに入る挿話と対をなして、彼がこの長篇を「包み込もう」とした「半睡半醒の状態の印象」

（一九一三年二月二十一日付ルイ・ド・ロベール宛書簡）を、寓意的なかたちで示している。

ここに描かれるのはアルベルチーヌの眠りであるとともに、時間を巻き戻して、『スワン家の方へ』の冒頭に帰り、話者の就寝の情景を喚び起こしている。話者が少し目を離した隙に眠りに落ちるアルベルチーヌが、「ときおり、蠟燭を消すとたちまち目がふさがり、「眠るんだな」、と思う間もなく」眠りに落ちる話者と、何巻ものページをへだてて、互いに呼び交わしている。

作者はこれの雑誌発表後、その後を追うようにして――眠るアルベルチーヌの後を追うようにして――十一月十八日に永眠するのだから、この断章は文字通りの遺作と言っていいだろう。「ときおり、私が父の書斎に何かの本を取りに行こうと立ち上がると、私の女友だち *mon amie* は、ちょっと横になってもいいかしら、と許しを求め、［……］戻って来ると、もう眠りに落ちていることがあった」――そのようにしてマルセル（彼が「マルセル」の名で呼ばれるのは、ちょうどこの断章においてである）は、彼の「囚われの女」の眠る姿に視線をとどめる。

それは彼が彼女の体に自分の眠る姿を眺めているようだ。なぜなら、バルトが『長いあいだ、私は早くから床に就いた』で言うように、『スワン家の方へ』冒頭の記述には、人を躓《つまず》かせるような仕掛けがほどこしてあって、「私は眠る」という言述は「私は死ぬ」という言述と同様に、「文法的なスキャンダル」を構成する文で、眠っている人に「私は眠る」と言うことはできないはずだからである。

それゆえに作者はこの就寝の情景を「半睡半醒の状態」と言ったのだろう。話者は半ば眠り、半ばめざめている。めざめている話者が眠る話者のことを観察している。それとも、眠るアルベルチーヌを眺める話者に「覚醒」の状態を、アルベルチーヌに「睡眠」の状態を、それぞれ割り振って、その一対の男女に「半睡半醒の状態」を体現させたのだろうか？　そこから「眠る彼女を眺める。私のめざめ」という雑誌掲載時のタイトルはつけられたのか？

ここでもう一度『源氏物語』との関連を述べるなら、宇治十帖のヒロインである浮舟のために作者は数多くの眠りの情景を用意し、それと対比的なかたちで、この眠る浮舟を眺める人であるかのように、薫という恋人の「めざめ」が語られる。

そもそも浮舟が初めて主人公、すなわち視点人物（主体）として登場して来る場面が匂宮に襲われる場面で、「恐ろしき夢のさめたる心地して、汗におし漬《ひた》して臥したまへり」（「東屋」）とあり、半睡半醒の状態にあると言っていい。その後も、「うつぶし臥して泣きたまふ」（同）、「うつぶし臥したる」（同）と続き、匂宮とのことが薫に知れてから、「まろは、いかで死なばや」と悩む浮舟の様態は、やはり「うつぶし臥したまへば」（「浮舟」）と表現される。そのために乳母も、「あやしくてのみ臥せさせたまへるは、物の怪などのさまたげきこえさせんとするにこそ」と心配するのである。

死を決意した浮舟は、泣きはらした目もとが気になるので、「無期《むご》に臥したり［いつまでも臥せっている］」。彼女が失踪する最後の夜は、誦教《ずきよう》の鐘が聞こえて来るのを、「つくづくと聞き臥したまふ」のだし、乳母が宿直の人に「しっかりお勤めしなさい」と言うのも、「聞き臥したまへり」とある。「浮舟」の巻のラストは、「萎えたる衣を顔に押し当てて、臥したまへりとなむ」と、眠りに落ちたような浮舟の姿を伝えている。

続く「蜻蛉」の巻は浮舟不在のまま物語が展開し、まさに「消え去ったアルベルチーヌ」を思わせる。プルーストと違うところは、「手習」の巻でこの「消え去ったアルベルチーヌ」が、ふしぎな物の怪にとり憑かれた姿で再び登場して来ることである。横川《よかわ》の僧都《そうず》なる人の一行が宇治院の裏手で、森かと見える木の下に「白き物のひろごりたる」を見つける。それは「ものおぼえぬさま」に臥せている浮舟である。

物の怪に意識を奪われた浮舟は、妹尼に引き取られ大切にされるが、「いとつれなくて臥したまへり」と、「眠る女」の姿勢は変わらない（「手習」）。やがて浮舟の存命は薫の知るところとなり、その変わらぬ愛の手紙に接しても、「うち泣きてひれ臥したまへれば」といった有様で、妹尼たちが言い騒いでも、「顔も引き入れて臥したまへり」（「夢浮橋」）。

こうして「夢浮橋」の巻は、薫が自分に会おうとしない浮舟の心を「思ひ寄らぬ隈なく」推し量る場面で閉じられる（それはまた『源氏物語』の終局である）。夜を徹してめざめながら浮舟の行方を追う薫と、眠りに落ちるようにして薫の手を逃れてゆく浮舟と。

これは、「彼女の眠り」と「私のめざめ」が対になっているプルーストの、『囚われの女』の構造と同じである。彼女が眠っているとき、「私」はめざめている。話者には見ることのできない彼自身の眠りが、アルベルチーヌの上で可視になっている。

彼自身の眠り？　話者に、あるいはプルーストに、眠りはあったのだろうか？　セレスト・アルバレは、不眠の世界に入り込んだ主人のこんな奇怪な生態を描いている。

「彼がはたして眠っていたかどうか私はいつも疑問に思っていた。なるほど彼は横になっていた。うとうとしていたことは確かだ。しかし完全に目覚めた状態を捨てたかどうかとなると……。アパルトマンに沈黙が支配する時刻になると――彼が休んでいるのか仕事をしているのか私には分からなかった——いかなるドアに近づくことも決して許されなかった。動いてもいけなかった［こんなときアルバレはパリのアパルトマンでマルセルという獄吏の「囚われの女」になったアルベルチーヌに似た対応を余儀なくされている］。彼はすべてを耳にしたからだ。その後で、呼ばれて私が顔を出すと、彼は言った。「しかじかの時間に、あなたはしかじかの場所へ行ったね。僕は知ってるよ」」（『ムッシュー・プルースト』）

さらにプルーストの死の翌日、一九二二年十一月十九日、日曜日に、最後の別れにやって来た作家のポール・モーランのこんな興味深い言葉をアルバレは伝えている。

「僕が訪ねて来たとき、彼はよく僕にこう言っていた。「ポール君、僕がちょっと目を閉じたら許してくれたまえ、疲れているからね。でもどうか話はしてくれ、返事はするから。ただ休むだけなのだ」そして目を閉じたが、いつも片目をあけてこちらを見ていたよ。ところがね、セレスト、あなたも気づいたかどうか、彼は死んでもそうしていたよ。一方の目の眼瞼がほんのちょっと持ち上がっていたよ」

そんなふうにプルーストの上には眠るアルベルチーヌと目覚めるマルセルの存在が認められる。「囚われの女」と、彼女を見張る冷酷な看守がいる。このヘルマフロディトスはいつも半眼を見ひらいて自分のなかに眠る女性的半身を見ていたのか？

『囚われの女』のヴァントゥイユの七重奏曲を聴く場面では、「詩人が語る」ときさえも「子供は眠る」ことが感じられるという「シューマンの夢想」が言及される。本稿でしばしば引いたバルトも、『明るい部屋』で自分の幼い娘のようになった晩年の母のことを回想しながら、プルーストの母への愛に触れて、五歳の母親を撮った「温室の写真」は、「私にとって、シューマンが発狂する前に書いた最後の楽曲、あの『朝の歌』の第一曲のようなものだった」と書いている。そのようにして話者の（『スワン家の方へ』冒頭における）、そしてアルベルチーヌの（『囚われの女』における）、対になった眠りとともに、時間が、そして時間とともに性差が揺らぎ出したのだ。

次の場面でも彼女の眠りの両性具有的性格が、植物の比喩とともに語られることに注意したい。

「……目を閉じ、意識を失うことで、彼女と知り合った最初の日から私をあんなに失望させたさまざまな人間の性格を、彼女は一枚ずつ脱ぎ棄てていった。彼女はもはや、草や木の無意識の生、私の生とはかけ離れた、さらに異様な *plus étrange* 生、とはいえいっそう私のものとなった生によってしか息づいていなかった。［……］」

ここにはアルベルチーヌの完全に「囚われの女」になった姿があるのだが、それは彼女の完全に「逃げ去った」姿でもある。なぜなら彼女の意識は失われて、ここにはないのだから。マルセルの手に残るものがあるとしても、海の波のように断続的な彼女の息しかないのだから。

アルベルチーヌはこのとき存在と不在のあい半ばするところにいる。話者の目の前にいながら非常な速度で遠ざかりつつある。

「眠るアルベルチーヌ」に「私のめざめ」が対応している。そこに二人の人格によって形成された「半睡半醒の状態」が招来される。アルベルチーヌは「草や木の無意識の生、私の生とはかけ離れた、さらに異様な生」を生きている。一方、「私」もまた同じように「異様な生」を生きている。彼女の生は「いっそう私のものとなった生」なのだ。「私」は彼女の「異様な生」を生きているようだ。

ここにあるのは、二人のあい異なるヘルマフロディトスの愛のかたちである。マルセルのなかの女性的半身がアルベルチーヌのなかの男性的半身を求め、マルセルのなかの男性的半身がアルベルチーヌのなかの女性的半身を求めている。いや、「さらに異様な生」をこの二人は生きているのかもしれない。マルセルのなかの女性的半身がアルベルチーヌのなかの女性的半身を求め、そこにゴモラの関係を結び、マルセルのなかの男性的半身がアルベルチーヌのなかの男性的半身を求めて、そこにソドムの関係を結んでいるのかもしれない。その他、多種多様な性の横断線が、そこには縦横無尽に引かれている。

「私」は眠るアルベルチーヌの「唇の上で、引き潮のように間歇的で規則正しい間隔を置いて、消えてゆく息」の近くにあって、その息を追いながら、彼女の意識を深くは探ろうとしない。探ろうとしても、彼女の眠りに引き込まれるばかりだ。眠る彼女を眺める「私」にも眠りに落ちるときがおとずれる。

二人のヘルマフロディトスが自分というものを手放して、ともに半睡半醒の海に漂う瞬間が来る。そんなとき、「男はソドムを持ち、女はゴモラを持つ」と言われる男女の間に、つかのま愛の成就する可能性が望み見られたのだ。

II マルグリット・デュラスと愛の暗室

Marguerite Duras et la chambre noire de l'amour

二人の唇は重ねられたままだった、――そうなって当然であるかのように、少し前、彼らの手が冷たく、震えながら重ねられたと同じ、死のような儀式に従って。

デュラス『モデラート・カンタービレ』

Leurs lèvres restèrent l'une sur l'autre, posées, afin que ce fût fait et suivant le même rite mortuaire que leurs mains, un instant avant, froides et tremblantes.

Duras, "Moderato Cantabile"

1　不在（*absence*）

マルグリット・デュラス（一九一四―一九九六年）の小説世界にはある種の空白が設けてある。それはページの上の余白である場合もあるし、一つの断章から次の断章に移る過程で認められる、飛躍や中断の場合もある。中心となる人物が消滅の気配を見せることもあれば、一種の喪心状態に陥って空虚な心の状態を体現することもある。そのようにして魂を奪われた人物、眠りに落ちる人、憑依状態の人もあらわれる。ときには、そうした人々のさまよう場所が空虚な、どこでもない空間の様相を呈し始める。そこでは物語の脈絡は失われ、時間の糸はもつれて、確たる年代記をたどることはおぼつかない。「私の人生の物語は存在しない」とデュラスは『愛人』（一九八四年）の冒頭で述べている、

――

「私の人生の物語 *histoire de ma vie* は存在しない。そんなものは存在しない。中心はどこにもない。道もなく、筋もない。広大な場所があって、そこに誰かがいると思わせることがあるが、本当じゃない。誰もいはしなかったのだ。……」

これはプルーストの言葉と取ってもおかしくなかっただろう。年代記的に跡づけられる物語もなく、確固とした性格を持った人物もいない。あるのは書くこと *écriture* に向かう、長い待機の状態、あるいは、すべてを生み出す空虚な場所、「広大な場所があって、……」。それはプルーストの場合なら、幼少期を過ごしたコンブレー（イリエ）、あるいは夏のヴァカンスを過ごしたノルマンディーのカブ

ール（バルベック海岸）であるかもしれないし、デュラスの場合なら、幼少期を過ごしたインドシナ、あるいは後にプルーストに倣って愛人ヤン・アンドレアと住まうようになった、ところも同じノルマンディー海岸のトゥルヴィル（S・タラ）であるかもしれない。

「プルーストはときどきこのホテルにやって来た」とデュラスは、彼女がトゥルヴィルに購入したアパルトマン「ロッシュ・ノワール *Roches noires*」の旧ホテルのことを語っている。

プルーストは子供の頃、祖母や母と一緒にロッシュ・ノワール・ホテルに逗留した。十九世紀末、一八八〇年代のことである。一九〇七年にトゥルヴィルのすぐ近くのカブールにグランド・ホテルが落成すると、第一時大戦が始まる一九一四年まで、彼は毎年夏をカブールで過ごすようになる。

デュラスがロッシュ・ノワールの旧ホテルを購入するのは一九六三年。翌年刊行される『ロル・V・シュタインの歓喜』はここでの滞在から生まれた。以後、パリのサン・ブノワ街と、パリ南西三十五キロのノフル・ル・シャトー、そしてこのトゥルヴィルのロッシュ・ノワールが、デュラスの三つの住まいになる。

デュラスはこう続ける。

「何人かのロッシュ・ノワールの夫人たちはプルーストと知り合いだったに違いない。プルーストが暮らしたのは海に面した一一一号室だ［一一〇号室との記録もある］。ここにいると、スワンがそこの廊下にいるみたいだ。スワンが姿を見せるのは夫人たちがとても若い娘である頃だ」（「ロッシュ・ノワールの夫人たち」『物質的生活』所収）。

そこはまたデュラスのアジア（デュラジア *Durasia*）、それとも『ロル・V・シュタインの歓喜』

や『愛』、『ガンジスの女』の架空の場所、S・タラ（『ロル』ではS. Tahla、『愛』ではS. Thala）である。デュラスの《musica》が聞こえる、ひびきのよい地名を持った街。繰り返されるひびきのために内部が空虚になったような空間。ノルマンディーの海とインドシナの海が打ち寄せる岸辺の町である。

「ここはS・タラ、そしてその先も、またS・タラ。*Ici c'est S. Thala, et après c'est encore S. Thala.* そうだ、他の場所なんかありはしない。彼方なんかない。ただ、ここと今、［……］黒い部屋 *la chambre noire* のなかで、いつでも空虚なままにしておかなければならない、この空虚 *ce vide* のなかで」

一九九九年に発表された『この愛こそ』のヤン・アンドレアの文章だが、これは彼の名をタイトルにしたデュラスの小説『ヤン・アンドレア・シュタイナー』（一九九二年）の次の一節に対する、愛人によるデュラス死後の相聞だったのかもしれない。

「あなたは私に尋ねる、
——僕らはどこにいるのか？
——私は言ったわ、S・タラに、と。*J'ai dit : A S. Thala.*
——それでS・タラの先には。*Et après S. Thala.*
私は言ったわ、S・タラの先には、またS・タラ。*J'ai dit qu'après S. Thala c'était encore S. Thala.* そこだわ。あらゆる愛の街があるのは、本当にそこなんだわ」

そしてこれらのフレーズの原型となったかもしれない『愛』（一九七一年）では、デュラスが自分の

書いた一番美しい文章だと言う一節に、

「――ここはS・タラ、川のところまで *Ici, c'est S. Thala jusqu'à la rivière*」

しかし、その先に『ロル・V・シュタインの歓喜』（一九六四年）のS・タラがあって……。そんなふうにデュラスにおけるS・タラの年代記は書物のページの上をどこまでも遡っていって、その起源は失われているかのようだ。

2　消し去られた伝記と、その痕跡

『愛人』の三年後のエッセイ集――と言うより、デュラス自身の定義によれば「読むことの本 *livre de lecture*」、「小説からは遠いけれども、そのエクリチュールに近いもの」と称される――『物質的生活』（一九八七年）の「書物」と題された断章にも、同様の〝私の人生の物語〟の不在をめぐる思考が見られる。

「書物のなかの、これらの人たち、私は彼らを知っている。彼らの物語は知らない、私が自分の物語を知らないように。私は物語は持たない。私が人生を持たないと同様に。私の物語、それは私の生の現在によって、日毎に、一瞬毎に、粉々にされてしまっている。人が、あの人の人生、と呼ぶようなものを明瞭に認識することなんか、まったく出来はしない」

デュラスは「伝記」とか「大きな物語」、彼女が「私の人生の物語」と呼ぶものが、現在の生の刻々の介入――書くこと――によって細分化されざるをえない〝今ここ〟の現実に直面しているのだ。

にもかかわらず（デュラスが物語を否定するにもかかわらず）、『愛人』からは紛れもない彼女が自分の人生を語る声が聞こえて来て、そこにこの小説の読者を引き込む力があることは否定できない。

ここに見られる逆説とは、プルーストやバルト、そしてデュラスのように、作品を伝記的事実に還元することを排した作家に限って、彼らの伝記に対する読者の関心が強められる、ということである。

作品から伝記的事実を消去する彼らの意図を、後世の人は額面通りに受け取り過ぎたのではないか。そこには言葉の真の意味におけるフィクションの効果が狙われたのだ。テクストの表面から消去された彼らの実生活というものは、むしろ読者を彼らの実生活の解読へと向かわせる足跡か痕跡のような効果を持つ。読者はそれらの足跡か痕跡に引き寄せられて、彼らの消し去られた人生を追わざるをえない――たとえそのようにして見出された作家の人生というものが、あらゆる伝記的記述と同様に、〝真実〟であることにはほど遠いとしても。すべての伝記はその意味で虚構の伝記たらざるをえないとしても。

プルーストやバルト、デュラスが主張する実生活の消去とは、読者をしてそのような探索に向かわせるはかりごとと見なすことができる。その証拠に、プルーストにおける近年の伝記研究や作品の成立過程の研究の隆盛（バルトは『パリのマルセル・プルースト』でこの点に触れ、*promotion de la biographie*［伝記の地位の向上］ということを言っている）、バルトにおける晩年の『ロラン・バルトによるロラン・バルト』や日記『パリの夜』などの自伝的作品への傾斜、デュラスにおける実生活の愛人（ヤン・アンドレア）を作品に導き入れる作風など、彼らの理論的言術とは裏腹な、生の細部を考慮に入れずには成り立たない作品の生成という傾向が顕著になる。

年代記的な記述を排して、作者が少女時代を過ごしたインドシナのメコン川の流れのように紆余曲折する、バルトがプルーストを評した言葉を借りるなら「ラプソディー風の」断片の集積からなる『愛人』の回想は、デュラスの体験を参照させずにおかないだけに、読者の視線をこのヒロイン、十五歳半の娘の物語に引き寄せる。

「渡し船の上では、見えるでしょう、私はまだ長い髪をしている。十五歳と半ば。もう私は化粧している。トカロンのクリームをつけ、頬の上のほう、目の下にあるそばかすを隠そうとしている。トカロンのクリームの上に、ウビガンの、明るい色をしたおしろいをつける。このおしろいは母のものだ。総督府のパーティに行くときつけるのだ。その日はまた、口紅もつけている。あの頃の、チェリーの色をした暗い赤の口紅だ。どうやって口紅を手に入れたかは知らない。たぶんエレーヌ・ラゴネルが彼女の母から盗んで、私にくれたのだ。もう覚えていない。香水はつけてない。母のところにあるのは、オー・デ・コロンだ。それからパルモリーヴの石鹸だ」

一行の余白があって、

「渡し船の上には、バスの隣りに、黒い大きなリムジンがあり、白いお仕着せを着た運転手がいる。そうだ、私の本の大きな葬式みたいな車だ。それはモリス・レオン・ボレだ。カルカッタのフランス大使の黒いランチアはまだ文学に登場して来ない ***La Lancia noire de l'ambassade de France de Calcutta n'a pas encore fait son entrée dans la littérature.*** [デュラスの小説が固有名詞の音楽 *musica* を奏する場面の例として原文を掲げた。黒のランチアがデュラス文学に登場して来るのは、『副領事』や『インディア・ソング』においてである」」

さらに一行の余白。

「リムジンのなかには、とてもエレガントな男がいて、私を見つめている。白人じゃない。ヨーロッパ風の服装、サイゴンの銀行家のような明るい色の絹袖のスーツを着ている。彼は私を見つめている。私はもう見つめられるのに馴れている。〔……〕」

これほど鮮烈なヒロインの登場というのも例がないほどである。ヒロインがこんなにあざやかに姿を現わすのは、ここには愛する者と愛される者の視線の交錯があって、この視線の交錯のなかに少女の像が絞り込まれているからであるに違いない。

「私」という人称を使いながらこの少女はまるで写真に撮ったようにくっきりした映像を結ぶ。デュラスはここでセルフ・ポートレイト写真を撮ったのだろうか？　それにしても何という長いタイム・スパンの望遠レンズを使って彼女は自分のなかの少女を覗いていることか。

ここには二人の女が向かい合っているのである。『愛人』発表当時の一九八四年に七十歳になる女性作家デュラスと、現実と虚構の境も定かではないアジアの時空の渡し船に乗って、初めての愛に向けて出発してゆく十五歳半の少女と。この小説が与える不思議な時間錯誤の感覚は二人の女、作家と少女が、ときにページの上で出会い、〝同時存在〟しているような瞬間を現出させるからだ。思い出しているうちにタイムスリップして、その時、その場の実在感のなかに飛び移ってしまうようだ。

過去がたちまち現在になり、すれ違い、同時存在する。ちょうどプルーストの小説でジルベルトやアルベルチーヌ、ヴァントゥイユ嬢が時間の隙間に姿を現わして同時存在していたように。あるいは作家プルーストと話者マルセルが無意志的記憶の抜け穴——「暗い部屋」——を通って出会っていたように。

そればかりではなく、この少女には八〇年の夏以来デュラスと生活を共にするようになったホモセクシャルの愛人、ヤン・アンドレアの存在が何らかの影を落としている。むろん『愛人』でヤン・アンドレアをモデルにしている人物と言えば中国人だが、デュラスが自分の少女時代を小説のなかで取り戻すことになったのは、この三十九歳年下の（男とも女とも言えないところのある——その意味でマルセル・プルーストに似ている）青年との出会いが引き鉄になったことは否定できない。

少女と中国人の性愛の上にヤン・アンドレアの若い体が接木されたのだ。後になって中国人が少女を愛することができなくなる場面では、ヤンのホモセクシャルな性向が投影していると見てよいだろう。

デュラスが最晩年の愛人にホモセクシャルの男性を選んだことには、自分の肉体を愛することのできない男を愛するという、不可能な愛に向かう彼女の生来的な傾斜があったようだ。

3 《立入禁止》の暗室のなかで

『愛人』にはもともと家族の写真集を編むというデュラスと彼女の息子ジャン・マスコロの計画があり、メコン川を渡る彼女自身の「絶対の写真」が欠落していることから、そのアルバムを断念したといういきさつがある。アラン・ヴィルコンドレは書いている、――「アルバムのために選ばれた写真、とくに少女時代の写真が、彼女の目には生気がなく、忘却に呑み込まれてしまっているように見える。もっと生命力のわきたつようなもの、それは一度も撮られたことがなく実在しない写真、デュラスが生き生きとした記憶を保持する写真、絹のデコルテの服を着て、男ものの帽子をかぶり、金のヒールの靴をはき、サイゴンへ向けてメコン川を渡ってゆく船の手すりに肱を突いている少女を語る写真、それだけだろう」(『マルグリット・デュラス――真実と伝説』)。

渡し船で新しい人生へ出発して行くこの娘の姿がきわめて映像的であるのは、デュラスが少女時代の失われた「絶対の写真」を取り戻そうとしているせいであるに違いない。

失われた(実在しない)写真だけが「絶対」であるとするデュラスのこの考え方には、忘れられた記憶だけが過去を取り戻す力を持つとする、プルーストの無意志的記憶に通じるものがある。また、ロラン・バルトが『明るい部屋』で五歳の母親を温室で撮った写真に絶対的な価値を見出しながら、――彼がストゥディオム(知的に理解できる)と呼ぶ芸術写真は多数載せているのに――プンクトム(知的な理解を絶する)と呼ぶ問題の写真を本に入れなかったことを連想される方もおられよう。プルーストが失われた幼年時代の土地、コンブレー(イリエ)をふたたび訪れようとはしなかったように、デュラスも十八歳のとき離れたインドシナを二度と訪れることはしなかった。コンブレーもインドシナも記憶の「黒い部屋 *la chambre noire*」のなかに封印されることになったのである、――写真のネガが暗室でプリントされるのを待っているように。

バルベック海岸にある画家のエルスチールのアトリエで開かれた午後の集まりで、初めてアルベルチーヌに紹介されるという思いがけない出来事がマルセルに与えた歓びのことを、プルーストはこう書いている。

「歓びというものは写真のようなものだ。愛する人のいるところで撮るのはネガにすぎない。後になって、自分の部屋に帰ってあの内面の暗室 *chambre noire* 〔暗い部屋〕がふたたび自由に使えるようになったとき、このネガを現像するのだが、他人に会っている間、その部屋は誰にも《立入禁止 *condamnée*》になっているのである」(『花咲く乙女たちのかげに』)

また『ソドムとゴモラ』には、

「〔……〕人はこのような言葉〔恋をかきたてる原因になる言葉〕に対して、友人たちと一緒にいるあいだは、ろくに注意を払わないものだ。こうして一晩中、人は陽気に過ごし、言葉のもたらした映像のことは気にかけようともしない。その間、この映像は必要な溶液につけられている。帰宅すると、そのネガが見つかるが、これは現像されて、非常に鮮明に写っている」

マルセルがアルベルチーヌに初めて会ったのはいつか、という本書の冒頭で立てた問いが、絶えず揺れ動き、逃れてゆく時のなかに失われるように思われたのも、最初の出会いを撮った写真のネガ——絶対的な写真——がしまわれてある、この《立入禁止》の暗室のなせるわざだったのだ(プルーストの作品に写真の隠喩が頻出することについては、写真家のブラッサイが書いた『プルースト/写真』に詳述されている)。

ヤン・アンドレアをノルマンディー海岸トゥルヴィルのローシュ・ノワール(黒い岩)の一室に誘い込んだいきさつを書く『八〇年夏』(一九八〇年)の「暗室」でも、デュラスとヤンの歓びの写真が撮られているようだ、——

「……あなたは私と一緒に人のいない黒い部屋 *la chambre noire et déserte* に来なければならない。こわがってはだめよ。あなたはもうこわがる必要がないの」

そして『ヤン・アンドレア・シュタイナー』にも同じ「立入禁止」の暗室があって、禁断の恋のネガが撮影されつつある、——

「黒い部屋のなかで *Dans la chambre noire*、私たちは明るい夜を、透明な夜を眺める。あなたはその部屋に、私のそばにいた。私は言った、——だれかが、一度は、アンティフェール〔ル・アーヴルの北三十キロ、ノルマンディー海岸の岬〕の美しさを語らなくてはいけないわ。それがどんなに一人きりで神の前にいるようなものであるかを語らなくてはいけないのよ。……」

また『この愛こそ』にはデュラスのこれらの誘惑に対するヤン・アンドレアの側からする返答が聞こえる、——

「ときどき彼女はパリに行く。彼女は私をローシュ・ノワールに残していく。私は待つ。彼女は戻って来る。彼女は私を人に見せたがらない〔「私」が女性扱いされていることに注意〕。彼女は言う、——これでいいのよ。あなたにはパリですることがないんだし、このアパルトマンにいて文句はないでしょう、この素晴らしいアパルトマンで、あなたは何もしなくていいの。

彼女は私を黒い部屋 *la chambre noire* に閉じ込めておく。誰か他の人が私を見るのが我慢できない〔これはみごとな〝囚われの女〟の心境の告白である〕。彼女は最高のお気に入り *la préférée* でありたいのだ。唯一の女。すべてにもまして。世界中の誰よりも。そして私もまた同じように最高のお気に入

り *le préféré* だ「「私」はかろうじて文法的に男性形であるにとどまる」。

私たちは互いに気に入っている *On se plaît*。

無限に気に入っている *On se plaît infiniment*。

絶対的に気に入っている *On se plaît absolument*。……」

『愛人』のマルグリットと中国人が閉じこもり愛し合うサイゴン市街ショロンの部屋も、そんな「暗室」の一つだっただろう。

「街のざわめきがとても大きい。思い出のなかでは、それは映画の音 *le son d'un film* だ。あまりに大きすぎて、耳にがんがん響く。よく覚えている。部屋は暗い。私たちは話さない。部屋は街の絶え間のない喧騒に包まれて、街に乗り込んだみたいだ、市街電車に乗り込んだみたいだ。窓にはガラスがなく、日除けとブラインドがある。日除けには舗道の日の下を行く通行人の影が見える「カメラの暗箱を思わせる描写である。それとも映画館の暗がりだろうか」。これらの群衆はいつもとてつもない数だ。影はブラインドの縞で規則的に筋をつけられている。木靴の音が頭にぶつかる。声は甲高い。中国語というのは私がいつも砂漠の言語について想像するように、叫ぶ言語だ。それは信じられないほど異邦の言語だ」

少女はこの暗室にあってどんなに外へ、外へと視線を遊ばせていることか。中国人の愛人が少女に目が眩んで〝囚われの〟盲目状態にあるのと対照的だ。デュラスの暗室は密室ではなく、完全に開かれた空間だ。この暗室はまるで部屋ごと街へ乗り出してゆくようではないか。異邦の言語の話される異邦の街へ旅立っているようではないか。そこで少女は、恋は盲目であるどころか、目を一杯に見ひらいている、——デュラスにおいて目を閉じること、ときには眠りに落ちること、喪心が、もっともよく世界を見ることであるとしても。

『愛人』とは出発してゆく少女の物語だ。中国人と愛し合いながら彼女は絶え間のない出発の状態にある。

小説の最後で彼女は中国人と別れ、フランス郵船メサジュリー・マリティームのアマゾン号の人になり、インドシナを後にフランスへ出発してゆく。しかしそれより先、小説の始まりで、渡し船でサイゴンに渡るときから、彼女はすでに出発してゆく女だったのだ。

ここにはプルーストの場合と逆転した関係が成り立っている。プルーストの場合、逃げ去る女、アルベルチーヌは話者(「私」)によって眺められる客体(対象 *objet*)である。「眠る彼女を眺める。私のめざめ」というアルベルチーヌの眠りを眺める断章にも、それは明らかだろう。デュラスにあってはそれとは反対に、逃げ去る女、マルグリットが主体(「私」)になる。少女は見る者であり、女見者 *voyante* だ。この見る者はしかし見られる者でもある。少女は中国人に見つめられ、他の誰よりも作者のデュラスによって見つめられている。

デュラスはここで彼女自身の不在の映像——「逃げ去る女」の像——に照準を合わせているかのようだ。そして彼女を見つめる黒いリムジンのなかのエレガントな金持の男もまた、デュラスの文学に登場して、あの伝説的な恋にやつれた中国人の姿を身に纏おうとしているようだ。語り手の少女とその恋人がまさにいま瞳を合わせてデュラスの「黒い部屋」のなかへ入ってゆく。

黒い大きなリムジンのなかへ。それとも、「黒い部屋」のなかへ。これはマルグリットの人生の一齣だろうか？　それとも彼女の小説の一ページの上で起こったことか？　……読者は中国人との出会いを綴るこうした〝告白〟を通じて、その真偽にかかわらず、いや、その真偽が疑わしいからなおさら切実な関心をもって、彼女の——そんなものは存在しないと否定する——「物語」を読み耽ることになる。実在しないと言う「絶対の写真」を眺めることになる。

「立入禁止」の暗室を覗き込むことになる。

『物質的生活』の *folio* 版の表紙には、「私たちはそこにいる。私たちの物語が生まれる場所に *Nous sommes là. Là où se fait notre histoire*」と書かれていて、先の引用でもマルグリットと中国人の恋の物語が生まれる予感がページのはしばしに息づいているのを実感することができる。

「マルグリット・デュラスとは本当のところ何者だったのか？」と、ロール・アドレールは近刊の大部な伝記『マルグリット・デュラス』の序文で問いかけている。「自伝のエクスパートであり、告白のプロフェッショナルである彼女は……」

4　愛することと書くことと

つまり、自分を語ることの名手である、と言うのである。

しかしこの序はこう続く。「彼女は自分の嘘を信じさせることに成功した。マルグリット・デュラスはその晩年においては、彼女と生活をともにする愛人や友人よりも、彼女の小説の人物たちの存在を信じていた」。

いや、問題はデュラスにおいて、実生活の愛人ヤン・アンドレアと、彼をモデルにしたと言われる小説の人物たち、『ヤン・アンドレア・シュタイナー』のヤン・アンドレアや、『愛人』の中国人、『エミリー・L』で語り手の女性作家から「あなた」と呼びかけられる同伴者、これら作中人物の愛人の区別が判然としない、という点なのだ。

というより、彼女の小説では、物語や人物が不在であることから導き出される帰結として、従来の意味での「モデル」という概念も成り立たないようなのだ。

それはヤン・アンドレアが作家の観察の対象ではなく、彼女の生活のなかに入り込み、その一部、どころかその大半を占める存在だった、ということによる。

ヤン・アンドレアはデュラスの生の外部の存在ではない。彼はデュラスによって書かれる存在ではあったが、デュラスが紙とペンを用意して彼のことをノートに取る姿など想像することもできない。

彼もデュラスの前でポーズを取ることなど思いも寄らなかっただろう。二人は愛することに忙しかっただろう。デュラスにあっては、愛することと書くことは同時に起こったのだ。そこではモデルを前にした思慮分別や反省ははたらかない。ヤン・アンドレアも作家の前でポーズを取るより彼女を愛することに急だったのだろう。

彼はデュラスの生の内部に住み、彼女の書物の内部に住む。彼女の生を住まいとし、彼女の書物を住まいとする、そのような意味でヤン・アンドレアはデュラスにパラサイトした愛人だったのだ。

5　メコン川デルタの空漠たる調べ

そしてここに言うマルグリット・デュラスが作家であり、作家以外の何者でもないことを考え合わせると――彼女は『外の世界』（一九九三年）で「私たちに起こるかもしれないあらゆる物語のうちで、もっとも強度な物語とは、書くことの物語だ」と言っている、「私は生きる者である以上に書く者だ」とも――、彼女と分身的な関係を結んでパラサイトするヤン・アンドレアに関しても、「生きる者である」ヤン・アンドレアを「書かれた者である」ヤン・アンドレアと区別する理由はないと言わなくてはなるまい。

「私は一度もモデルを持ったことはない」とデュラスは遺著となった『これで、お終い』（一九九五年。増補決定版一九九九年。ちなみにデュラスは一九九六年三月三日、パリのサン・ブノワ街で没した。享年八十一歳）に書いている、――「私は従いながら背いてきたのだ。／書いているとき、私は生きているときと同じ狂気の存在だ。書いているとき、私は石の塊と一緒になる。『防波堤』の石 *Les pierres du Barrage* と一緒に」。

「防波堤 *Barrage*」というのは、彼女の実質的なデビュー作である『太平洋の防波堤 *Un barrage contre le Pacifique*』（一九五〇年）を指す。『これで、お終い』にも、

「Y・A――これだけが好きだというあなたの書物は？

M・D――『防波堤』、少女の頃」

というヤン・アンドレア（Y・A）とデュラス（M・D）の応答があって、作家がもっとも愛した自分の作品として『太平洋の防波堤』が上げられ、その略名として『防波堤』が使われている。しかし「防波堤」は本のタイトルであるだけではなく、『太平洋の防波堤』に描かれる「防波堤」そのものをも意味しているのだろう。

デュラスのなかでは、書物の『防波堤』と、そこに描かれる「防波堤」の区別はつけられていない――書物の『ヤン・アンドレア・シュタイナー』と実在のヤン・アンドレアの区別がついていないように。

デュラスは意図して現実とテクストの相互貫入を行い、その境目をもつれさせる。「防波堤」は小説のモデルではない。人生における事件であり、そこでは言葉と物が一体化している。

デュラスは「防波堤」に「従いながら背いてきた」と言う。「従う」というのはデュラスの小説（とくに『太平洋の防波堤』にいたる初期作品――『あつかましき人々』一九四三年、『静かな生活』一九四四年など）が、現実をモデルとするリアリズム文学と必ずしも背馳しないことを意味し、「背く」とは彼女の小説がそうしたリアリズムの約束事から離反する契機を持つことを意味している。

さらに言えば、「『防波堤』、少女の頃 *Le Barrage, l'enfance*」とあるように、『太平洋の防波堤』という作品と、作者の少女時代の区別がつけられていない。書物（『太平洋の防波堤』）、題材（「防波堤」）、時間（少女時代）が一つのものになっている。彼女が言う「物質的生活 *la Vie matérielle*」とは、端的には〝女の生活〟のことだが、書物の時間と生と時間を一枚の布のように織り上げたものだったのだ。

デュラスのインドシナ時代（父親の死にともなってフランスへ一時帰国した一九二一―一九二三年の二年間を除いて、一九一四年の生年から一九三二年の十八歳の年まで）、その地で小学校教師をしていた母親のマリー・ドナディユーは、一九二六年、二十年間の貯蓄を注ぎ込んでカンボジアのプレイ・ノップに払下げ地を購入した。ところが耕作可能な土地を手に入れるには土地管理局のフランス人の役人に賄賂を使う必要があることを知らなかった彼女は、毎年七月になると太平洋の高潮に漬かる使い物にならない土地をつかまされる。

母親はそこで防波堤を築き、太平洋の攻撃に一人立ち向かうのだが、当然のことながらこれは勝ち目のない闘いになる。彼女は防波堤を築いてはそれが高潮で押し流される、ということを毎年繰り返して五年に及び、ついに一九三一年、彼女自身の生の「防波堤」が決壊したかのごとき諦めの境地に入る。

マルグリットが十二歳から十七歳にいたる頃の出来事である。彼女がインドシナを離れてフランスに向かうのは、その翌年のことだ。

それは狂気とすれすれの自己放棄だっただろう。ヴィルコンドレの近刊『デュラスにおけるマルグリット *Marguerite à Duras*』（一九九八年。ちなみにデュラスというのはペンネームで、マルグリットの亡くなった父親が南西フランスのロ＝テ＝ガロンヌに所有していた土地の名である）によれば、「防波堤」の闘いで力尽きた母親は、「無関心とも軽やかさとも違う、むしろ人生と世界の空漠たることの意識、冷酷な敗北の意識」を持つにいたる。

「失敗を解放として」受け止めた彼女は、ひねもす「ロッキング・チェアに腰掛け、《ドアから入って来る風に吹きさらされて》、風が彼女の体を吹き過ぎてゆくのを心地よく思うのだ。彼女は言う、「なんにも持たずにまた出発して行けるなんて、幸せ、家具もなく、なんにもなしで」」。

先の『これで、お終い』からの引用で、「書いているとき、私は生きているときと同じ狂気の存在だ」という、その「狂気」とは、マルグリットの母親のこの「狂気」であり、この狂気はそのまま娘のマルグリットによって「書くこと」において引き継がれたのだ。

デュラスは『言葉の歓喜 *Le ravissement de la parole*』(一九九七年)と題したCDで、『防波堤』の母親と『モデラート・カンタービレ』のヒロイン、アンヌ・デバレードが、彼女の文学の最初の狂気の女 *folle* であると言っている。ここに言う *folle* とは「女見者 *voyante*」と同義と取っていいだろう。

死を間近にして書かれた『これで、お終い』で、デュラスが「私は生きている」と言うとき、それは母親の生きている感覚と重なり合う部分がある。彼女はこの最後の書物でヤン・アンドレアと別れ、母親と出会っているようである。「母に会いたいと思う」とか「私はいつも母を愛している。どうしようもない、私はいつも母を愛しているのだ」など。

幼い少女のようなあどけなさを抱えた母親を身近に見てきたデュラスの生にも、「なんにも持たずにまた出発してゆけるなんて、幸せ」という瞬間がいくどかあっただろうし、旧約聖書「伝道の書」の「空の空なるかな、風を追うがごとし」は彼女の銘句として『夏の雨』(一九九〇年)に何度も引用され、一九九六年パリのサン・ジェルマン・デ・プレ教会での葬儀の際にも朗読されたのだった。『これで、お終い』には、「それは私だ、風を追う者だ *C'est moi la poursuite du vent*」の句が見える。次の一節のデュラスは旧約の女予言者さながらだ。

「空の空なるかな。／なべては空にして、風を追うがごとし。／この二つの文章が地上のすべての文学を生んだ。／空の空なるかな、そうだ。／この二つの文章はそれだけで世界を開く。事物も、風も、子供たちの叫びも、その叫びの間に死んだ太陽も。／世界は滅びに向かうがいい。／空の空なるかな。／なべては空にして、風を追うがごとし」

デュラスの作品に流れる空漠たる調べはメコン川デルタの《水の祖国 *Patrie d'eaux*》の風景に培われたものだ。「かたちのない祖国、つかみどころがなく、そこではすべてが水没する」と『デュラスにおけるマルグリット』にはある。

「太平洋を押さえつけようとさえした」母親は、「あまりに不幸な目に遭いすぎたため、強烈な呪縛力を持つ怪物と化してしまい」、「防波堤の件以来とくに、彼女は危険になっている」と、『太平洋の防波堤』にはある。

同様にマルグリットも、書くときや、あるいは愛するときには、「強烈な呪縛力を持つ怪物と化して」、「石の塊」、「『防波堤』の石と」「一緒になる」ときがあったのだ。

「石の塊と一緒になる」とは、書物の素材と一緒になる、の意だろう。いわゆるリアリズムとはことなる直接の現実感をもって、「石の塊」、「防波堤」の〃時間〃を書物のなかに導き入れることだ。

その素材がヤン・アンドレアのような愛人である場合、モデルと一緒になる、の意になるだろう。愛人を直接、書物の白いページのなかに連れ込むことだったろう（「この白い紙のなかに来て」）。しかし『これで、お終い』に、「これは時間の問題なのだ。私は書物をつくるだろう *C'est une question de temps. Je ferai un livre*」とあるように、この「一緒になる」は、「時間の問題」でもあったのだ。

6　愛すなわち死の床

いつ彼女はモデルと一緒になるのだろう？　ヤン・アンドレアがモデルになり、そして書物と一緒になるのは、いつのことだろう？　モデルが愛人に、あるいは愛人がモデルになるのは？

『これで、お終い』には、デュラスがヤン・アンドレアに呼びかけて、彼を書物のなかに誘うフレーズが畳み掛けるように置かれている。

「来て、私を愛しに。*Venez m'aimer.*

来て。*Venez.*

この白い紙のなかに来て。*Viens dans ce papier blanc.*

私と一緒に *Avec moi.*」

あるいは、別の日には、――

「はやく来て。*Venez vite.*

はやく。あなたの力を少しちょうだい。*Vite, donnez-moi un peu de votre force.*

私の顔のなかに来て *Venez dans mon visage.*」

また、後には、――

「私と一緒に、大きなベッドに来て。待ってるわ *Venez avec moi dans le grand lit et on attendra.*」

この誘いは――タイトルの「これで、お終い」とは裏腹に――果てしないものになるだろう。つまりヤン・アンドレアにおいて彼がデュラスの小説のモデルになる「時」、彼が「白い紙のなかに来」た「時」というのは、無限に延び縮みする時であり、捕えられない、逃れ去る時になる。彼はその逃げ去る時そのものとなる。

そして、その時のなかでモデルの存在は失われると考えるべきだろう。むしろ、その「時」のなかで、ヤン・アンドレアは、プルーストのアルベルチーヌと同様に、「逃げ去る女」、ならざる「逃げ去る男」になったのだ。

『これで、お終い』には「そうよ／私は死んだ／終わりだ *Ça y est./ Je suis morte./ C'est fini*」といった断章が散見され、語り手デュラスがヤン・アンドレアを彼女もろとも死の世界へ拉致し去るような場面が設けてある。

「私」はすでに死んでいて、「土の臭い」をたて始めている。「私にはもう口も、顔もない」。「私は完全にぞっとするような者になった」。この「私は死んだ *Je suis morte*」——第一部で触れたことだが、バルトは『エドガー・ポーの短篇のテクスト分析』で、「私は死んだ *Je suis mort*」という言表行為は文法的なスキャンダルを含む「不可能な言表行為」であると言う。死んだ者に「私は死んだ」と言うことはできない。デュラスは女性形で *morte* と書いているが、これは女性にのみ可能な、*féminin* な言表なのか？　それとも、バルトなら「ニュートラル」と言っただろうか？　女性的なものに限りなく近い中性的な言表と？

デュラスの「私は死んだ」は迫り来る死の刻を先取りしたものであると同時に、それ以上に、デュラスとともにヤン・アンドレアが手を携えて「書物」の世界に入ってゆく刻を先取りしたものだ。

「これは時間の問題なのだ」とデュラスは言っていた、「私は書物をつくるだろう」と（『これで、お終い』前出）。

それは書物、あるいはその換喩的な場所としての死の世界で、デュラスとヤン・アンドレアが結ばれる愛の褥（「大きなベッドに来て」）をも暗示している。先に引用した『愛人』のメコン川の渡しの場面でも、黒い大きなリムジンのなかのエレガントな中国人は、これから十五歳半の少女と愛の褥に臨むことになるのだが、同時にまた、デュラスの小説の世界に登場しようとしているのだ。

7　出発してゆく愛

それらすべて、愛するための部屋、エクリチュールの部屋、そして死の床をひっくるめて、デュラスは「黒い部屋 *la chambre noire*」と呼ぶ。それは小説の内と外、その〝あわい〟、その隙間のような場所であり、写真のフィルムが対象を潜在的な像として捕える暗室に似た場所だ――「私は黒い部屋にいる。あなたはそこにいる。私たちは外を眺める。……」「私はあなたを見つめる。あなたは気づかない。黒い部屋に今度は私があなたを閉じ込めたのだ。……」「黒い部屋ではもはや何も起こらない……」（『八〇年夏』）。

このデュラスの「黒い部屋」への愛人の登場は婚姻のメタファで語られるとともに、「大きな葬式みたいな車」という黒いリムジンの形容にも明らかなように、死のメタファによっても語られている。「私は彼にもっと、もっとしてと頼んでいた。私にあれをしてと。彼はそれをしてくれた。彼はそれをした、血のぬかるみのなかで。そしてそれは実際に死ぬほどのことだった。そのために死ぬほどだったのだ」

デュラスはそのようにして彼女の愛人に「来て」と呼びかけ、彼女の褥である愛すなわち死の床に、そして書物の白いページに、誘ってゆく。そして別れの日が近づくと、中国人はまるで別れの日付がナイフで去勢したかのように不能に打たれ、少女を愛することがかなわなくなってしまう。

「出発の日付が、たとえまだ先のことであっても、一度決められてしまうと、彼は私の体に何もすることができなくなった。そういうことは突然、起こった、彼の知らないうちに起こった。彼の体はもう、出発してゆこうとしている女、裏切ろうとしている女を求めなくなった［後に触れる『エミリー・L』に言う「不実な何者か」］。彼は言った、──僕はもうきみを抱くことができない、まだできると思ったのに、もうできないんだ。彼は自分が死んでいると言った。……」

少女のかたわらに横たわり、彼女を求めることのできなくなった中国人には、ホモセクシャルでデュラスの体を自然な状態では求めることのできないヤン・アンドレアの性愛の在り方が投影している。ある意味では少女は中国人を去勢した──女性化された──状態で愛していたのであり、それはヤン・アンドレアの女性的な同性愛者の性愛に通じるものがある。

少女が中国人を去勢した状態で愛したというのは、一つには彼女が金持の中国人に対して幼い娼婦のような立場で接しているという事情による。ここではお金が恋に対して去勢的な力を振るうのである。彼は彼女に言う、──「きみは僕に金があるからついて来たんだ」。彼女の答えはこうである、──「私はお金と一緒のあなたを欲しいと思うのよ。あなたに会ったとき、あなたはもうあの車のなかにいたし、お金のなかにいた。だから、あなたが別のふうだったら私がどうしたか分からない」。彼は言う、――「まったくきみみたいな女と出会って僕はついてないよ。それでも僕はきみにお金を上げよう」。

少女はお金があるから彼についていったと言うことによって、彼と恋に落ちることを避けているようである。彼女は一対一の向かい合う恋から身をかわそうとする。向かい合う恋の間に〝お金〟を置く。お金が恋の衝立になる。こんなに幼くてすでに相思相愛の恋をわずらわしく思っているようなのだ。プルーストの小説では相思相愛が成り立たないと論じた本書第I部の3「墓地に咲く花」を参照されたい。プルーストにおいては結果として生じたことが、デュラスにおいては主体的に選び取られている。

それは、「あなたにたくさん女がいて、私はその女たちの一人で、そういう女たちとごっちゃになっているのが好き」とか、「あなたが私を愛してくれないほうがいい思う。たとえ私を愛しても、あなたがふだん女たちとするようにしてくれるのがいい」といったせりふによって明らかだ。

中国人は少女の破廉恥とも恭《うやうや》しいとも取れるせりふを前に――それは娼婦の破廉恥であり、娼婦の恭しさだ――、自分の愛する心が踏みにじられるのを感じただろう。彼は目の前の可憐な少女が金で買うことのできる女に変貌するのをまのあたりにしている。「彼は私の言ったことを理解する。突然まなざしが変質したようになり、ニセのまなざしへと変じ、悪に、死のうちに捉えられたようだ」。

少女は中国人に、自分の背後に「たくさんの女たち」を見て、それらの女たちの一人として自分を見るように誘っている。それは彼女もまた彼の背後に彼とは別のものを見ているということである。

向かい合う愛ではなくて、出発してゆく愛。少女の場合、端的に言えば、それはインドシナからの、家族からの離脱のチャンスであり、フランスへの出発、書くことへの出発であった。マルグリットにとってフランスは「書くこと」の国であったはずだ。それまで二年ほど——一九二一—二三年、マルグリットが七歳から八歳の間——しか住んだことのない国だから、フランスは帰るべき故郷とは言えなかっただろう。中国人はそのような少女の行程の一ステップの位置に貶《おとし》められている。

8　恋は拷問に、外科手術に似通う

中国人が少女の言葉を理解して、彼女と顔を見合わせて、「悪に、死に捉えられた」ようなまなざしを持ったのは、彼女の言葉が個人としての少女を踏みにじる言葉であると同時に、個人としての中国人をも踏みにじる言葉であったからだ。少なくとも少女が女たちの一人として、「そういう女たちとごっちゃになって *confondue*」愛されたいと言ったとき、個別的なものが否定され全体性に繫がる「女たちの共同体」——それをブランショがデュラスの『死の病い』を論じて言った「恋人たちの共同体」(『明かしえぬ共同体』所収)と考えてもいい——の一員として自分を数えたのであり、それは個別的なものが全体的なものに融解するエロティシズムの体験(バタイユ)に通じるものだっただろう。

学校の寮の女友だちのエレーヌ・ラゴネルを中国人と関係させたいと思う少女の倒錯した感情には、プルーストの女性についてバルトが指摘したような意味での「取り持ち役」としての資質がすでに少女のうちに芽生えていることを示唆する。ジルベルトやアルベルチーヌおいては無意識的であったものが、この少女にあっては明らかな快楽の意図をもって選び取られ、実行に移されようとしている。

ここで思い出されるのは、宇治十帖で薫に浮舟という父違いの妹を「取り持つ」中の君という女性の在り方である。もともと『源氏』では女たちが個人として未分化な状態があって（プルーストの「花咲く乙女たち」の一団のように）、薫にしても、大君に恋しているのか中の君に恋しているのか、はっきりしないところがある。やがて中の君は匂宮の妻になり、大君がもっぱら薫の恋の対象になる。大君はしかし妹の身の上ばかりを気にかけ、匂宮が妹を棄てるのではないかと心配する余り、ついに死んでしまう。最愛の大君を亡くした薫の愛は当然のことのように中の君に向かうのだが、その執拗な求愛をかわすために中の君は、今までその存在が秘められていた妹の浮舟を薫に紹介しようとする。――ジルベルトが、無意識的にであれ、アルベルチーヌをマルセルに〝紹介〟するように。

薫が宇治の山里に亡き大君の「昔おぼゆる人形《ひとがた》［像や画像］」をつくって勤行をしたいという気持ちを打ち明けると、中の君は「いますこし近くすべり寄りて」、浮舟という妹のことを、「人形のついでに、いとあやしく、思ひよるまじきことをこそ思ひ出ではべれ」と語り始めるのである（「宿木」）。中の君は薫に浮舟のことを語るのに、なぜ、うしろめたいことを語るように「いますこし近くすべり寄」ったのだろうか？

中の君は、薫の恋心が姉の大君と自分の間で迷うところがあったことを思い出している。恋心というものがまずあって、恋の対象は二の次であるという、恋愛感情の秘密に勘づいたのだ。そのようにして恋の対象としての個別性が曖昧になることのうちに、何か罪深いものを嗅ぎ取ったのだ。妹の浮舟を薫の恋情にあてがうことのうちには、人間性をないがしろにした不道徳なもの――悪がある。

これはプルーストの小説で悪辣なヴァイオリニストのシャルル・モレルが自分のものにした女たちをアルベルチーヌに〝調達〟したことに似通っている。

『愛人』の少女における――ということは、いくぶんかデュラスにおける――悪の側面、プルーストがモレルについて言った「ならず者 *brute*」の側面に注目しなければならない。

「私はエレーヌ・ラゴネルへの欲望に憔悴する。

私は欲望に憔悴する。

私はエレーヌ・ラゴネルを一緒に連れてゆきたい、毎夜、目を閉じて、叫び声を上げる快楽を私に与えてくれるところへ。私はエレーヌ・ラゴネルを私にあれをする男に与えたい、今度は彼が彼女にあれをするように。……」

そんな少女のレズビアンじみた願望のなかで、少女とエレーヌ・ラゴネルは女たちの共同体で一体になり、「死ぬほどの *De quoi en mourir*」快楽を得ることができるはずである。少女とエレーヌ・ラゴネルはプルーストの描いた「花咲く娘たち」の一族、ゴモラの女だったのだろうか？

少女が中国人を去勢状態に置くもう一つの動機は、肌色の違いである。少女は黄色い肌の中国人を愛することができないことを知っている。デュラス自身もときにこの偏見をあからさまにすることがあって、フレデリック・ルブレーの『デュラス、あるいはペンの重み』によれば、デュラスは東洋人に対する打ち消しがたい嫌悪の情を五十年以上にわたって秘密にしてきたのだという。

これは映画の『ヒロシマわが愛』（一九六〇年）で原爆の犠牲者である日本人がフランス女性と愛し合う姿を美しく歌い上げたデュラスであるだけに、意外とすべきことかもしれないが、彼女が次のように言うのを何度も耳にしたことがあるとルブレーは伝える――「きれいな黒人とやるというのなら、まあOKね。でも、黄色となると、はっきりノーよ」。

『太平洋の防波堤』では『愛人』と時期的に重なるデュラスのインドシナにおける少女時代が描かれる。この長篇では中国人に相当する人物は白人のジョーという男に置き換えられている。それは『愛人』のエレガントな中国人とさま変わり、金持ではあるが、少女によっても、少女の家族によっても、徹底的にコケにされる不細工な男である。『愛人』の中国人が黄色い皮膚を脱いで白い皮膚を身に着けた代わりに、みっともない外観を身に纏わされたかのようだ。

ジョーはその醜さと純情によって年下の少女に翻弄され、おもちゃにされる。ジョーは少女に恋したときから、彼女に好《い》いように扱われる運命――いわゆる〝奴隷状態の幸福〟――を甘受したようなものだ。こうした恋愛の力関係はプルーストの『スワンの恋』(『スワン家の方へ』第二部)に余すところなく分析されているが、ジョーの少女に隷属することの幸福は、滑稽にこそ描かれ、スワンの崇高さやレアージュ描くところの『O嬢の物語』の残酷な悲劇性は皆無である。

もしこのジョーの白い肌を脱がせれば中国人の愛人が姿を現わすのだとすれば、この初期の代表作にすでに露呈しているデュラスの東洋人に対する蔑視は、相当なものだと言わなくてはなるまい。

最晩年の『エミリー・L』(一九八七年)では巻頭いきなり、ノルマンディーのリゾート地キュブーフのマリーン・ホテルで男と語らう女(デュラスに近い女性作家)が波止場に現われたアジア人の一団を見て、「なんだってキュブーフに韓国人がいるのかしら」と露骨に嫌悪感を表明し、相手の男に「つまらない人種差別主義者みたいだ」とたしなめられる場面がある。それでも女はなお言い募る、

――「死は日本からやって来る *La mort sera japonaise*。世界の死。それは韓国から来る。……」

『愛人』にも、少女の兄たちの中国人に対する〝無視〟というかたちで、アジア人へのこの種の偏見は刻印されているようだ。中国人の招待で少女の家族が大きな中華レストランで食事をするときのことである。

「兄たちは彼に一言も言葉をかけない。兄たちには中国人が目に映らないかのようだ。その存在を認め、眺め、聞くだけの密度を彼が持っていないかのようだ。［……］それというのも、これが中国人で、白人じゃないからだ。……」

『愛人』ではこうした中国人評は兄たちの考えということになっているが、『太平洋の防波堤』では同様のジョー評を少女も共有する。少女も一緒になってジョーをあざ笑うのである。このことは――『防波堤』と『愛人』は同じ一つの愛の体験を描いているのだから――上記『愛人』の中国人評に少女も加担していると考えさせる根拠になるだろう。

さらに、母親に不品行をなじられ、お前の身体に中国人の男の臭いがする、お前は淫売だ、と罵られるとき、少女は「嘘をつく」。――「絶対なんにもなかった、キスもしなかった、と誓う。どうしてそんなことがあるの、と私は言う。どうして私が中国人とそんなことをするの？　あんなにみにくい、虚弱な男と？」

兄たちの考えに仮託して、少女は自分の考えを述べているようである。「私は金のために彼と会っている」、「愛することなんかできない、それは不可能だ」というのは、彼女が中国人にもそう言い、自分にも言い聞かせている信条告白のようなものだろう。「虚弱な男」を愛するのは、男を去勢した状態で――女性化して――接するデュラスの愛の痼疾のようなものだ。それなら「これが中国人で、白人じゃないからだ」にも、少女の偏見の告白があると見てよい。

「どうして私が中国人とそんなことをするの？」と「嘘をつく」とき、少女は「おぞましい」愛の真の顔を垣間見たのだ。「悪の、死のうちに捉えられた」まなざしが一閃したのだ。

うら若い少女の上に身をかがめる老いた作家デュラスの姿をここに認める必要がある。犀利な恋愛心理の分析の書でもある『火矢 *Fusées*』でボードレールは言っている。「恋の唯一にして至高の悦楽は、悪をなすという確信にある。――そして男も女も生まれながらにして知っているのだ、悪のうちにあらゆる悦楽は存する、ということを」。また、「恋は拷問に、外科手術に似通う」とも。さらに『赤裸の心』には、「交互に犠牲者であり拷問執行人 *victime et bourreau* であることは心地よいことであるだろう」。そして同じボードレールの日記の次のページは、そのまま『愛人』の少女に身をかがめるデュラスの恋愛哲学だ。「恋愛とは何か？／自己の外へ出るという欲求だ。／人間は崇拝する動物である。／崇拝するとは、それは自分を犠牲に供し、淫売することだ。／だから、あらゆる恋愛は淫売なのだ」。この断章にはさらにこんな箴言が続く、――「もっとも多く淫売した存在とは、それは至高の存在、それは神だ。なぜなら、神はそれぞれの個人にとっての最高の友であり、神は誰もが共有する、汲み尽くしがたい愛の貯蔵庫であるからだ」。

少女は中国人との恋によって「自己の外へ出るという欲求」に駆られていなかっただろうか？　中国人に対して、「お金と一緒のあなたを欲しいと思う」と言うとき、少女は（少女とともに中国人は）、二人して「悪をなす」という恋の歓びを知ったのだ。

口紅を塗り、クリームでそばかすを隠した「悦楽の顔」を持つ少女には、娼婦であり神たらんとする野心がある。人々の欲望の「貯蔵庫」でありたいという野心が。それは少女マルグリットが作家デュラスになってから読者に求めたものに似ている。書くということはあらゆる人の愛を受け入れることだからである。少女は中国人に会うとき、そんな作家になろうとしていたのである。「私は書きたい。すでに私は母にそう言った。私のしたいことは、それなの、書くこと」（ボードレールも『火矢』で、「芸術とは何か？　淫売である」と言っていた）。

白い肌の少女が黄色い肌の男に犯されるとき、「交互に犠牲者であり拷問執行者であること」の悦楽が感じられたのではないだろうか？　白い肌が黄色い肌に君臨し、黄色い肌に白い肌が蹂躙される、そんな加虐と嗜虐がないまぜになった歓びがあったのだ。黄色い肌の中国人は白い肌の少女に恋することで彼女の奴隷になり、白い肌の少女は黄色い肌の中国人の金を受け取ることで彼の売女になる。「恋は拷問に、外科手術に似通う」という恋愛の哲理が、少女と中国人の生き身で験されたのだ。

「そんなことがショロンのいかがわしい地区で毎晩のように行われる。毎晩のように、この悪徳の小娘 *cette petite vicieuse* はきたならしい億万長者の中国人 *un sale Chinois millionnaire* に自分の体を愛撫してもらいに出かけてゆく」

9　女の去勢する力の下で

中国人とことなりヤン・アンドレアとデュラスの間には金の問題も肌の色の違いも介在しない。代わって、年齢の違いとセクシャリティーの違い（異性愛と同性愛）が存する。十五歳半の少女が年上の男（『北シナの愛人』ではこの中国人は二十七歳とある）に抱かれる『愛人』の場合とはことなり、デュラスにとってヤン・アンドレアは三十九歳年下のホモセクシャルの恋人である。

デュラスとヤンの間には『愛人』に流れるロマネスクな情緒はない。血を流す処女性もなければ、身を裂く別離の悲哀もない。よりリアルで酷薄な愛の情感が流れている。にもかかわらず、少女がショロンの独身部屋で中国人に注ぐまなざしに、デュラスがヤン・アンドレアに対したであろうまなざしを感じ取らずにいられない、――

「身体。身体は痩せて、力がなく、筋肉もない。病気だったのかもしれない。治りかけなのか。髭はなく、セックスを除いて男らしさというものがない。彼はとても弱々しく、辱められるがままになっていて、苦しんでいるように見える。……」

ここにはデュラスのセクシャリティーが繊細かつ端的に現われている。「痩せて、力がなく、筋肉もない」ということは、『愛人』をリメイクした長篇『北シナの愛人』（一九九一年）でも中国人の特徴として指摘されていて、女友だちのエレーヌ・ラゴネルが、彼は美しいの？　と尋ねると、少女（『北シナの愛人』では「*l'enfant* 子供」とある。『愛人』と同様、名前は与えられていない）は、「数年後のポーロのようにね」と答える。ポーロというのはマルグリットの下の兄のことで、『アガタ』（一九八一年）や『北シナの愛人』では近親相姦的な愛がこの兄と妹の間に介在したかのように描かれている。

エレーヌ・ラゴネルは、たぶん阿片が彼から力を奪ってしまうのだと言う。

「たぶん、そうね。彼はとても金持で、運のいいことに、ぜんぜん働かないのよ。お金もまた彼から力を奪ってるんだわ。彼のすることといえば、愛すること、阿片を吸うこと、カルタで遊ぶこと……」(『北シナの愛人』)

ここにもセックス以外には男らしいところのない、奇怪なかたちで去勢された(「力を奪われた」)デュラス好みの男がいる。

セックス以外に男らしいところがない、とは、第1部で見たプルーストの「ヘルマフロディトス(両性具有者)」について言われることではないか?

下の兄のポーロと中国人の愛人に共通する〝女性的な男〟の特徴を、アラン・ヴィルコンドレはこんなふうに説明する。

「少しずつ父親[マルグリットの父は彼女が七歳のときフランスで病没する]を罰したいという欲望が生まれる。父をピエール[上の兄]の《悪》のイメージと結びつける欲望だ。母はしかしながら、マルグリットが自分なら恋人をこんなふうに愛したいと思うような仕方で、この上の兄を愛している。この上の兄は「背が高く、美貌で、男らしく、ヴァレンティノみたいな男だからだ」。少しずつマルグリットは下の兄を愛するようになる。ひ弱な下の兄を。また中国人の愛人を。愛するときは力強いけれども、とてもやさしくて、とてもきゃしゃな、一人の女を *si doux, si fragile, une femme* [この表現もプルーストの小説の主人公マルセルと、実生活におけるそのモデルになったマルセル・プルーストを思わせる]」(『デュラスにおけるマルグリット』)

下の兄と中国人、それにヤン・アンドレアを加えれば、デュラスの眼鏡にかなった男性像というものが、よほどはっきりするだろう。

10　虚実両面を照らす自伝

いや、もう一人つけ加えるべきだ。一九三九年に結婚、一子をもうけるが誕生後すぐにその子を死なせてしまい、一九四七年に離婚、その後もこの人を愛するのを止めたことはない、とデュラスが言っていた男。一九四四年、ゲシュタポの手で連行され、ダッハウのユダヤ人強制収容所で生死の境をさまよって、翌年廃人のような姿でパリに帰還、『人類』（一九四七年）一冊を著した以外は沈黙を守る。その男の名はロベール・アンテルム。

デュラスは『愛人』を発表して一躍広汎な読者を得、ゴンクール賞を受賞、ベストセラー作家になった翌年、一九八五年に『苦悩』を発表、ロベールとのなまなましい愛のかたちと第二次大戦中のサン・ジェルマン・デ・プレの知識人の活動を明らかにして、再び話題をさらう。

「サン・ジェルマン・デ・プレの広場は灯台のライトを浴びたように照らし出されている。ドゥ・マゴは満員だ。まだ陽気が寒くてテラスに人影はない。だが他の何軒かの小さなレストランも満員だ。私は外に出て、平和がすぐ間近に来ていると感じた」（『苦悩』一九四五年四月二十八日の日記）。

これは創作でも回想でもなく、日記であり、事件のあった頃に書かれたドキュメントだということを頭に入れておきたい。

とはいえ、デュラスの作品は小説であってもドキュメントの性格を持つことが肝要で（とくに『愛人』）、そのようにして実生活と虚構をない混ぜにするのが、読者を作品に引き込む彼女の手法なのだ。単にこしらえた話ではなく、これは作者の身に〝本当に〟起こったことなのだ、という前提があると、――女性作家の身に起こったロマンスとなれば、なおさら――読者の本に対する身の入れ方が変わるのである。

この擬似自伝的物語の手法とは、端的に言うならこういうことだろう。作者が自分の「人生の物語」を書く。読者がそこに〝真実〟を見つけるなら、作家はこれは小説であると言う。読者がそこに〝嘘〟を見つけるなら、作家は自分の生を賭け金にしてその真実性を保証する。デュラスの自伝は虚実両面を同じ鮮明さで照らし出す鏡に似ている。

そしてデュラスはこの書き方をプルーストから学んだのである。プルーストによって初めて、作家の人生そのものがモデルとして小説の素材に使われる自伝的フィクションの小説が誕生し、しかも進行中の作家の人生――と、その周囲の人々、なかんづく恋人――が、そのまま進行中の小説に取り込まれる、というメビウスの輪のような書き方が発明されたのだ。

ここでは作家は書く人であり、書かれる人である。作家であり、モデルである。ボードレールに倣って、外科手術をほどこす人であり、ほどこされる人と言ってもよい。作家はみずからメスを持ち、それを自身に振るうのである。

私は傷であり、ナイフだ！　*Je suis la plaie et le couteau !*
平手打ちであり、頬だ！　*Je suis le soufflet et la joue !*

私は手足であり、処刑の車輪だ、　*Je suis les membres et la roue,*
そして犠牲者であり、拷問執行人だ！　*Et la victime et le bourreau !*
（ボードレール「ワレトワガ身ヲ罰スル者」『悪の花』所収）

デュラスがそのようにして作品のなかで生身の作者の実生活をさらす（それは確かにボードレールが言った「淫売」の行為に似ている）ことによって、読者を引き込む力はめざましいもので、その結果、ヤン・アンドレアのような「読者」が実際にデュラスの前に登場し、彼女の愛人になってしまうほどなのである。

これは絵画より写真のほうが、それが再現する対象に対する関心が強くなることと似ている。写真が――バルトが『明るい部屋』で言うように、――「それが―あった *Ça-a-été*」ことの証明であるように、日記や書簡のようなドキュメント性の強いテクストも、「それが―あった」という実証性に強く印象づけられるのだ。

『苦悩』の前書に著者は書いている、――「私はこの日記を、ノフル・ル・シャトーの青い戸棚に入っていた二冊のノートのなかに見つけ出した。／私にはこれを書いた記憶が全然ない」。

これほど強烈な内容を持つ日記のことを、「これを書いた記憶が全然ない」とはどういうことだろうか？　内容が余りに強烈であるから、それに目が眩むようにして忘れてしまったのか？　太陽と死はこれを直接見ることはできない、と古典主義時代のモラリスト、ラ・ロシュフーコーは言った（『箴言』）が、デュラスにとってもこの日記は直視することができないものだったのだ。

書いた人の完全な忘却のうちにあるこの二冊のノートは、プルーストの言う間歇的な記憶ということを考えさせないではおかない。忘れられているだけに、それだけ手つかずで保存される記憶というものがあるのだ。

一九四四年六月一日、夫のロベールが彼の妹と五人の仲間とともにパリのデュパン街五番地で密告により逮捕され、収容所に送られたときから、マルグリットの超人的な活動が始まる。それはまことにけなげなとしか形容のしようのないものだ。「きみは病人だよ。きみは気ちがいだ。自分の姿を見てごらん、きみはもうどんなものにも似ていない」と当時サン・ブノワ街に一緒に暮らしていたD（ディオニス・マスコロ。ガリマール社の原稿審査委員をしていた。ロベールに続くデュラスの第二の男性。デュラスの息子ジャン・マスコロの父）に言われるほど、不眠不休で夫の捜索に奔走し、電話の前で連絡を待つ日々が続く。マルグリットは収容所送りになった男に殉じるつもりでいる。

作者が書いたことをまったく忘れていたというその日記には、こんな奇怪なことが書かれている。作者はこれを「秘密」だと言う。しかしその「秘密」は公刊され、我々の目にさらされる、「日記」として、「それが―あった」ことの証明とともに。

「……私は目を閉じる。彼が戻って来るようなことがあったら、海へ行くのだ［この頃からノルマンディーの海の呼ぶ声を彼女は聞いていたのだろうか？］それが彼の一番喜ぶことだ。どのみち私は死ぬのだと思う。彼が戻って来ても、私は結局死ぬだろう。［……］彼が戻って来たら、私たちは海へ行くだろう。夏のまっさかりの頃だ。私がドアを開ける時と、私たちが海を目の前にしている時のあいだで、私は死んでいる」

「……彼が帰って来たら、すぐ私は死んでしまい、そうなるほかはないのだが、これは私の秘密だ。Dもこれは知らない。今のやり方で、死にいたるまで彼を待つことに決めたのだ。……」

愛する人が死地から戻って来たら、死ぬのだというこの夢想は、どこからやって来たのだろう？彼女はロベールが帰って来ることを望んでいないのだろうか？　それが彼女の言う「秘密」だろうか？　あるいはここには、すでに進行しているロベール、ディオニス、マルグリットの三者の三角関係が影を落としているのだろうか？　ロベールが生還したとき、自分を中にして二人の男の間に始まるかもしれないことを怖れて、こういうことを言っているのか？

そうかもしれない。そうでないかもしれない。いずれにしても、三角関係の清算といったことはデュラスには余り似合わない。

彼女にとって三角関係はむしろ望むところなのだ。『タルキニアの子馬』や『夏の夜の十時半』から『ロル・V・シュタインの歓喜』や『青い目、黒い髪』にいたるまで、彼女は特殊な三角関係の恋を好んで描いてきたのである。

デュラスのまわりでは、男たちはライヴァルとして張り合うのではなく、奇妙な友情で結ばれてしまう。女たちも男を共有することに喜びを見出すようだ。そんなふうにして彼女は一対一の〝向かい合う愛〟を遠ざけてきたのだ。対面する愛を〝外部〟に向けて開こうとしたのだ。

11　頂点を不在とする三角関係

ここでしばらく『苦悩』のトリオ——マルグリット、ロベール、ディオニスを離れて、デュラスにおいて特殊な意味を持つ三角関係を考えてみたい。

初期の長篇『タルキニアの子馬』（一九五三年）では、ジャックとサラ、リュディとジーナ、二組の夫婦がイタリアの海辺でヴァカンスを過ごしている。夫婦とは「向かい合う愛」の最たるものだが、これはそのような夫婦のヴァカンスを主題とした小説なのだ。

むろんフランス語の「ヴァカンス」が持つ「空白」の意味がデュラス的なニュアンスをもって用いられている。「［ホテルの食事時間には］この地獄のような場所と、誰にとっても悪いものであるこのヴァカンス、暑さの他に、何を語ることがあっただろう？［……］全員がこの点では意見が一致していた、——すなわちヴァカンスに成功することは滅多にないことであり、それは滅多になく困難なことであって、よほどの幸運に恵まれなければならないのだという点において」。サルトルの『出口なし』とベケットの『ゴドーを待ちながら』を足して二で割ったような炎暑地獄のなかで描かれるのは、サラとジャック、そしてモーターボートを所有するジャンの三角関係である。

ジャン（しばしば「男」としか呼ばれない）はしかしこの三角関係にあって、三角形を構成する一つの点というより、むしろこの関係を壊すような存在として機能している。それはサラをなかにしてジャンとライバルの関係にあるはずのジャックが、妻の恋人に敵対しようとしないからである。ジャックはサラとジャンの間に進行してゆく恋愛に対して無力な存在であり続ける。

この寝取られる夫には嫉妬の感情がないかのようだ。彼はサラとジャンの不倫の恋に対して禁止の掟を立てることができない。おそらく嫉妬という感情を抱くには彼が余りに複雑な人格の持ち主であるか、ヴァカンスに来たこの土地の暑さがその種の道徳的感情を麻痺させてしまうのか、どちらかだろう。そのためにサラのジャンへの恋は不完全に燃焼する他ないものになる。彼女が小説のラストでついにジャンの元へ走ることができないのは、夫のこの不思議な寛大さによると言う他はない。

ジャックがサラとジャンの関係を——裂こうとしないで——見守る姿勢は、ロベールがマルグリットとディオニスの関係を見守る姿勢と同じものであり、『愛人』の少女が中国人とエレーヌ・ラゴネルを結びつけようとする情熱と似通うことに気づかれるだろう。

そうであっても、ジャンがジャックとサラの夫婦のヴァカンスに緊張をもたらす何者かであることには変わりがない。それは夫婦がこの退屈なヴァカンスから脱出するために計画し、ついに実現することのない「タルキニアの子馬」を見に行く旅行のようなものだ。ジャックとサラの夫婦は二人揃って、——互いに向かい合うことなく——ジャン、あるいはタルキニアの子馬という非在の一点を見ているかのようだ。これがデュラスの恋人たちに特徴的な姿勢である、——向かい合うことなく、二人が別の一点を眺めていることが。二人が向かい合うことは一瞬でしかなく、その瞬間がしばしば死のメタファで語られることが。

第一部で見た通り、プルーストにあってはそれがアルベルチーヌの眠りになる。しかし、眠るアルベルチーヌと彼女を眺めるマルセルは、言葉の本当の意味で〝向かい合って〟いると言えるだろうか？

そこには確かに三角関係があるのだが、その頂点が不在になっている。不在になっているとは、ジャンはジャックの嫉妬の対象とならないことによってサラの不倫の恋の相手としての資格を失う、という意味であり、「タルキニアの子馬」を見に行く旅は、実現しないことによってサラとジャックの決着のつかない夫婦生活とパラレルの関係にあって、不可能なものの次元に属する、という意味である。ジャン、あるいはタルキニアの子馬が限りなく幻に近いものであるだけに、この倦怠期にある夫婦の関係は存続する。これは〝不在〟によって支えられた夫婦の関係なのだ。

『タルキニアの子馬』がヴァカンスという幻想に囚われた人々の出口のない状況を描くとすれば、これと対をなす『ジブラルタルの水夫』（一九五二年）は絶えざる脱出と移動のうちにある男女の物語である。フォリオ版の裏表紙にある文章がこの作品を簡潔に要約している（フランスではこの種の文章は著者が書くのが通例である）――「人生を変えたいと思う一人の男が船での仕事に就く。この船に一人の女が乗っていて、彼女は消え去った恋人、〝ジブラルタルの水夫〟を捜して、世界を旅してまわっている。人生を変えたいと思う男と、ジブラルタルの水夫を捜す女の間に、恋が生まれる。二人は一緒に注意深く消え去った水夫を捜すことにする。もし見つかれば、彼らの恋は終わるだろう。奇妙な矛盾だ。／セートからタンジールへ、タンジールからアビジャンへ、アビジャンからレオポルドヴィルへ、彼らの探索の旅は続く」。

ここにも『タルキニアの子馬』の奇妙に寛大な夫とよく似た人物が登場していることに気づく。それは『苦悩』における、マルグリットをなかにして決して争おうとはしないロベールとディオニスともよく似た人物だが、アンナという金持の女と一緒に彼女の消え去った恋人を捜す「私」という語り手である。

『ジブラルタルの水夫』の語り手の男もまた、アンナのために恋人を提供しているように見える。なぜならジブラルタルの水夫とは、「私」とアンナの探索の旅によって育《はぐく》まれてゆく幻であるかのように見えるからだ。捜すという行為が捜す当のものを生み出す。そのようにしてアンナと彼の〝向かい合う愛〟が〝ジブラルタルの水夫〟の方に開かれてゆく。小説のなかでも言われているように、〝ジブラルタルの水夫〟は、恋愛という親密な内的空間にとっての「他者」、あるいは「外部」のはたらきをするのだ。

二人が消え去った水夫を「注意深く」捜すのはそのためである。二人の恋には水夫の探索が必要なのだが、水夫の発見は好ましくない。あるいは、できる限り発見は遅らされるべきだ。水夫が見出されない限り、二人の愛は開かれているが、水夫が見出されたときこの愛は閉じられたものになる。愛は閉じて、三角関係を構成する。だから水夫はできるだけ長く、できるなら永遠に、彼らの彼方にあって、なかば存在し、なかば存在しない、存在と不在のあわいに逃れ続けてもらわなくてはならない。変幻自在の逃亡者であってくれなくてはならない。

この水夫がマルグリットとディオニスによって必死に探索されるダッハウ強制収容所のロベールの役割を演じていると言えば、余りに不謹慎な短絡という誹《そし》りを免れないだろうか？　マルグリットとディオニスにとって、ロベールはその帰還が願われると同時にその不在が願われる男、存在／不在の懸崖に懸けられた〝ジブラルタルの水夫〟だったのか？

ただここでは、アンナと語り手の男が〝ジブラルタルの水夫〟とともに三角関係を構成しながら、三角形の頂点に位置する水夫を限りなく幻に近い存在に変えることによって、この三角関係が頂点を不在にしているために、不在の頂点を探索する運動を開始し、一般の三角関係のような膠着状態に陥らないことが、何よりも大切なのだ。〝ジブラルタルの水夫〟は二人の恋を支える媒体であるとともに、彼らの旅を続けさせる「口実 *prétexte*」でもあったのだから。

デュラスはこの〝ジブラルタルの水夫〟を思わせる存在を晩年の作品、『青い目、黒い髪』(一九八六年)に登場させている。ノルマンディーとおぼしい海辺の夏の日々にあって(「ローシュ・ホテル」のホールが舞台になる)、名前のない「彼」と「彼女」を結びつけているのは、永遠に彼方にいるかのような「青い目、黒い髪」のカップルである。「彼」と「彼女」も青い目、黒い髪をしていて、二つのカップルの識別はつかない。それは『ジブラルタルの水夫』の名前のない水夫と、同じように名前のない「私」が、ひょっとすると同一人物ではないかと思わせることと類似している。

〝水夫〟に会ったという男にアンナが目の色を尋ねると、相手は「青い」と答える。

「――青いって、どんなふうに？　あなたのシャツみたいに？　海みたいに？

――海みたいに。

――*Bleus comment, comme ta chemise, comme la mer ?*

――*Comme la mer.*」

『青い目、黒い髪』の恋人たちは、このジブラルタルの水夫の「海みたいに」青い目によって染められた人物たちである。いや、ここでは人物たちという言い方はふさわしくない。彼らは統一ある人格を失って、「青い目」という茫漠たる拡がりのなかに溶け込んでいる。自分たちも「青い目、黒い髪」の持主である彼と彼女は、「青い目、黒い髪」のカップルを見ることで、魂を奪われ、青い目の色の彼方に拡がる海の青、空の青に溶け込んでいってしまう。デュラスがここで描くのは、個人の人格が個体性を失い、ある全体――ここでは海の青、空の青、あるいはその色を反映する「青い目、黒い髪」のカップル――に融解する、そのような愛のかたちである。

そしてここに、そのような海の青を恋人たちに媒介するものとして、〃ジブラルタルの水夫〃を乗せた船――あんなにもアンナと「私」によって捜し求められた幻の船――と同様の、一隻の船が姿を見せるのだ。

「彼は思う、船が砂浜から遠ざかって行ったとき、青い目、黒い髪をした外国人への欲望が最後にもう一度明るみに出されたのだ、と。船が姿を消すと、彼は砂の上に倒れてしまわなければならなかった。

彼が目をさましたとき、船が姿を消してかなり後のことだが、一つの波のうねりが家の壁まで届いた。波のうねりは彼の足元で崩れた、まるで彼を避けるようにして、白い縁どりをつくり、生きている文章のように *frangée de blanc, vivante, telle une écriture*。彼はそれを船からもたらされた返答として受け取った。もう青い目の若い外国人を待たないようにという、その人がもう二度とフランスの岸辺には戻らないという返答として。

河口の海のその瞬間、彼は愛したいという欲求を抱いた。[……]」

恋人たちの関係が、「青い目、黒い髪をした外国人」への欲望によって支えられていることが理解されよう。この欲望は遠い海の波のうねりとして伝えられるのである。ここでも「彼」と「彼女」の〝向かい合う愛〟は、「青い目、黒い髪」の若い外国人への欲望によって外部に解き放たれたものになり、三角関係の頂点が不在となろうとしている。青い目、黒い髪をした外国人を乗せた白い一隻の船は、そのような不在の頂点をかたちづくり、愛し合う二人を限りなく引き寄せながら、彼らの前を遠ざかってゆくのだ。

12 私は不実な何者かなのです

この白い船の上の「青い目、黒い髪」の若い外国人が、プルーストの「消え去ったアルベルチーヌ」の末裔であることは明らかだ。アルベルチーヌもまたノルマンディー海岸の海を背景にして現われる光と水の化身であり、過ぎ去った時の「女神」としてマルセルの前に現われ、彼に愛するための時間を与え、その前から姿を消してゆくのだ。

しかしデュラスの「ジブラルタルの水夫」や「青い目、黒い髪の若い外国人」が、プルーストのアルベルチーヌと区別される点についてもまた指摘しておく必要がある。

それはデュラスの「ジブラルタルの水夫」がただ単に「逃げ去ったアルベルチーヌ」であるばかりではなく、『愛人』の少女に見たように、目を閉じて見る、あるいは眠りながら語る、そんな不思議な語り手の位置に身を置いていることである。

『青い目、黒い髪』の翌年発表され、デュラスの最後の長篇の一冊になった『エミリー・L』(一九八七年）で扱われるのは、そのような「逃げ去ったアルベルチーヌ」を語る主体とした小説だ。

この作品の構成は『青い目、黒い髪』のそれを踏襲している。「私」と「あなた」のカップルがノルマンディーのキュブーフのマリーン・ホテルで、キャプテンとその妻（エミリー・L）のカップルを見かける。このカップルもイギリス人であることによって〝外国〟や〝外部〟を導き入れる媒介的存在だ。キャプテンとその妻は、「私」と「あなた」のカップルのために対面の関係を解き放つ逃げ道を用意するのである。

当然のこととして、二つのカップルは相似している。「あなたは私に言う、――「あなたたちは似ている、彼女［エミリー・L］とあなたは」。あなたは今も河のほうを見ている。あなたは笑わない。「いつだって感動させられますね、互いに似ていない女の人の間の相似ってのは」」。

だから「私」が話すキャプテンとエミリー・Lの物語は、いくぶん「私」と「あなた」の物語でもあったのだろう。それは「私」と「あなた」の物語に〝入れ子〟になった物語と考えてよい。

この入れ子になったキャプテンとエミリー・Lの物語は、実はエミリー・Lと彼女の実家であるワイト島の邸の若い管理人の物語の方へ逃れてゆく仕組みになっている。このように『エミリー・L』では一つの物語がそこに入れ子になった物語のほうへと逃れてゆき、どこまでも完結しない逃亡線を描き出す。ここでは「逃げ去ったアルベルチーヌ」に相当するものが、そのような「逃れ去る物語」になるのである。

アメリカの女性詩人エミリー・ディキンスン（一八三〇―一八八六年）をモデルにしていると言われるエミリー・Lは、キャプテンと結婚してから、あるとき詩を書き始める。キャプテンがその詩をたまたま目にして、その詩のなかで自分が存在しないも同然であることを知る。彼は妻の詩を暖炉の火に投げ込んでしまう。

夫婦の間に決定的な決裂がもたらされるのは、そのときである。詩が失われたことを知ったエミリー・Lはそれ以来、キャプテンとともに「海上の旅」に出る。そのようにして語り手の「私」にとってエミリー・Lは〝ジブラルタルの水夫〟に似た存在と化するのである。それゆえ、話を聞いていた「あなた」は「私」に言う、――

「彼らの存在が持つ非現実性というのは、航海に伴う空虚さ、航海という申し分のないものに伴う唯一の欠陥から生じているんじゃないか」

ワイト島の実家の若い管理人がエミリー・Lの詩を読む。彼はキャプテンと違ってその詩を理解する。二人は愛し合うようになる。若い管理人はキャプテンが「エミリー・Lを殺害した」とまで思いつめる。夫妻は若い管理人の愛を逃れるようにして「海上の旅」に出て、旅から旅に明け暮れる日々を送る。「あなた」は「私」に言う、――「世界一周の航海をしようという盲目的なロジックを見つけ出したのは、彼女のほうなんだね」。

今度は若い管理人がエミリー・Lという〝ジブラルタルの水夫〟を追いかける番である。若い管理人が「私」と「あなた」の欲望を代行していることは明らかだろう。ここでは欲望の対象は「私」とか「あなた」といった人であるより、「私」が話し、「あなた」が聞く物語であるようだ。

エミリー・Lとはそのような物語の精霊に似た存在だ。どこまでも逃れてゆく「愛される女」の化身であるようだ。『源氏物語』の浮舟がそうであるように。

エミリー・L、この「逃げ去ったアルベルチーヌ」が、若い管理人に書いた一通の手紙は、本書の「序」で述べた「恋は言葉」ということを明らかにするとともに、デュラスのヒロインのプルーストのヒロインとの相違点を余すところなく示している。

「私はあなたに語るための言葉を忘れてしまいました。私はその言葉を知っていたのですが、忘れてしまったのです。それで今、それらの言葉の忘却のなかで私はあなたに語りかけています［眠りながら語る、——デュラスのスタイルである］。見かけとは違って、たとえこの世でかけがえのない相手であろうと、私は身も心もただ一人の人への愛に捧げる女ではありません。私は不実な何者かなのです」

〝向かい合う愛〟からのデュラスの逃亡線のことを想起されたい。

「私は不実な何者かなのです *Je suis quelqu'un d'infidèle*」とエミリー・Lは書く。アルベルチーヌのように、と言うべきか。浮舟のように。あるいはアンヌ・デバレードのように。『モデラート・カンタービレ』のラストでアンヌは〝不倫の女 *femme adultère*〟と名づけられる。古来、物語の女とは不実な女なのである。意気地のない町医者である夫に愛想を尽かして不倫に走るエンマ・ボヴァリーがその典型だろう。ここでエミリー・Lが自分のことを「不実な女」というふうに女性形を用いていない点に注意。もしエミリー・Lが物語の化身であり、その意味で「言葉」、すなわち「不実な何者か」であるとするなら、とくに女性であることを指示する必要はないだろう。ボードレールが『ボヴァリー夫人』を評して、このヒロインには男の血が流れている、と言ったことを参照。「ゼウスの頭脳から飛び出した武装せるパラス女神さながら、この奇異な両性具有者 *bizarre androgyne*［エンマ・ボヴァリーのこと」は、愛らしい女の肉体のなかに、男性的な魂のあらゆる誘惑を持ち続けている」。アルベルチーヌもまたそのような意味で決して「女らしく」はないのである、——彼女のモデルがアゴスティネリという男であったことを考慮に入れないとしても。

エミリー・Lの手紙は続く。

「[……]愛するために、そうです、すべての言葉が突如として私のところにやって来ます……自分のなかに期待の場所を取っておくために、なんだか分からないけれど、愛の期待、おそらくまだ誰とも知れない人への愛の期待の場所を。でも、それの、それだけの、愛の期待の場所を。あなたは一人で私の生の外にあらわれた面、私の目には絶対に見えない面になってしまい、私にとっての未知な人であり続けるでしょう。そしてそれが死ぬまで続くのです。決して返事は下さらないで下さい。私に会えるというういかなる希望も抱かないで。エミリー・L」

ここで語っているのはまさに愛される人、「逃げ去ったアルベルチーヌ」なのであるが、このアルベルチーヌは逃げ去るだけではなく、恋人たちを「期待」の時間のなかに置いて、そこで「言葉」をつむぐことを知っている。このアルベルチーヌにとって、愛は言葉であるようだ。

本来は語ることを禁じられた人が言葉を語る。それは「忘却のなか」の言葉としか言いようのないものになるだろう。

このようにデュラスにおいては、消え去る者に視線が与えられていることに特色がある。消え去る者に視線を与えるとは、換言すれば、女性の立場で、女性の側から語る、ということである、——生物学的な性差を別にすれば、追う者に男性の、追われる者に女性の、それぞれジェンダーとしての役割は与えられてきたのであるから。

こんな手紙を受け取った恋人なら誰でもそうせざるをえないだろうが、若い管理人もそのような物語の命じるところに従って、エミリー・Lを追う旅に出る。「[……]方々の海に赴いてエミリー・Lの跡を捜し求め、彼女をさらって連れ帰り、二度と彼女を人手に渡さず、場合によっては彼女を殺すつもりでいた」のだ。

三か月のあいだ、南太平洋の島々を巡回し、マレー半島からスマトラにいたるインドシナの沿岸を南下して、ジャワ海から南シナ海のナッツ諸島まで探索する。このあたり、デュラスが『ジブラルタルの水夫』の別ヴァージョンを書こうとしていることは明らかだ。それとも一種の自作の引用と言うべきか。『愛』が『ロル・V・シュタインの歓喜』の、『北シナの愛人』が『愛人』の、それぞれ自作引用であるように。

『ジブラルタルの水夫』と違うところは、たとえ幻が一閃するような姿ではあっても、若い管理人がエミリー・Lを海上の道で〝実際に〟見かけることである。彼はこんな奇矯な状況で、こんな奇矯なエミリー・Lを見出す——

「若い管理人がエミリー・Lの姿を見つけたのは、韓国に北上してゆくオーストラリアの貨物船上で、彼女は、上甲板の舞台で踊っている二十組ばかりのカップルに混じっていた。彼女は商船士官と踊っていた。[……]」

大海原で夜が白み始めるまで踊るエミリー・L。デュラスのロマネスクな資質がいかんなく発揮された一節である。人も知るようにデュラスは無類のダンス好きである。『インディア・ソング』のあのけだるい、いつ果てるとも知れぬダンスを思い起こされたい。デュラスを撮った写真集にも、ヤン・アンドレアと踊る最晩年の作家の姿が見られる。彼女はできることなら死ぬまで踊り続けたかったのだ。

貨物船の甲板で踊るエミリー・Lは、「私」が「あなた」に話す物語のなかで創作されたヒロインであるようだ。デュラスの夢が現実を浸食してゆく。恋は恋する人の姿を創作 *inventer* するということを、これ以上あざやかに言い留めた作品は稀れだ。

13 眠るアルベルチーヌ、ふたたび

そして『夏の夜の十時半』(一九六〇年)。この長篇のヒロイン、マリアも「まだ誰とも知れない人への愛の期待の場所」を育《はぐく》む女である。

この小説では彼女の夫、ピエールと、クレールという女友だちの間の不倫が問題になるのだが、「不実」であるのはむしろマリアであるという逆説が成り立つ。「不実」であるとは、現実の関係を裏切り、そこに「言葉」を持ち込むことであると言ってよい。ここでは再々述べて来たように、「言葉」と「恋」が等価になっている。そのようにしてマリアはエミリー・Lと同じ、「不実な何者か」の一族になるのである。

恋が言葉であるなら、恋は「言葉」のように現実を裏切るものなのだ。

一緒にマドリッドに旅をしている途中で、夫のピエールとクレールの関係に勘づき、二人を見張り

始めたマリアは、むしろ夫の不倫を唆《そそのか》し、二人の関係を見守ることに歓びを見出しているかのようだ。彼女は二人の間に関係があることを望んでさえいる。「明日、ホテルで愛が交わされるだろう、とてつもない、叫びが上がるだろう、ああ、クレール。あなたが」と、そんなことを考えるとき、マリアはふしぎな悦楽のきわみにいる。不実のきわみにいるとさえ言える。なぜならマリアはピエールとクレールの上に、ひょっとしたらありもしない愛を想像し、期待し、そんな場面をつくり出している *inventer* ようであるからだ。つまり彼女は、平凡な夫とクレールの上に一篇のロマンを思い描いている。彼女はピエールに愛されるクレールに「他者」の幻影を描き出し、そんなピエールとクレールを一体にして愛しているのかもしれないのである。

『青い目、黒い髪』では、他の男に愛される女に対する男の欲望が語られる、こんなふうに――

「その夜を境にして、彼女は定刻に遅れて来るようになるだろう。自分からは遅れた理由を言わない。それを彼が尋ねなければならず、そうすると彼女が言う。あの男のせいなの。午後、あの男とまた会って、夜を過ごすためにこの部屋へ来る約束 *contrat* の時間になるまで、一緒に過ごしたの。あの男は彼の存在を知っている。彼女が彼のことを話したからだ。あの男も彼女が他の男に抱く欲望にとても烈しい悦びをおぼえる。

彼女が彼にその男のことを話すとき、いつでも彼女の目が彼を眺めている。非常にしばしば、彼女は眠りの淵で彼に話す。*Très souvent elle parle du bord du sommeil.*」

デュラスの「眠るアルベルチーヌ」は「眠りの淵で話す」のである。彼女は単に眺められるだけの「植物」のような存在ではない。その呼吸は「清らかな寝息、あるかないかの微風のように気持ちを鎮めるつぶやき」(『囚われの女』)ではない。彼女の目は「彼を眺めている」し、眠りの淵から言葉――何という言葉だろう！ ――が発せられている。

ロベールもまたディオニスとマルグリットの関係を知ることに悦びを覚え、マルグリットもディオニスとのことをロベールに話すことに悦びを覚えただろう。ロベールは苦しみながらマルグリットとディオニスのことを知りたがっただろう。そんなときマルグリットはロベールの苦しみを眺めていただろう。ロベールにも自分の苦しみをマルグリットに眺められる悦びがあったのだろう。

「彼女が眠りに落ちると、半ば開いた口や、瞼の下で痙攣するのを止めて急に顔の裏に嵌まり込む目で、彼はそのこと［彼女が他の男と関係したこと］を知る。そこで彼はしずかに彼女を床に覆し、彼の視野に入るようにする。彼は眺める。黒い絹をすべらせ、顔を眺める。顔を、いつまでも」(『青い目、黒い髪』引用の続き)

デュラスはこうした眠る女をさまざまな場面に配している。その最初のあらわれは、『ロル・V・シュタインの歓喜』のロルの眠りだ。一夜のダンス・パーティで婚約者のマイケル・リチャードソンをアンヌ・マリ・ストレッテールに奪われてから、彼女が眠ることになる「立ったまま眠っている」眠り。「森のホテル」で恋人のジャック・ホールドと女友だちのタチアナ・カルルが愛を交わすのを覗き見るようにしながら、ホテルの前のライ麦畑に横たわって眠る、不可解な眠り。

「私［ジャック・ホールド］はどうしていいか分からない。窓辺に行く、案の定、彼女［ロル］は眠っている。彼女はそこへ眠りに来るのだ。眠るがいい。……」

実際、デュラスの「眠る女」に対しては「どうしていいか分からない」。彼女はある意味の消失点に来て眠りに落ちたようだ。この眠りには「さわることができない」。小説のラストは人も知るように、ロルの謎そのものと化した眠りの場面である――「私〔ジャック〕が《森のホテル》に着いたとき、日は暮れかかっていた。／ロルは我々〔ジャックとタチアナ〕より先に来ていた。疲れ切って、我々の旅行〔ジャックとロルのT・ビーチへの旅行〕で疲れはて、彼女はライ麦畑の中で眠っていた」。

このロルの眠りについては、種々の解釈が可能だろう。いわく、作者はわざとありそうにない場面をロルの眠りのために用意し、リアリズム離れを徹底させたのだ、とか、ロルとジャックとタチアナの三者で構成される三角関係の物語を「眠り」のほうへ解き放ったのだ、とか、フランス心理主義小説の伝統のなかで培われてきた〝嫉妬〟という感情に「疲れはて」た結果の眠りである、とか、いや、彼女は単にT・ビーチへのその日の旅――とジャックとの愛――に疲れただけである、とか。

言えることとは、ロルがこの眠りによって自分というものを手放し、ある空虚な存在、欠如の穴と化している、ということである。『ロル』の延長線上にあり、『ロル』の主題と物語を引き継いでいる『愛』（一九七一年）にも、

「彼女は眠っている。

彼は砂を取る。彼女の体に砂をかける。彼女が息をする。砂が動く。砂は彼女からこぼれ落ちる。彼はまた砂をすくう。もう一度やり直す。砂はまたこぼれる。彼はまた砂を取る。また砂をかける。彼は止める。

――いとしい人 *Amour*。

目が開く、目は見ることなく眺める *ils regardent sans voir*。なにひとつ見分けない。それからまた目は閉じられる。目は闇に向けられる」

ここでは *Amour* という呼びかけが動機になって、ロルは眠りのなかで目を開く。彼女の目は男を、恋人を見ているのだろうか？　この「眠りの淵で」見ひらかれた目は何を見たのだろう？

少なくともここには一方的に眺められるがままのアルベルチーヌとは違う存在が横たわっている。とはいえこの女はその恋人と目と目を見交わしているのでもない。そこには恋人たちの幸福な対面の関係が成立していない。

しかしまた、一方が他方を眺め続ける、一方通行の片思いともことなる愛のかたちが、ここにはある。愛する者は見、愛される者は見られる、という恋人たちの視線の関係の定型を外れて、愛される女の、「見ることなく眺める」視線がある。

愛される女が「見る」ということ、ここにデュラスの愛の特質がある。

この同じ「愛される女」の「見ることなく眺める」視線が、『源氏物語』の浮舟に見出される。第I部の最終章「眠るアルベルチーヌ」で臥せる浮舟のさまざまな様態を見たが、彼女が薫と匂宮の恋の確執に「疲れはて」、宇治川に入水しようとして物の怪にさらさわれた体験を語る部分を見てみよう。ここには「眠りの淵で」話すロルの語りを聴き取ることができる。

「あやしかりしほどにみな忘れたるにやあらむ、ありけんさまなどもさらにおぼえはべらず。ただほのかに思ひ出づることとては、ただいかでこの世にあらじと思ひつつ、夕暮ごとに端近くてながめしほどに、前近く大きなる木のありし下より人の出で来て、率《い》て行く心地なむせし。それよりほかのことは、われながら、誰ともえ思ひ出でられはべらず」(「手習」)

限りなく微かな語りだが、限りなく強度な女の語りである。ここには眠りながら語る女がいる。「忘れたるにやあらむ」、「おぼえはべらず」と言いながら、「ほのかに思ひ出」している女がいる。この浮舟が、『苦悩』の日記を「書いた記憶が全然ない」と語るマルグリットと同族の女であることは言うまでもない。

デュラスが――嫉妬深い暴君のマルセルの側からではなく――アルベルチーヌの側から、「眠る女」を描いていることを知るために、プルーストの「眠る彼女を眺める」をもう一度呼び出してみよう。「彼女の眠りが充分に深いと見てとると、それまで長いあいだ身じろぎもせず彼女を見つめていたベッドの足許を離れ、はげしい好奇心にかられて、彼女の生活の秘密がふんわりと無防備に肱掛椅子に[掛けられたキモノのなかに]差し出されているのだと感じて、思い切って一歩を踏み出すのだった。[……]最後に、決心がつかないことが分かって、忍び足で引き返し、アルベルチーヌのベッドのそばに戻って、ふたたび彼女が眠るのを眺め始めた。[……]」

ここにブランショがデュラスの「眠る女」を論じた一文を添えよう。「知られているのはただ彼女の現前―不在ばかりであり、それは風と無関係ではなく、また男が彼女に語って聞かせる海、そして彼女の生の無限の空間であり彼女の逗留、そのつかの間の永遠であるベッドの白さと区別されない白味を帯びた海、その海が近くにあることと無関係ではない。言うまでもなく、ときとしてプルーストのアルベルチーヌが思い出されもするだろう。彼女の眠りの上に身をかがめる話者は、彼女が眠っているときほどには彼女に近づくことはない。……」(『明かしえぬ共同体』)

もう一つ、「眠る彼女を眺める」に係わるものとしてバルトの『恋愛のディスクール・断章』の一節。

「ときとして、一つの想念が私を捉える。——私は愛する肉体を、長い時間をかけて探り始める(アルベルチーヌの眠りを前にした話者のように)。探る *Scruter* とは掘り下げる *fouiller* という意味だ。私は他者 *l'autre* [バルトがこの本でこの語を使うとき「愛される対象 *objet aimé*」、すなわち「恋人」を意味する] の肉体を掘り下げる。その中のものを見たがっているかのように、また、私の欲望のメカニックな原因が、相手方 *adverse* [「敵」の意もあり、バルトにとってはプルーストにおけると同様、恋人は「敵」なのである] の肉体の中にあるかのように。[……] この操作は、ひややかな、しかし心の躍る仕方で、遂行される。私は平静であり、注意深い。[……] 肉体のある部分が、とりわけこの観察にふさわしい。睫毛だとか、爪だとか、髪の生え際だとか、非常に部分的なところ *les objets très partiels* である。そんなとき私が死体をフェティッシュにしようとしている *fétichiser un mort* ことは明瞭だ。その証拠に、もし私の掘り下げる肉体が動かない状態を脱して、何かをするようになれば、私の欲望は変化する。もし、たとえば他者が考えるのを私が見るなら、私の欲望は倒錯的なものでなくなる。私の欲望は再び想像的なもの *imaginaire* になり、私は一つのイマージュ *une Image* のほうへ、一つの全体 *un Tout* のほうへ [つまり恋人の体の部分ではなく] 戻ってゆく。あらためて、私は愛するのだ」(「他者の身体 *Le corps de l'autre*」)

プルーストの眠るアルベルチーヌをバルトが「死体」のように「フェティッシュにしようとして」、危うく踏みとどまる一線を記述した、スリリングな批評と言うべきだろう。いったんそれを「死体」として、「フェティッシュ」として扱い、それが息を吹き返す（「あらためて、私は愛するのだ」）のを見る思いがする。

そう言えば、プルーストの眠るアルベルチーヌにも死のアレゴリーの下に記述される箇所があった。「[……]彼女の部屋に入って行ったとき、目に入ったのは死んだような女だった。横になるやいなや彼女は眠ってしまったのである。経帷子のように体の周囲に巻きつけたシーツは、美しい襞をなして石のかたさを帯びている。[……]」（『囚われの女』）

同じ「眠る女」——ただしヘルマフロディトスの、と見るべきだが——という主題を扱いながら、デュラス、プルースト、ブランショ、バルトと、次第に「眠る女」が「死体」に近づいてゆくところが、興味深い。デュラスにおいて生の深度がより深く、プルースト、バルトにおいて死の深度がより深い、と言うことができる。

プルーストとデュラスの対照に限って言うなら、プルーストの眠るアルベルチーヌは写実的だが、デュラスの眠る女は抽象的だ。それはたとえばアルベルチーヌの着ているものがキモノで、デュラスの眠る女が「黒い絹 *la soie noire*」しか身に着けていないといったところにも、表われている。アルベルチーヌのキモノは手紙を隠すことができるが、デュラスの眠る女の「黒い絹」は、アイ・マスクのように使われて、女の倒錯的な欲望を表わす役にしか立たない、一種シュールなオブジェ、あるいは一片の詩である。

マルセルがアルベルチーヌに抱く嫉妬や疑惑は現実感に裏打ちされているが、デュラスの「彼」が「彼女」を嫉妬するにしても、実際なにがあったかは一切伏せられていて、その嫉妬は抽象化された嫉妬にすぎない。

抽象化されている、とは、ありのままの事実から逃れ出ている、という意味である。嫉妬する自分を演技し、楽しんでいるようなところがある。嫉妬する者はひそかに嫉妬することを望んでいる。嫉妬を起こすことがあってほしいと思っている。むしろ嫉妬が事実を呼び起こそうとしている。それは様式化された嫉妬である。

「その夜、彼女の目の化粧は他の男の接吻で食べられていた。睫毛は裸だった。赤茶けた藁の色をしている。乳房には微かな傷跡がある。彼女の手は開かれている。手はほんのわずかだが汚れている。その匂いがいつもと違った。

あの男は彼女の言う通り存在するのだ」（『青い目、黒い髪』引用終わり）

「彼女」は「他の男」によってどんなふうに愛されたのだろう？　無限の想像を誘うけれども、その想像を断ち切るようにしてデュラスは何も書かない。それでも、プルーストの「眠るアルベルチーヌ」に較べて、デュラスの「眠る女」が、いかになまなましく他者の痕跡を身につけているかが理解される。

14　彼女にはさわることができない

ロベールがディオニスに愛されたマルグリットを眺めるときにも、そんな情景が実現したのではないだろうか？

ロベールが帰還したら死ぬと言うマルグリットの「秘密」は、もっとおそろしい希望を、――絶望以上におそろしい希望を語っているのかもしれない。おそらく彼女は彼の生還を望み過ぎているので、そしてその生還をもはや望むことができないほどなので、もし彼が生還して来るようなことがあれば、彼女は言わば実現不可能なことを前にして息が絶えてしまうのだろう。ロベールの生還という奇蹟に彼女は耐えられないのだろう。

いずれにしてもロベールに対する彼女の愛はこのとき「死にいたるまで」高められたのだった。

そして四月二十四日、電話が鳴る。「彼は生きていた」。その報せは、彼女のそばで寝ていたディオニス（D）が電話で受ける。そこで今まで一人称の「私」で書かれていた日記は突然、「彼女」に切り替わる。「彼女はわめく」。「彼女はもう電話をひったくろうとしない。彼女は床に倒れ落ちている。彼は生きていると告げる言葉とともに、何かがはじけたのだ。彼女ははじけるままにしておく。それははじけ、口から、鼻から、目から、出てゆく。それは出てゆかなければならないのだ。Dは受話器を下ろした。彼は彼女の名を言う、「マルグリット、僕の可愛いマルグリット」。彼は近づかない。彼は彼女を抱き起こさない。彼は彼女にはさわることができない *intouchable* ことを知っている。……」

（『苦悩』）

『愛人』にも少女の取る人称が、一人称（「私」）から三人称（「彼女」）に――あるいはその逆に――切り替わる場面がある。たとえば、少女が初めて中国人の黒いリムジンに乗るところ、――

「彼女は黒い車のなかに入る。ドアが閉じる。ある悲哀の感情が突然起こり、かろうじて知覚される。あるいは疲れ。川の上に降り注ぐ日の光がかげる。ほんの少しだけど。とても微かな耳の聞こえない感じ。いたるところ霧がかかっている」

一行の余白があって、

「私はもう決してこの旅行を現地人用のバスに乗ってすることはないだろう。これ以後、私はリセに通うにも、寄宿舎に戻るにも、リムジンを使うだろう［……］」

少女が男の車に乗り込む瞬間、そこで一線が越えられ、すでに失われた何かがあったのだが、それは少女が作家デュラスにとって「さわることができない」存在に変わった瞬間であったのだ。そもそも一線を越える少女にどうして人はさわることができよう？

『苦悩』ではそれは「私」が気を失う瞬間かもしれない。「彼が帰って来たら、すぐ私は死んでしまい、……」と書かれていた「死」のおとずれ、「黒い部屋」に入るときか？

愛している人の生存が確認されたときに「私」を襲った歓喜は「苦悩」に近いものだったに違いない。彼女は「もうどんなものにも似ていない」存在と化したのである。

『苦悩』の前書で「私にはこれを書いた記憶が全然ない」とデュラスがこの日記のことを言ったときにも、同じような人格の切り替わりがあった。日記もプルースト的な無意志的記憶の登場を待つしかない、忘却の淵、「黒い部屋」のなかに沈んでしまったのだ。

デュラスの小説を解く鍵の一つに、この「私」から「彼女」への人称の切り替わりがあることを抑えておきたい。ある意味ではこの「日記」はブラック・ボックスに入ってしまって、もう誰も「さわることができない」のである。その日記を書いたマルグリットという『苦悩』の女のことも、誰もさわることができない。作者のデュラスによってさえも。ちょうど『愛人』の少女に作者デュラスがさわることができない瞬間があるように。

それは度重なる太平洋の防波堤の決壊によって、苦悩とも歓喜ともつかぬふしぎな状態に入ったマルグリットの母親の「喪心 *ravissement*」に似ている。母親もそんなとき「もうどんなものにも似ていない」、誰にも「さわることができない」怪物のような女に変わったのだ。S・タラの市営カジノで開かれたダンス・パーティで、一夜のうちに婚約者をアンヌ・マリ・ストレッテールに奪われる『ロル・V・シュタインの歓喜 *Le Ravissement de Lol V. Stein*』におけるロルの *ravissement* のように。

ロベールの生存が電話で確認されたときにマルグリットが陥る失神状態はこんなふうに記述されている。

「五月のある日の朝十一時に電話が鳴った」。ロベールは生きている、……はっきり言うが、時間の問題だ。あと三日もつか、……最悪の事態を覚悟しておくように。きみにはこれが彼なのだとは思えないだろう。……どんな想像も超えるくらい事態は深刻だよ。……そのようにして「助かる見込みのない男」が、パリのサン・ブノワ街のアパルトマンに帰還して来る。

階段の下のほうから騒々しい物音が聞こえる。「私」は階段を駆け降りて行く。

「私にはもうはっきり分からない。彼は私を眺め、私を認めて微笑したのに違いない。私はノンと呻き、見たくないとわめいた。私はそこで引き返し、階段を上って行った。私はわめき声を上げていたのだが、それは覚えている。……」

ロベールとディオニスの間の愛に引き裂かれたマルグリットがここにはいる。「私」は何を見たのだろう？　彼女自身の愛の亡霊がそこにたち現われたのだろうか？

帰還したロベールはまだ死地をさまよっている。「食べれば必ず死んでしまい、これ以上食べずにいれば必ず死んでしまう。そこが難所だった」と言われる、そんな危険な状態が十七日間続く。「皮膚が煙草の巻き紙みたいになった」彼は、「発泡性を持った濃い緑色の粘つくもの、誰もまだ見たこともない糞を排泄していた」。「彼の体重は三十七キロか三十八キロだったはずだ。骨、皮、肝臓、腸、脳漿、肺、全部こみで。一メートル七十八センチの身体に割り振られた三十八キロ」。

マルグリットは十七日間と、それに続く快復期の二十日間、この衰弱した男を手厚く看病する。そして「体力が回復した」。『苦悩』という作品がまたしても深淵をのぞかせるのは、そのときである。「私もまた、食事や睡眠が取れるようになり始めた。私の体重もふえている。私たちはこれから生きてゆくのだ。……」

ここまで来て、我々はマルグリットの真の「秘密」を垣間見ることができる。

彼女は死とすれすれのところをさまようロベールを愛していたのである。彼がダッハウの収容所に送られて、その生死も定かでないときに、彼女の愛がもっとも高められたことを思い出したい。「恋の対象とはいつでも不在なのではないか」というロラン・バルトの問いが、このときほど一人の女によって徹底して生きられたことはない。いつ死の手に奪い去られるか分からないロベールこそが、彼女には愛されるに値する男だったのだ。

この同じ死にゆく者の苦悩への共感は『夏の夜の十時半』のマリアにも見出される。

マドリッドに旅するマリアと夫のピエールとその恋人のクレールは、途中の町の宿で殺人事件に遭遇する。ロドリゴ・パエストラという男が自分を裏切った妻とその愛人を殺害し、逃亡中なのである。マリアはふとしたことからバルコニーに出て、屋根に潜んでいるロドリゴらしき人影を見る。ちょうど雷雨が通り過ぎるところで、稲光りもしている。

「警官がゆっくりと弛緩した足取りでやって来る［警官の弛緩した足取りはロドリゴの緊迫した悲劇の時間と鋭いコントラストをなす］。警官たちは暁に近づいているのだ［暁とともに屋根は明るくなり、ロドリゴは銃殺されるとマリアは考えている］。マリアは［ロドリゴを呼ぶのを止めて］口をつぐむ。あれはロドリゴ・パエストラだろうか？　まずその可能性はない。愛する可能性ならまだしも。だが、それでもいくばくかの可能性はある。あれが彼だということは、ありうべき事柄に属する。これがマリア、彼女である以上は［このときマリアはバルトの言う「愛する主体 *sujet amoureux*」になり切っている、――まだ「愛される対象」を見つけられずにいる「愛する主体」に。『エミリー・L』の手紙に言う「期待 *attente*」の存在に］。彼がまさにマリアに、しかも今夜、遭遇するということは、ありうべき事柄に属する。証拠はあそこに、目の下にあるのではないか？　証拠は差し迫っている。マリアはあれがロドリゴ・パエストラだということを考え出した *inventer* ところなのだ［恋の対象は恋する者が *inventer* するものなのだ――「アンナ」と「私」が〝ジブラルタルの水夫〟を「考え出した」かもしれないように。プルーストにも同様の思考があった。第I部の1「無意志的な恋」参照］。この女以外に彼のことを知る者は誰もいない、――彼から十一メートル離れたところにいる彼女以外には誰も。この男、街じゅうくまなく探しまわられている者、嵐の殺人者、あの宝物、あの苦悩の記念碑 *monument de douleur* のことを知る者は誰も」

マリアが次第に恋する対象を名ざしてゆく過程が手に取るように読み取られる箇所である。恋人とは名を呼ばれることによって存在し始める幻に似た何者かだということを、これほど如実に感じ取らせることはない。まるでマリアは定かならぬ男の影をロドリゴ・パエストラと名づけ、彼を射止めたかのようではないか。

ロドリゴが「苦悩の記念碑」であるかどうかは確かではない。それはマリアが建立したものかもしれないし、そもそもロドリゴとはマリアの妄想が生んだ幻だったのかもしれない。その意味でマリアはエミリー・Lのように「言葉」をつむぐ者である。しかしここでは事実が問題ではない。「苦悩の記念碑」を考え出し、その幻に恋するマリアの心性が問題なのだ。彼女はロドリゴ——と思われる人影——が、暁とともに銃火を浴びて死ぬ姿を先取りするようにして、その姿に恋している。「死の病い」に冒されたとき、愛人はデュラスにふさわしい存在になる。しかし——ここがデュラス的な愛の怖いところなのだが——恋人を「苦悩の記念碑」に仕立てることは、彼を死者に変えることではないと誰に言えようか。マリアにはときにロドリゴに殺意に似たものを覚える瞬間があったのだ。

事実、マリアのロドリゴ救出はいったん成功したかに見えるのだが、結果としては彼を麦畑のなかに放置して、「太陽のせい」で自殺に追いやってしまったとも言えるのである。ロドリゴがマリアの愛によって殺されたということは「ありうべき事柄に属する。これがマリア、彼女である以上は」。そしてまた、これがデュラス、彼女である以上は。

ロベールについても同断だ。その男が体力を回復し、日常に復帰して来るにしたがって、彼女のうちにはひそかな倦怠が生まれてくる。

「私たちはこれから生きてゆくのだ *Nous allons vivre*」という言葉に、どのような潑剌とした意気込みも感じられないことを見逃すべきではあるまい。ここにはあの「喪心 *ravissement*」の世界から目覚めた者の不快な、灰を嚙んだような驚きが読み取られる。

次第に日常生活に復帰してゆくロベールは、あのロドリゴ・パエストラ、「あの宝物、あの苦悩の記念碑」ではなくなったのだ。それと同時に、マルグリットの〝奪われていた〟魂が戻って来たのだ。恋が魂の奪われる状態 *ravissement* を指すなら、彼女の恋は終わってしまったのだ。

そのときマルグリットはロベールに世にも不可解な別離の言葉を投げかけるのである。

「体力がさらに回復した。別の日、私は彼に向かって、私たちは離婚しなくてはならない、私はDの子供が欲しい、離婚するのはその子の将来の父親の名前のためだ、と言った。彼は、いつかまた一緒になることはありうるのかと尋ねた。私は、いいえと言った。二年前に、Dに会ったときから、考えを変えたことはない。たとえDがいなかったとしても、あなたと一緒に暮らすことはもうないだろう、と私は言った。彼は別れねばならない理由を聞かなかった。私もそれを言いはしなかった」

15　そして、八〇年夏

『愛人』では中国人は「セックスを除いて男らしさというものがない」と言われ、「虚弱な男」と言われている。「彼は痩せて、力がなく、筋肉もない。病気だったのかもしれない。治りかけなのか」。

そんな中国人の姿に、ダッハウ収容所から帰って来たロベールの衰弱した姿を重ねて見ることができる。

『夏の夜の十時半』で屋根に潜む、死にゆくロドリゴ・パエストラを重ねることができる。

八〇年夏にトゥルヴィルのローシュ・ノワールに初めてヤン・アンドレアを迎えたときに、デュラスが見出したのも、そのような男、愛すること以外に何もしなくて、「男らしさというものがない」、「女」のような愛人、つまり彼女の理想的な男性だった。

そして中国人も、ヤン・アンドレアも、デュラスの「黒い部屋」に連れ込まれて、書かれる存在になる。それはある意味では彼らの先取りされた死を見ることである。ロベール・アンテルムやロドリゴ・パエストラにある瞬間、デュラスが死を透かし見たように。

デュラスの小説の特異な魅力は、この同じ「黒い部屋」に、彼女自身（「私」）が入って行くことにある――『愛人』の少女が中国人の黒い車に乗り込むように。彼女（「私」）はまさに死刑を執行する者であり、死刑を執行される者なのだ。供犠に供される者であり、供犠に供する者なのだ。

『ソドムとゴモラ』巻頭、ゲルマント邸の中庭でジュピヤンを見つけたシャルリュス男爵さながらに、この年老いた女性作家――「十年来、私は修道院生活のような厳しい孤独のなかで暮らしていた」と彼女は『ヤン・アンドレア・シュタイナー』で告白している、「アンヌ・マリ・ストレッテールやラホールのフランス副領事、そしてあの女、ガンジスの女王、お茶の街道を行く女乞食、私の少女時代の女王［すべてデュラスの小説の登場人物である］、そんな者とばかりとつきあう生活だった」――は、ノルマンディー海岸トゥルヴィルのローシュ・ノワールにヤン・アンドレアが現われるのを見たとき、久しく追い求めた念願が叶えられ、飢渇が癒される思いがしたのではないだろうか？

おまけにその男が詩を書くホモセクシャルの美しい若者であってみれば……。デュラスの小説の熱烈な愛読者、「絶対の読者」（「私は絶対の読者だ *Je suis un lecteur absolu*」――ヤン・アンドレア『この愛こそ』）であってみれば……。

カーン大学の文学部で哲学を専攻するこの大学院生は、デュラスの『タルキニアの子馬』を読んで以来、この作家のものはすべて読んだ、この作家のもの以外は何も読まない、とまで思いつめた二十七歳のデュラス・ファンだった。

『ヤン・アンドレア・シュタイナー』には、ローシュ・ノワールのバルコニーから「私」がヤンの初めての訪問を見守る様子が描かれている、――

「あなたはレジデンスの大きな建物を見ないで歩いて来た。ぜんぜん私のほうを見なかった。あなたは木製のとても大きな雨傘を持っていた［この雨傘はフロイト的に分析するならヤン・アンドレアのセクシャリティーを象徴しているのかもしれない］。八〇年代には若者がまず持つことのない、艶のある布を張った一種の中国製パラソル *parasol chinois* みたいな傘だった［この *chinois* はヤンが『愛人』の中国人 *Chinois* のモデルになることへのアリュージョンだろう］。あなたはまたとても小さなバッグ、黒い布の袋を持っていた。

あなたは生垣に沿って中庭を横切って来た。あなたは海に向かって斜めに進んだ。あなたはローシュ・ノワールのホールに姿を消した。一度も私のほうに目を上げなかった」

愛の狩人、デュラスが、彼女の犠牲者であり餌食となる者を、ローシュ・ノワールのテラスから見まもる光景がここにある。

「私」とヤン・アンドレアは『ソドムとゴモラ』巻頭のシャルリュス男爵とジュピヤンの関係に似ているが、「私」にはしかしもう一人の人格、男爵とジュピヤンの結合を建物の高いところに隠れて覗き見するマルセルの視線が寄り添っている。いや、さらに言うなら、ここでは「私」はこの結合の場の登場人物であるばかりでなく、現にその場面を書いている作家でもあるのだから、作家デュラスその人の視線が加えられていると見なければならないだろう。「私」は登場人物と語り手と作家、一人三役を演じている。

というのも、『ヤン・アンドレア・シュタイナー』は小説であるが、作家デュラスの体験を記録した手記ないし日記の性格を持たされているからである。

『苦悩』に関して指摘したように、デュラスの書いたものを読む人はページの背後にデュラスその人とその周辺の人の姿を追わずにいられない。そこに登場するのが中国人やヤン・アンドレアであれば、その人物を実在の中国人や実在のヤン・アンドレアと照らし合わせないではいられない。愛の場面に対しては読者は――ローシュ・ノワールのバルコニーから愛人の行動を追うデュラスのように――覗き見の視線を持たずにいられない。

愛の場面は当事者だけではなく、それを見る者をも係わり合いにならせる力を持つからである。それは見る者に累《るい》を及ぼす *compromettre* と言うことができる。我々はこの場面に対して無関心ではいられない。

デュラスとヤン・アンドレアというカップルに対して注がれるこの覗き見のまなざし、これはデュラスの文学にとって無縁のものではない。プルーストの小説にも数多くの覗き見の場面があることを思い出そう——モンジューヴァンの覗き見、ゲルマントの館の中庭の覗き見、バルベックの曖昧宿の覗き見、大戦下のパリの覗き見、など。読者とカップルがつくり出す三角関係——そのようにして彼女は書くことの「黒い部屋」を準備し、そのなかで実在の人物と小説の人物の錬金術を行なうのである。

そしてデュラスにおいては、プルーストにおけると同様に、この錬金術が行なわれる場として、同じノルマンディーの海が恋人たちの背景に拡がっていたのだ。

III

ノルマンディーの恋――プルースト、デュラスと

Les amours de la côte normande――Proust et Duras

——また浜辺に戻って来たんだ。眠りなさい。

——ええ。

デュラス『愛』

——*Nous sommes revenus sur la plage. Dormez.*

——*Oui.*

Duras, "L'amour"

1　手渡される海

前章までにおいて私は、デュラスのヤン・アンドレアも、プルーストのアルベルチーヌも、書物のなかの恋人たち、小説の登場人物として扱ってきた。ここでこれらの恋人たちを《現実》に一度戻してみたら、どんな光景が見えて来るだろうか？　というのも、デュラスとプルーストが今日において持つ意味が、この二人の作家が恋愛を描くに当たって、そこに虚構と現実の両面に相渉る、いわゆる虚実皮膜の戯れを持ち込んだことにあると考えるからである。

ヤン・アンドレアとアルベルチーヌを小説のページから解き放って、現実に返して見る。そのとき、この二人の恋人の背後に同じ一つの海が現われて来る。

小説のなかで一つの海が作品から作品へ、作家から作家へと移ってゆく光景に立ち会うことができる。プルーストの場合ならカブール、デュラスの場合ならトゥルヴィル。二人の作家の間でノルマンディーの海が手渡されるということが起こる。

プルーストにおいては『花咲く乙女たちのかげに』以後、デュラスにおいては『ロル・V・シュタインの歓喜』以後、作品の前景に海はあらわれて来るのだが、それ以前の作品や、それ以後の、海の描かれていない作品でも、海がそこに浸透しているという現象がある。

この、海がそこにある、という感覚。ページのいたるところから海の呼吸、海の鼓動が聞こえるということ。それは彼らが海を題材として、もしくは舞台として描いたというより、海を前にして、海の印象のなかで書いたという性格によるものであるようだ。観察や写生の対象ではなく、自分自身を映し出す鏡としての海。書くこととしての海。インクの海のなかに失われてゆく作者のまなざし。そのようにして生じる意識の間歇的な欠落。忘却。デュラスの『愛人』に言う「流れる文章 *écriture courante*」、プルーストのワグナー的な無限旋律を思わせる断章の積み重ねからなる「循環する構造 *structure circulaire*」(ジャン＝イヴ・タディエ)は、彼らの作品への海のそのような直接的な介入ということを考えさせずにおかない。

それを虚構への現実の貫入というふうに捉えることができる。あるいは、虚構と現実の錬金術と。ノルマンディーの海を背景にした――。

デュラスの『愛』に描かれるS・タラの海は現実と虚構の境目でその波を織っている。虚構のS・タラの海に現実のトゥルヴィルの海、デュラスの書いている海が打ち寄せている。この海は『ロル・V・シュタインの歓喜』のラストでロルが再会するS・タラの海から流れ出したものだ。デュラスはCD版『言葉の歓喜 *Le ravissement de la parole*』のなかで、『愛』は『ロル』という「書物の場所」から出発して書かれた、と語っている。『愛』の海は『ロル』の海の延長線上にあり、そこから先には行かない。ロルとおぼしき女、彼女の恋人とおぼしき男たちが登場するが、彼女、あるいは彼は、『ロル』の物語が終わったところから一歩も踏み出さない。「ここはS・タラ、川のところまで」、そう繰り返される浜辺で、彼らは限りない歩みを続ける。カジノのダンス・ホールを再訪するが、それは『ロル』のヒロインの身振りをなぞっているようだ。小説の人物の振舞いを反復する人物。その意味で彼らは『ロル』の物語、『ロル』の海の囚われ人である。

同じことはプルーストの海について、と言うより、この海から遣わされた者であるようなアルベルチーヌというゴモラの女についても言うことができよう。バルベックの海の化身であるアルベルチーヌには、そのモデルと言われるアゴスティネリが接木されている。アゴスティネリという男は、書かれることによってアルベルチーヌという女になる。しかしアルベルチーヌからアゴスティネリという男の痕跡は消えない。この書くこと、現在、アゴスティネリの介入が、プルーストの作品に強度にリアルなものを与える。

虚構の女アルベルチーヌにはカブールの運転手、アゴスティネリの若い男の身体が透けて見える。それはバルベック海岸の背後にカブールの海が透けて見えるのと同様である。

これら二つの海——プルーストの海とデュラスの海——を、カブール、あるいはトゥルヴィルと名づけてみよう。虚構のなかから現実の海をひとまず取り出してみよう。プルーストがカブールを「バルベック」と、デュラスがトゥルヴィルを「S・タラ」と、それぞれ小説のなかで名づけたように。海という分かちがたい全体を二つの海に分けてみよう。

なぜカブール、なぜトゥルヴィルなのか？　そう問うことから始めよう。

パリからもっとも近い海、というのが一つの理由だろう。生涯喘息に苦しんだ病身のプルーストにとって、これは無視できない理由だった。ナディーヌ・ボテアックによれば、カブールは「アクセスしやすいという地の利で、トゥルヴィルと人気を競い始めた。パリのサン・ラザール駅——プルーストの住まい［オスマン通り一〇二番地］と目と鼻の先だ——から、シェルブール行きの汽車に乗り、メジドンで小さな各駅停車の汽車に乗り換え、ディーヴの終着駅まで行く。全行程、五時間半［今日ならサン・ラザール駅からトゥルヴィル・ドーヴィルまで汽車で約二時間」。そこにグランド・ホテルの迎えの馬車が待っていて、海に面した建物まで案内してくれる」(『マルセル・プルーストのプロムナード』)。

一方、クリスチャン・ペシュナールはプルーストのスノビズムを理由に挙げる(『カブールのプルースト』)。カブールのグランド・ホテルは「スノビズムのトラジ・コメディが演じられる絶好の舞台」であり、彼が小説の舞台にしようとしているパリのフォーブール・サン・ジェルマンの社交界が夏の間だけ、ノルマンディーの瀟洒なホテルや周辺の別荘地に移動した〝プチ・パリ〟だったのだ。書くことが生きることであり、作品の素材と言えば自分自身の生しかないプルーストやデュラスのような作家の場合、生活の環境がそのまま作品の環境である必要があったのだ。

夜通し起きていて、「誰もが寝静まるときに作品を織るプルーストのような作家にとっては」(ティエリー・ラジェ『カブールからバルベックへ』「マガジン・リテレール」二〇〇〇年プルースト特集号)、夜のあいだも沈黙しない海の律動は小説のリズムを律する貴重な要素だった。

もう一つ、ボードレールの旅への誘いということがある。

『花咲く乙女たちのかげに』で話者が初めてバルベック(カブール)のグランド・ホテルで迎えた朝の海には、プルーストの海を語るに当たって冒頭に置くにふさわしい、こんな太陽と海の鮮烈な炸裂が見られる。

「私は[……]、ボードレールのあの「海に輝く太陽」というのは――金色のふるえる線のような、単純で表面的な夕方の光線とは似ても似つかず――むしろいまこの瞬間にトパーズのように海を燃え上がらせ、発酵させ、ビールのように金色と乳色にし、牛乳のように泡立たせている、この太陽のことではないかと考えるのであったが、一方そのあいだに海上のあちこちにはときおり大きな青い影がただよい、まるでどこかの神が空で鏡を動かして、その影を移動させて面白がっているのではないかと思われた。このバルベックの食堂は、むき出しで、プールの水のように真っ青な陽光に満ち、［……］」

これはボードレールが『秋の歌』に歌った「海に輝く太陽 *le soleil rayonnant sur la mer*」という「平板な」一句がプルーストをノルマンディーの海に誘った経緯を読み取らせてくれる一節だ。晩年のボードレールにとって、母親のオーピック夫人の住むノルマンディーのオンフルールに「身を落ち着ける」ことが「もっとも大切な夢だった」（一八六六年三月五日付、オーピック夫人宛の書簡）のである。プルーストのカブール、デュラスのトゥルヴィル、ボードレールのオンフルールは、イギリス海峡に面してほぼ等間隔に並ぶ三つの海だ（三つの海は互いに直線距離にして二十キロと離れていない）。アントワーヌ・コンパニオンの『両世紀の間のプルースト』には、ボードレールの「海に輝く太陽」がプルーストの作品に憑いてまわるとの指摘がある。バルベックの朝の海にはボードレールの詩が白いページの「鏡を動かして」いるようだ。

デュラスのように「書かれた海 *La mer écrite*」と言ってもいい。彼女はこんな二行を海の写真に付けている、――「ヴェネツィアからオンフルールへ。／それから外洋へ」。「外洋 *la Haute mer*」という言葉にはカンボジアの太平洋の高潮が喚起されているのだろうか？　母親はカンボジアのプレイ・ノップに防波堤を築き、高潮を防ごうとするが、くり返し防波堤を築いても、太平洋の荒波の前にはなすすべもない。母親に残されたのは「風であり、水であり、無」でしかない。この「塩と水の曠野」を前に彼女は狂気の発作に見舞われるようになる。「お母さんの不幸というのはね」と娘は言う、「結局、一つの魔力みたいなものなのよ」(『太平洋の防波堤』)。それは滅びに向かう空無の力に似たなにものかであり、これはマルグリットに、――というより彼女がやがて書く小説の女たち、なかでも『モデラート・カンタービレ』のアンヌ・デバレードや『ロル・V・シュタインの歓喜』のロルに――確実に受け継がれてゆくものだ。

マルグリットは母親の魔力から逃れるべくフランスへの出発を夢見始める。それが『愛人』の娘を金持ちの中国人との関係に向かわせる動機でもあるのだろう。マルグリットがヴェトナムで暮らすのは一九一四年の生年から三二年までの十八年、その間、彼女は太平洋とメコン河の「水の国 *patrie d'eaux*」に親しんできたのだ。

トゥルヴィルのローシュ・ノワールのバルコニーに立つデュラスは、ノルマンディーの海の彼方にアジアの太平洋の高潮を望み見ていたに違いない。彼女の視界で二つの海は混ざり合い、同じ潮騒を耳に伝えていたのだ。

『書かれた海』は一九九六年、デュラスが死んだ年に出ている。ヤン・アンドレアが付した後記によれば、一九八〇年夏(マルグリットとヤンがトゥルヴィルで出会った夏)から一九九四年まで、ヤンの運転する車でデュラスとエレーヌ・バンベルジェが旅をして、バンベルジェは「デュラスが見たもの」を写真に撮ったという。

この本にはまた、一八八一年から八三年まで、十代のプルーストが祖母と一緒に訪れ、一八九〇年代に何度か母親と一緒に泊まったことがあって、その後、アパルトマンとして売りに出されたものをデュラスが購入して住まうことになった、あの伝説的なローシュ・ノワール・ホテル、その玄関ホールから、バルコニーと、その向こうに拡がるトゥルヴィルの海を撮った写真も見出される。

エマニュエル・ガロの『ローシュ・ノワール』という本には、この海辺の建物はデュラスの「創造の場」であったとある。「海のひびきが壁の間で反響して、閉じられて開かれた空間にくり返し穴を穿つ」(『ガンジスの女』)——建築家マレ＝ステヴァンスの手になるローシュ・ノワールの玄関ホール、この「穿たれた空間」に、ガロはデュラスの霊感の源泉を見るのである。彼女はここで『アガタ』や『ガンジスの女』を映画に撮った。

ヤン・アンドレアの『この愛こそ』には、ローシュ・ノワールのバルコニーから夜のノルマンディーの海を眺めるヤンとマルグリットの姿が描かれ、「こちらに見にいらっしゃい、とってもきれいよ。［……］プルーストが祖母と一緒にここに来たのよ。カブールのグランド・ホテルに泊まるようになる前のことだけど……」と、ローシュ・ノワールとプルーストの因縁をヤンに語るマルグリットの言葉を伝えている。デュラスはプルーストによって「書かれた海」の印象のなかで本を書くために、このノルマンディーの岸辺に住まいを定めたのだ。

『書かれた海』のローシュ・ノワールから見た海の写真に付けたデュラスの文章——

「私は海の写真を撮り、それを出版し、それを携えて本のなかへ旅立った。／海はそこに残された、ふさわしく、控え目に、完璧に、目に見えず、永遠に」

この海はどこにあるのだろう？　本のなかの海から、その本を携えて本のなかへ旅立つデュラス。その境目に「残された」海が、デュラスの海だったのではないか？

デュラスにとってノルマンディーの海は彼女によって「書かれた海」であるが（とりわけ『ロル・V・シュタインの歓喜』、『愛』、『ガンジスの女』、『青い目、黒い髪』、『エミリー・L』などにおいて）、それ以前にプルーストによって「書かれた海」であり、また彼女自身の『太平洋の防波堤』に書かれた、アジアの海でもあったのだ。

彼女はそのような意味での「本のなかへ旅立った」のだと言えよう。ちょうどプルーストがボードレールの「海に輝く太陽」という『秋の歌』の一行を含む詩のページを映し出すノルマンディーの海に旅立ったように。

2　サンザシ、海、女の友だち

プルーストの作品にノルマンディーの海が最初に登場する光景として、処女短篇集『楽しみと日々』の「海景」がある。

「私には意味が分からなくなってしまった言葉——もしかしたら、あんなにも前から私のなかに通じている道、もう何年も前から見棄てられているとはいえ、もう一度たどりなおすことが出来、そう私は信じているのだが、決して永遠に閉ざされたわけではない道、そういう道に通じている事物にこそ、まず最初に、その言葉をもう一度言ってみてくれるよう頼まなければならないのだろう。ノルマンディーを再び訪れ、努力することなく、ただ海辺に行かなくてはならないのだろう。*Il faudrait revenir en Normandie, ne pas s'efforcer, aller simplement près de la mer.*」

プルーストにあってはこの短篇集が出版された一八九六年よりさらに以前に、――祖母や母としたローシュ・ノワール・ホテル滞在の記憶もあって――「ノルマンディーを再び訪れ」ることが、彼にとってはもう「意味が分からなくなってしまった言葉」、「何年も前から見棄てられている」道に通じる秘訣になったのである。

それればかりか、ここにはすでに『失われた時を求めて』の「無意志的な記憶」を思わせる、「努力することなく、ただ海辺に行かなくてはならない」という啓示の導きを待つ心に似たものが語られている。そしていっそう興味深いのは、前後の脈絡もなく、降って湧いたように「ノルマンディー」という土地の名が現われ、それが一種符牒的な役割を果たしていることである。「私」はまるで予言か占いの空間を歩んでいるかのようだ。

この海は「私」か「子供」にこんな言葉を語りかけるのである、――「さあ、お前にその力があるのだったら、通りがかりに私をつかまえてごらん *Saisis-moi au passage si tu en as la force*。そして、私がお前にさし出している幸福の謎を解こうとつとめてごらん」。これは『見出された時』のゲルマント大公夫人のマティネに行く話者に不揃いな敷石が語りかける言葉だが、そのとき話者はそれがかつてヴェネツィアを訪れたとき、サン・マルコ寺院の洗礼堂の不揃いな敷石につまずいた時の印象に由来するものであることを理解し、「時間の外に」出たかのような幸福感を味わうのである。「そうした感覚は、忘れられた一連の日々 *la série des jours oubliés* のなかのそれぞれの場所にじっと待機していたのであり、ある唐突な偶然が、それをむりやりに引き出したのだった。これと同様に、かつてはプチット・マドレーヌの味が、コンブレーを私に思い出させた。だが、なぜコンブレーとヴェネツィアのイメージは、それぞれの瞬間に一つの喜びを私に与えたのか、確信にも似た喜び、そして他の証拠も何もないのに、それだけで死をどうでもよいものにしてしまうような喜びを、どうして私に与えたのであろうか」(『見出された時』)。

その答は『海景』に隠されていたのかもしれない。先の引用に続けて——

「[……]しかし私はまだ海を見たことがないのだろう。私は海のひびきを微かに聴くのだろう。私はサンザシの道 *chemin d' aubépines* を辿るのだろう。それは昔からよく知っている道だ。しかし感動や、不安がないわけではない、——生垣に思いがけない裂け目 *une brusque déchirure de la haie* が出来て、突然、目に見えないがそこに現前している女の友だち、いつも嘆き声を上げている狂女、年老いた憂愁の女王、海 *l'invisible et présente amie, la folle qui se plaint toujours, la vieille reine mélancolique, la mer* を見出すのではないか、という不安が。[……]」(『海景』)

ノルマンディーの海の出現が唐突であるように、プルーストの小説の花の女王と称すべきサンザシのこの散文詩における登場も意外である。まるで『海景』の作者は、十数年後に書き始めることになる『失われた時を求めて』の主要なモティフに、すでにここで出会ってしまったかのようではないか。

長篇の第一篇では、サンザシの道を辿る『スワン家の方へ』の話者の前に初恋の少女ジルベルトが呼び出され、それとパラレルな関係をなして、サンザシの「生垣に思いがけない裂け目」が出来、「海」が呼び出される、——「ちょうど低い土地の上で、陸に乗り上げてしまった一艘の小舟を船大工が修理しているのを認めるやいなや、まだ何も見えないうちに、「海だ!」と叫ぶ旅行者のように」(『スワン家の方へ』)。

この「海」にはすでにノルマンディーの海が光を投げかけて来ている。ここに喚起された「海」をプルースト的な加筆と拡大の手法に従ってふくらませてゆくなら、そこに『花咲く乙女たちのかげに』でバルベックを仕事場にする画家のエルスチールが描く「カルクチュイ［バルベック近くの架空の地名］の港を描いた一枚の絵」が出現する。

注意すべきは、サンザシの道の向こうに——不可視の——海が垣間見られ、ジルベルトの登場が待たれるように、エルスチールの絵を見た後で話者はこの画家によって小説の最大のヒロイン、ジルベルトに続く第二の恋人になるアルベルチーヌに会う——再会する——ことである。

「再会」と言ったが、バルベックの海岸で見たことのあるこの少女について、彼女が次々に別の少女の姿をして現われるようなので、「海岸に抜ける小径の角のところで、あのように無遠慮な態度で私をじっと眺めた例のふっくらした頬の少女、彼女だったら私を愛してくれたかもしれないと思われるあの少女と、再会という言葉の厳密な意味において私は二度と再会することがなかったのである」と、エルスチールのアトリエにおける少女との「再会」を前にした「私」は考える。この女友だちは後に『囚われの女』などで描かれるところからも明らかなように、『海景』で「海」とともに呼び出される「狂女 *folle*」——デュラスにおける『太平洋の防波堤』の母親からロル・V・シュタイン、エミリー・Lにいたる「狂女」、あるいは「女見者 *voyante*」の系譜を思い起こされたい——の性格を帯びていると言わなくてはならないのである。

さて、その海の絵のなかで——

「［……］エルスチールは、小さな町を表わすのに海の名辞しか用いず、海には町の名辞しか用いずに、こうして見る者の精神をいま述べた類いの隠喩［「陸と海とを比較して両者の境界をことごとく取り去ってしまう」隠喩］に慣らしていったのである。いったいここに描かれた家並みに隠されているのは港の一部だろうか、それとも修理ドックだろうか、あるいはことによると、このバルベック地方でよく見かけられるように、湾になって陸地にくいこんでいる海そのものであろうか」

ついでエルスチールの海の絵はバルベックの教会をモティフに取り込んでゆく、――話者をそもそもバルベックへ誘ったものが、「ゴシック建築［の教会］を見たいという欲望と、海の嵐を見たいという欲望」（『スワン家の方へ』「土地の名・名」）であったように。彼にとってバルベックと言えば、「嵐の海の水しぶきを浴びるバルベックのペルシャ式教会」しか思い浮かべられない（『花咲く乙女たちのかげに』「土地の名・土地」）ほどなのである。

話者はエルスチールによって「描かれた海」を見ているのだが、その海はまた彼が現実に見る海と分かちがたく溶け合っている。とはいえ、彼が現に見ているバルベックの海もプルーストによって「書かれた海」になるはずだ……。

スワン家の方への散歩道を行く話者の目にも、陸と大洋の境界は消し去られて、「陸に乗り上げてしまった一艘の小舟」や、「修理している」「船大工」や、「海だ！」という叫びや、この叫びとともに呼び出される「女の友だち」や「狂女」、ジルベルトやアルベルチーヌやが、目白押しに押し寄せているようではないか。

それから、「海だ！」と叫ぶ旅行者のことがあったすぐ後で、「私は、ふたたびサンザシの前に戻った」。そしてサンザシの生垣の間に「バラ色のそばかすのある顔 *visage semé de taches roses*」を上げて「私たちを眺めて」いるジルベルトと出会う。この「バラ色」はアルベルチーヌの「バラ色」の先駆けだ。「サンザシ」、「海」、「女の友だち」が単なる比喩ではなく、互いに置き換えられる「換喩」の構造をなしていることが理解されよう。

作者はサンザシの生垣に続くスワン家の道とノルマンディーの海辺の丘の道を〝重ね合わせ〟の喩法を用いて描いている。であるから、田園の光景のなかに突如、「海」が呼び出されたような感動を与えるのだ。ここではサンザシも海も女の友だちも、話者の前に〝同時存在〟しているかのようなのである。

それは話者が、サンザシも、海も、女友だちも、「まだ見たことのない」状態で、「まだ何も見えないうちに」、眼前に呼び寄せようとしているからである。「目に見えないがそこに現前している女の友だち」と『海景』にはあった。それらの海の印象は、現われる直前の、待機の状態に置かれて、話者の前に今まさに殺到しているかのようだ。

3 海の上に書く

プルーストは『失われた時を求めて』の第二篇『花咲く乙女たちのかげに』で作品の舞台をパリやコンブレーからバルベック海岸に移した。コンブレーが作者の幼少年時代の土地イリエ（一九七一年、プルーストの生誕百年を記念して、この町はイリエ・コンブレーと改名された）をモデルにしているように、バルベックがカブールをモデルにしていることは大方の認めるところだ。カブールには今や「マルセル・プルースト散歩道」があり、グランド・ホテルには「マルセル・プルーストの思い出」という部屋がある。

しかしプルーストにとってカブールは単にバルベックのモデルに使われたという以上の意味を持っている。彼はカブールを舞台にバルベックを描いただけではなく、カブールのグランド・ホテルを仕事場にして『失われた時』を書いた。カブールは本を書く場所であると同時に本に書かれる場所だった。彼はここでアゴスティネリと出会い、恋をした。

コンブレーが記憶の土地であったのに対して、バルベックは〝現在〟の土地だった。記憶と想起の作家、プルーストにおける、バルベックと、そこに現われる花の娘たち、アルベルチーヌによる、現在という時間の介入に注意を払いたい。それは書く時間であり、これが小説の背景をなす過去の時間と混在している。そしてこのプルーストにおける現在という時間は、ノルマンディーのカブール、海というものの現存と分かちがたく結ばれているのだ。

もちろん彼の作品の大部分はパリのオスマン通り一〇二番地のコルク張りの部屋で書かれたのであろうが、一九〇七年七月にカブールのグランド・ホテルが落成してからは、――彼は愛読紙フィガロでその落成式の模様（「紛うかたない『千夜一夜物語』の宮殿」と一九〇七年七月十日のフィガロは報じた）を知ったのである――第一次大戦が勃発した一九一四年まで、七年の間に八回、夏毎にカブールを訪れ、長期の滞在をしている。ペシュナールはプルーストがグランド・ホテルに泊まった日を総計して十六か月、およそ五百日と数えている。とはいえ「プルーストは夜だけではなく昼もベッドに横たわっていたのだから、状況を算術的に勘案するに、この宿泊数を倍にして、理想の千夜に達したと言うことができよう、最後の一夜は別にするとして。――これはまったく別格の夜であり、それについては語ってはならぬのである」(『カブールのプルースト』)。

一九〇八年の八月初旬にこのカブールのグランド・ホテルでプルーストと出会ったマルセル・プラントヴィーニュは、初めてこの「スペインのキリストのような黒い顎鬚を生やした神秘的な人物」に紹介されたとき、名前が自分と同じであることをもじってつくったプルーストの戯れ歌を見せられ、腹を立てるエピソードを、『マルセル・プルーストとともに――カブールとオスマン通りの思い出』のなかに記している。

「この奇妙なシルエットをした人物は、しなやかで暖かそうなビクーニャ織のパール・グレーの外套に全身をすっかりくるまれていた。このコートは同じ布地の服を蔽っていて、頭には、額から目すれすれのところまで垂れ下がる漆黒の、青味を帯びた黒髪の上に、同じ柔らかいパール・グレーの山高帽をかぶっていた。足にはボタンがついて先の非常に尖った深靴を履き、とてもシックなパリのサロンにでも入ってゆく様子だった」

夏のあいだリゾート地におけるこのいでたちは変わらなかったというから、この人物は名前はマルセルでも『失われた時を求めて』の話者であり主人公であるマルセルとは、そうとう異なっていると言わなくてはならない。

むしろこの「奇妙なシルエットをした人物」――すでに三十七歳になっていた――は、彼の前に現われた自分と同じ名を持つ十九歳の青年のうちに、彼が書こうとしている(か、書き始めている)長大なものになりそうな小説の主人公「私」のモデルを見出したようなのである。

というのも、この回想録作者は、カブールのグランド・ホテルのプルーストの部屋で進行中の作品を作者が朗読するのを何度も聞いたと語り、『花咲く乙女たちのかげに』というタイトルは自分が考えてプルーストに提案したと言っているのだが、実際にプルーストの小説に「私（マルセル）」の一エピソードとして使われた形跡があるからだ。

マルセルはある日、ダンスを教えるために十二人ほどの女の子を連れてグランド・ホテルに隣接するカジノから出て行くとき、男と連れ立ったプルーストとすれ違う。「私はそのときプルーストがした表情を忘れることができない」とマルセルは回想している。プルーストは「この娘たちの雲のただなかに、このホールからこの時刻に出て行く私を見て、唖然として呆然自失といった体だった。〔……〕ひどく騒がしい、ひどく興奮した十二人の娘たちの一団の先頭にいる私を突然目にしたプルースト。〔……〕」。

マルセルは「十二人の娘たちの一団 *une bande de douze jeunes filles*」と書いている。プルーストの『花咲く乙女たちのかげに *À l'ombre des jeunes filles en fleurs*』でバルベック海岸に現われるアルベルチーヌを初めとする娘たちは、「小さな一団 *petite bande*」と呼ばれる。プルーストが娘たちの一団に囲まれたマルセルを見て「唖然として呆然自失といった体」に陥ったのは、書きつつある小説の主人公、〝花咲く乙女たちのかげに〟ある「私」をマルセル青年のうちに見出したということではなかっただろうか？　彼は自分の小説の人物が紙から抜け出して白日のカブールのカジノに花の娘たちに囲まれているのを見たのだ。

その後、グランド・ホテルのプルーストの部屋で、作家はマルセルに花の娘たちとの交遊を語らせたというから、その体験談が小説のマルセルがアルベルチーヌらとノルマンディーの浜辺で戯れる挿話に使われたということはありうるだろう。そんなとき病身で部屋から出ることもままならぬプルーストは、この年若いマルセルに自分を投入したとは言えないか？　彼はこの若者を「第二のマルセル *l'autre Marcel*」と呼んだのである。

ここでデュラスと関連する挿話を挟むなら、彼女がトゥルヴィルのローシュ・ノワールのアパルトマンを買うきっかけになったのも、プルーストの場合と同様、フィガロ紙の広告だった。

ひょっとすると、それは偶然の一致というより、プルーストのひそみに習う意識がこの作家のうちに動いたのかもしれない。アリエット・アルメルは『マルグリット・デュラス――書かれた三つの場所』に、こう書いている（「三つの場所」というのは、パリのサン・ブノワ街とノーフル・ル・シャトー、それにトゥルヴィルである）。

「一九六三年、彼女は海のざわめき、海の匂い、海の光に包まれたアパルトマンを購入した。彼女はこの出来事を記念して台所のドアにクレヨンでじかにこう書きつけた、まるで先史時代の人間が洞窟の住居を手に入れて壁に絵を刻んだり描いたりするように、――「このアパルトマンは六三年六月一日、グオー夫人より九百万（旧）フランの値で購入された。フィガロ紙の広告を見て、私は午前中のうちにこの建物を見にやって来たのだった。私が一番乗りだった。ノーフルのときと同様に、私は即決でこれを買った」。

彼女はそれまでもノルマンディーのこの地域をしばしば訪れていた。ベネルヴィルのガリマール家［デュラスの本の版元］の所有地を訪ねるのが主たる目的だった。彼女は数々の伝説を持つトゥルヴィルのこのホテルの価値を知っていた。プルーストが二十世紀初頭［正しくは十九世紀末］に、毎年一一〇号室［一説には一一一号室］に泊まったホテルの、一〇五号室を買うとなれば、どれほど迅速にことを運ばなければならないかを、よく知っていた」

デュラスの場合も、プルーストにおけると同様に、ノルマンディーの住まいは本を書く場所だった。彼女がこれ以後、その場所をモデルにして多くの小説を書いたことも、プルーストの驥尾《きび》に付したかのごとくである。

プルーストにとっても、デュラスにとっても、カブールのグランド・ホテル、あるいはトゥルヴィルのローシュ・ノワール・ホテルは作家の観察の場ではなかった。確かにプルーストはグランド・ホテルのエレベーター・ボーイやカブール近辺に別荘を持つ田舎貴族たち、先に触れたマルセル・プラントヴィーニュなどをモデルにして何人かの人物を造形し、デュラスはローシュ・ノワールにおけるヤン・アンドレアとの愛やトゥルヴィルの浜辺の少年と女教師の交流を小説に書いた（『ヤン・アンドレア・シュタイナー』）。しかし彼らはそれらの人々を小説の題材にしようと思ったことはない。題材、あるいはモデルは、作家の意図とは離れたところで、いかなる企みもなしに、与えられたものだ。

「トゥルヴィルで、彼女は海について、その場所について、多くのことを学んだ」、とアラン・ヴィルコンドレは浩瀚な伝記『デュラス』に書いている、「港の人々の会話、夜、記憶に浸透して来る波のざわめき、［……］」。彼女はここで《流れる》文章ということの力強い意味を理解したのだと思い出す。ある夕暮のこと、ヤン・アンドレアの部屋［ヤンはローシュ・ノワールでデュラスの隣室に住んでいた］のドアを叩き、こう言い募ったのだ、「手直しなんかしてはいけないのよ、文章を外部に投げ出すのよ、……無駄に見える一塊の文章から何一つ取り去ってはいけない。何もかも、残りも一緒に放っておくのよ。表現を和らげちゃ駄目、速さも、遅さも、すべてを、現われるがままにしておくのよ」「これとほぼ同文が『エミリー・L』のラストで「私」が「あなた」に言うせりふとして使われている。このことから見て、『エミリー・L』の「あなた」にヤン・アンドレアを想定することができよう」」

しかし、それはまだ先のことだ。ヤンも「流れる文章」もまだ現われていない。デュラスはローシュ・ノワールのアパルトマンを購入すると、すぐに作品に取りかかる。『ロル・V・シュタインの歓喜』は六三年の六月から十月にかけてこのアパルトマンで執筆され、翌年十一月、ガリマール書店から刊行される。トゥルヴィルの海がデュラスの小説に登場する最初の作品である。作者は語る――

「私はここで、この建物のなかで［ローシュ・ノワール・ホテルの写真を見ながらデュラスはインタヴューアーのミシェル・ポルトと話している］、『ロル・V・シュタイン』を書き、後に、本を書いたこの場所が、あの本の舞台になった。『ロル・V・シュタインの歓喜』の一部である『愛』の舞台もここだった」（『マルグリット・デュラスの場所』）

「本を書いたこの場所が、あの本の舞台になった。*ce lieu où j'ai écrit le livre est devenu un lieu du livre.*」とは、本を書きながら、その本を書いている場所を本のなかに取り込んでゆく、プルーストの例に倣ったデュラスのスタイルを端的に語る言葉である。

「S・タラという場所は海である以上に、砂、浜辺なのではないかと思う。ここの潮はすさまじい。干潮時には、浜辺が三キロも続く。どんなところにもなることができる砂の地方、砂の国みたいに。無名の人の国」

同じ本のもう少し先のところで、

「私は、私の本において、いつも海辺にいた。［……］ごく若かった頃、私は海に関わりがあった。私の母が防波堤を、『太平洋の防波堤』の土地を買い、海がすべてを水浸しにし、私たちは破産した。私は海がとてもこわい。［……］私が見る悪夢、私の見る恐ろしい夢は、いつも潮や浸水に関係がある。

ロル・V・シュタインの関係している様々な場所は、すべて海に面した場所。彼女がいるのはいつも海辺。……」

私がトゥルヴィルのローシュ・ノワール・ホテルの並びにある、イギリス海峡に面したホテル・フロベールに投宿していたときのこと、嵐の夜だったが、海が荒れて、白い波頭を高く持ち上げて迫って来る高波は、部屋の窓から眺めていても、今にもホテルが波に呑まれそうな恐怖を感じさせるものだった。おそらくデュラスはそんな潮の唸りを聞いて、カンボジアはプレイ・ノップの「太平洋の防波堤」が崩れ去る光景に思いを馳せたに違いない。

言うまでもなくデュラスは「書かれた海」が彼女の本の世界を水浸しにする光景を語っているのである。デュラスにあってそれは、一九六三年、ノルマンディーのローシュ・ノワールから始まったのだ、――たとえその起源を『太平洋の防波堤』の海に遡ることができるにせよ、この海は彼女の書く時間のなかに繰り返し還流して来るのだから、『ロル・V・シュタイン』のS・タラの海に返すことができるのである。

4　川を過ぎると、そこはまたS・タラ

『ロル・V・シュタインの歓喜』にノルマンディーの海が導き入れられるのは、しかし目につかない、控え目なやり方によってである。

この小説はS・タラに生まれたロル・V・シュタインの物語だが、S・タラもT・ビーチも名前が出て来るだけで、海そのものが姿をあらわすのは巻末数ページのところでしかない。それはプルーストの小説にあって、『スワン家の方へ』の散歩道で「海だ！」と呼びかけられたノルマンディーの海が、『花咲く乙女たちのかげに』の第二部「土地の名・土地」に来て初めて全面展開される経緯を思わせずにおかない。「土地の名・名 *Noms de pays : le nom*」から「土地の名・土地 *Noms de pays : le pays*」へ——プルーストにおいてはデュラスと同様、「名」から「土地」が出て来るのだ。

この小説はロルが海と出会うまでの長い待機の物語と見なすことができる。

『ロル・V・シュタイン』の前作、一九六二年に発表された『アンデスマス氏の午後』では、年老いたアンデスマス氏が地中海を見晴るかす丘で、南フランスの日の光の化身であるような娘ヴァレリーの訪れを待つことで小説の時間が構成されていた。それと同じように、ここでは小説の真の主人公であるS・タラの海の登場を待つことで小説の大半が構成されている。プルーストはアルベルチーヌをノルマンディーの日の光のあらわれのなかに描き出し、彼女を「〈時〉の女神」（『囚われの女』）と呼んだ。「彼女はさながら、私に時の鏡を差し出す魔術師 *une magicienne me présentant un miroir du* temps のようだった」(『ゲルマントの方』)。同様に『アンデスマス氏の午後』のヴァレリーという娘はアルベルチーヌの紛れもない後裔に違いない。

『アンデスマス氏の午後』が時間の純粋な推移を主題とするとすれば、『ロル・V・シュタイン』は不在の、見えざる「海」を主題にしている。

さらに言うなら、主題はプルーストにおけると同様に「心の間歇」ということである。S・タラの海は読者の目に間歇的に見える仕組みになっているのだ。「間歇的に見える」とは、この場合、「ちらちらと見える」の意味だ。そしてこのように「ちらちらと見える」ものが人を誘惑するのである、——「逃げ去るアルベルチーヌ」のように。

S・タラの海のあらわれということで言えば、まずロルがあるパーティで女友だちのタチアナと話していて、「幸福」ということが話題になるときに、ちらっと片鱗を見せる。「最近ある出会いがあったのよ」、とロルは言う。「幸福はその出会いから来たの」。ここまで読むと、ロルが出会った恋人のことを話していると誰しも思うのだが、ロルは「海」との出会いを語っている。このことはしかし、ロルにとって「海」と「恋人」が同じレベルに置かれていることを証している。デュラスにおいて海が恋人と同一視されることは、しばしば起こるが、海が一般に女性の代名詞であることを考え合わせると、デュラスの恋人——とりわけヤン・アンドレア——は海になぞらえられることによって女性化され、彼女自身を照らし出すと言えよう。会話はそれきり忘れられて、また別のパーティの場で〝間歇的〟に取り上げられる。「その幸福についてなんとか言ってよ、お願い」とタチアナに訊ねられて、ロルはためらいの後に答える、——

「この前の晩、まだ黄昏だったけれど日が沈んでだいぶ経っていたわ。いつもより光が強くなる瞬間があったのよ。どうしてだか分からないけれど、ほんの一瞬よ。直接は海を見ていなかったわ。私の前の壁にかけた鏡に海が映って見えたの。海に行ってみたい、見に行きたいというとても強い誘惑を感じたの」。

そのようにしてこの本のなかで海が一瞬、強い光を放つ。それでも私たちはまだ「直接は海を見ていな」い。これが小説が五分の四ほど進んだところなのだ。それからは話は急速に進んで、ジャック・ホールドとロルはT・ビーチに出かける。その前にしかし海は、ロルの「海が待合室の鏡のなかにあったわ」というせりふのなかにちらりと姿を見せる。

海が「直接」私たちの前にあらわれるのは、次のようにしてである。

「そこは垂直に日を浴びてきらめいている。

海が見える ***Voici la mer*** ゆったりとして、けだるいブルーが水の深さの違いによって虹色に輝いて」

むろんこの海——S・タラ、あるいはトゥルヴィルの海——との出会いはいささかもドラマティックなものではない。ロルが言うように、「T・ビーチのカジノよ、私がよく知っている」なのだ。とはいえこの小説をロルが——ロルとともに読者が——海と出会うまでの物語であると知れば、小説の本当のクライマックスがこの「けだるい」海、彼女が「よく知っている」海との出会いにあったことが理解されよう。ある意味では『ロル・V・シュタインの歓喜』という小説の時間はここから流れ出すのであり、ここに「垂直に日を浴びてきらめいている」海から始まり、ロルのそれまでの物語のなかに還流してゆくのである。

それはすでに「書かれた海」である。デュラスが『ロル・V・シュタイン』の「場所」と言うとき、それは「書かれた海」が今ここでロルの出会う海と入れ代わる、そんな危い間隙のことを指していると思われる（CD版『言葉の歓喜』参照）。

デュラスの『ロル・V・シュタインの歓喜』でも、プルーストの『花咲く乙女たちのかげに』でも、作家によって体験された海が、「直接」作品に流れ込んで来るような書き方がしてあることに注意したい。それはデュラスもプルーストも、ノルマンディーの海を目の前にして、その海を書いている——ローシュ・ノワール・ホテル、あるいはカブールのグランド・ホテルで——ということに関係している。彼らはノルマンディーの海の上に「直接」書いたのである。

それ以上のことがある。ローシュ・ノワールやグランド・ホテルは彼らにとって、嘱目《しょくもく》の場所であると同時に、どこにも存在しないフィクションの場所だった。ペシュナールはこの関係を逆転させて「リアルなバルベック、夢見られたカブール」ということを言った。「真から虚だけではなく、虚から真を生み出す入れ子式の現象によって、想像世界と現実の戯れが、これほど遠くまで押し拡げられたことはなかった」（『カブールのプルースト』）と。

ノルマンディーの海はデュラスとプルーストの前で虚実皮膜の波を織っていたのだ。

デュラスが先に引いたミシェル・ポルトのインタヴューで、ローシュ・ノワールの「建物のなかで、『ロル』を書き、後に、本を書いたこの場所が、あの本の舞台になった」と言ったことは、そのように理解される。「本を書いたこの場所」という現実の海が、「あの本の舞台」という虚構の海と無媒介的に結びつけられる。ロルの「関係している様々な場所は、すべて海に面した場所。彼女がいるのはいつも海辺」という言葉も、ロルの海との出会いの不整合的な性格を解明してくれる。彼女は小説のラストで海と出会うのだが、「彼女がいるのはいつも海辺」だったのである。

ロルのそれまでの物語……。すでに前作『アンデスマス氏の午後』でこの作者の〝物語のない小説〟を書く意向は明らかだったが、『ロル・V・シュタインの歓喜』は彼女が書いた最後のロマネスクな物語と言ってよい。

始まりはT・ビーチの市営カジノのダンス・パーティである。十九歳のロルが婚約者のマイケル・リチャードソンや女友だちのタチアナ・カルルと一緒にそこへ行く。このダンス・パーティにカルカッタ駐在のフランス領事の妻アンヌ・マリ・ストレッテール（この女は『インディア・ソング』や『副領事』で主役として再登場する）とその娘もやって来る。マイケル・リチャードソンとアンヌ・マリ・ストレッテールの間に魅せられたような恋が始まり、やがて二人はロルを放りっぱなしにして夜明けまで踊り続ける。暁の最初の光が射す頃、二人はロルに見送られてダンス・ホールを出て行く。ロルは叫び声を上げ、床に倒れる。

その日から、ロルの「立ったまま眠っている女 *dormeuse debout*」のような日常が始まる。やがて彼女はジャン・ベドフォールという音楽家に求められて結婚し、U・ブリッジという町で三人の子供をもうけ、十年間は平穏に暮らす。

十年後、夫のベドフォールは有利な地位を手に入れ、S・タラに移ることになり、ロルの生家に住む。その頃、ロルはT・ビーチのダンス・パーティで一緒だったタチアナの姿を見かけ、この女友だちが医師のピエール・ブニュールと結婚していながら、その助手のジャック・ホールドと「森のホテル」で密会を重ねていることを知る。彼女はジャック・ホールドに接近し、彼を自分の虜《とりこ》にして、彼とタチアナの逢引きを見たいと思うようになる。

だからこれはロルの〝視線の物語〟として読むことができるのだが、この小説の視点人物はロルではなく、ジャック・ホールドというロルの恋人になる男である。ここに本篇の不整合的な性格が認められる。ジャック・ホールドの視点で語られていながら、そこにロルの視線が介入して、ひび割れを生じさせるような効果を上げている。ロルの視線がS・タラの海の光線のように作品の全体を浸すようになる。物語は「彼女の燃えるような視線の真っ只中に *dans le plein feu de son regard* 入って来る」のであり、本篇における「心の間歇」というべき精神錯乱の兆候は、この砕けた鏡さながらの視線の交錯に求められる。

ここではデュラスが『夏の夜の十時半』で描いたような（マリア、ピエール、クレールの間の）三角関係が、いっそう謎めいたかたちで進行している。婚約者のマイケル・リチャードソンとアンヌ・マリ・ストレッテールの間に突発的に生じた恋を見送った、あのT・ビーチの市営カジノのダンス・パーティの場面を、ロルがタチアナとジャック・ホールドを使って〝再現〟しようとしていることは明らかである。あの古典悲劇の結構を持つ場面で、ロルは何かしら途方もない「歓喜 *ravissement*」を味わったのだ。このフランス語は「喪心」をも意味し、ロルが苦しみとも歓びともつかぬ不思議な放心状態に入ったことを示している。三角形の二つの頂点がアンヌ・マリと、マイケルによって支えられ、それが永遠に遠ざかってゆく。二人が遠ざかるにつれて、ロルの魂が奪われてゆく。穴のような存在が残る。ロルとはこの欠如の穴に他ならない。このロルの魂の空白のなかでT・ビーチの舞踏会が鳴りひびくのを止めないのである。

プルーストは「心の間歇」ということを精神の錯乱と結びつけて考えたが、言葉を換えて言えば、これは「忘却」を意味する。第I部の1「無意志的な恋」で触れたことだが、二度目にバルベックを訪れた話者は、グランド・ホテルで身を屈め靴を脱ごうとしたとき、突然、祖母の蘇りを体験する。初めてグランド・ホテルに着いたとき祖母が靴を脱がせてくれたことを思い出したのである。その祖母はすでに亡く、長いあいだ彼はこの自分を献身的に愛してくれた祖母のことを忘れていたのだ。プルーストはこの想起の瞬間に「私の全人格を動転させる衝撃」を見出している。「記憶の混乱には心の間歇が結びついているためである」。祖母のことを忘れていた自分は、もはや祖母のことを思い出した自分ではない。ここには別の人格が出現している。この忘却をプルーストは錯乱に似たものと考えるのだ。

ロルもまたT・ビーチの市営カジノでの体験の後、「S・タラの忘却という壮麗な宮殿 *le palais fastueux de l'oubli de S. Tahla* の中を歩き始める」。彼女の「全人格」が「動転」したのであり、彼女の苦しみの源であるはずのS・タラを歩いても苦痛を覚えない。むしろ異邦人のように、見知らぬ人としてS・タラの街を歩く。この見知らぬということ、この「忘却」のうちに、ロルの錯乱が存する。

ラウル・ルイス監督によって映画化された『見出された時』のバルベック海岸の場面を思い起こしてみよう。あそこでも、青年のマルセルと作家のプルーストが同時存在しているように描かれ、二人は見知らぬ人としてすれ違っているようではなかったか。

ジャック・ホールドと連れ立ってT・ビーチの市営カジノに入ってゆくロルは別の人格を生きている夢遊病者のような印象を与える。彼女はあの悲劇のあったダンス・ホールを見ても、見ているようで見ていない。不思議な既視感がある。彼女は思い出しているのではない。忘れているのでもない。忘却と記憶の狭間に入った、亡霊のような存在に変わっている。

「彼女は間歇的に目を凝らすが、よく見えず、もっとよく見るために目を閉じ、また目を開ける。彼女の表情はまじめで、霧がかかっている。彼女はそんなふうにいつまでも見ていていいのだ。二度と見ることのできないものを、愚かしく見ていていいのだ」

このロルの視線の先には小説の最後のこんな海が拡がっているはずである。これは非現実の〝どこにもない〟海であると同時に、ローシュ・ノワール・ホテルの前に拡がるトゥルヴィルの海そのものだ。現実のなかに非現実が、あるいはその逆に、非現実のなかに現実が貫入して来ているのである。

「[……]潮がついに満ちてきて、青い水溜まりを一つまた一つと、順々に浸してゆき、むらのない緩慢さで、それぞれの水溜まりが個性を失い、海と見分けがつかなくなる。こちらの水溜まりはそれで終わり *c'est fait*、他の水溜まりが順番を待っている。水溜まりの死がロルをおぞましい悲哀で満たし、彼女は待ち、海を予見し、海を見る。彼女は海をそれと知る。*elle attend, la prévoit, la voit. Elle la reconnaît.*」

『愛』や『ガンジスの女』(一九七三年)ではこの海が最初から最後までページを満たすことになる。同じS・タラを「旅人」と名づけられる男や、「狂人」と名づけられる男、ロルとおぼしき女がさまよい歩く。「川を過ぎると、そこはまたS・タラ *Après la rivière c'est encore S. Thala*」。それは「S・

タラの心臓の鼓動 *le battement cardiaque de S. Thala*」が聞こえる場所であり、「いつも海のひびきが間近に」感じられる場所である。同じように市営カジノのダンス・ホールを訪ねる亡霊のような人がいて、同じように浜辺で眠りに落ちる女がいる。同じような既視感が拡がり、彼らはそこに、そのS・タラの岸辺を歩いていながら、そこにはいないような様子をしている。

それは「S・タラの忘却」が打ち寄せる海である。小説のページの上で「書かれた海」が現実そのものの荒涼とした地肌を見せる。「ガンジスとS・タラの結ばれた」(『ガンジスの女』)、デュラスのアジア、「デュラジア」と称すべき虚実の皮膜が、その表皮の下にリアルなものをのぞかせる。プルーストが『スワン家の方へ』でマルタンヴィルの鐘塔について書いたことが思い出される――「やがて鐘塔の描く線や、夕陽に照らされたその表面は、まるで一種の皮のように引き裂け、それらのうちに隠れていたものが少しだけあらわれた。*Bientôt leurs lignes et leur surfaces ensoleillées, comme si elles avaient été une sorte d'écorce, se déchirèrent, un peu de ce qui m'était caché en elles m'apparut*」。デュラスは言う――

「[……]ここ、浜辺を散歩すると、ほとんどいつも、とても……そう……限りなく遠い昔のことを思ってしまう。[……]場所がそれを、記憶をかくまっているのだと思う。[……]あの狂人『愛』に登場する「狂人 *Fou*〈道化〉の意味もある)」」、あの男はね、空虚な穴がいっぱいあいているのよ。彼は無なのよ。だからいろんなものが彼を完全に通り抜ける。だからS・タラの物語も通り抜ける。ロル・V・シュタインの物語は、S・タラの物語。ただ一つの同じもの」(『マルグリット・デュラスの場所』)

5　書き始めた時と、書き終えた時

プルーストに話を戻すと、彼が毎年ノルマンディーのカブールで夏を過ごした一九〇七年から一四年までの七年間というのは、デュラスがトゥルヴィルの海を前に多くの季節を過ごした一九六三年から九六年までの三十三年間に勝るとも劣らぬ重要性を持つ、『失われた時を求めて』の成立にとって決定的な時期だった（比較的早い時期［一九七一年］にプルーストの作品の成立過程を追ったアンリ・ボネの伝記が『一九〇七年から一九一四年までのマルセル・プルースト』と題されていることを付記しておこう）。

一九一四年というのは前年の十一月に難産の末ようやく刊行された長篇第一篇の『スワン家の方へ』の評判がにわかに上がり、以前プルーストの原稿を拒否したガリマール社の原稿審査委員の一人であったアンドレ・ジードがお詫びの手紙をよこして、版元をグラセからガリマールに移すよう運動を始め、また第一次大戦が勃発するなどして、プルーストの身辺が慌しくなった年である。大戦のために第二篇『花咲く乙女たちのかげに』の刊行が六年ほど遅れて一九一九年までずれ込み、その結果、長篇は初期の構想よりいちじるしくふくれ上がることになる。ここにもプルーストの意図せざる作品制作の機微を見ることができる。彼は入念に構成を組み立てた上で、作品の生成を〝現在〟という時間に委ねたのである。

第二篇以後は絶えざる延期の上に成った、と言えるのだが、全体の大枠は一九一三年の第一篇刊行時には決まっていた。終わりの時期について言えば、一九〇九年には、彼はもう「とても長い本を書き始めた――書き終えた――ところです」と、書き始めると同時に書き終えたような奇怪なことを、カブールから出した八月十六日付のストロース夫人宛書簡で告げている。ベルナール・ド・ファロワが『サント・ブーヴに逆らって』の序で言ったように、『失われた時を求めて』の最後のページがプルーストの書いた最初のページだったのである。だから彼はカブールを毎年訪れた一九〇七年から一九一四年の間に『失われた時』を書いたと言っても、必ずしも誤りではない。

それ以後は加筆に継ぐ加筆が初稿の上に加えられたようなものだ。初稿とか加筆と言っても、プルーストの場合、その別があったわけではない。彼の作品はすべて加筆の産物だと言ってもよいのである。そしてこの加筆がプルーストにおける書いている〝現在〟という時間を作品に導くのだ。

実際に彼が長篇に「完」の字を置くのは、作家に献身的に尽くした家政婦のセレスト・アルバレの回想によれば、死の年の一九二二年春であるとされている(『ムッシュー・プルースト』)。彼はいたずらっぽい顔をして、「昨夜、僕は〈完〉の字を書いたんだ。もうこれで死んでもいいよ」とセレストに言った。しかしその後も、息を引き取る十一月まで加筆の手を休めず、六月二十五日になってもガストン・ガリマールに宛てて、「このタイプ原稿に加えた改修の仕事は、いたるところに施され、すべてを変えてしまうものなのですが、始まったばかりなのです」と書き送っている(亡くなる数日前のデュラスについて、「一日に一語でも書けていれば、彼女の生は続いていたと思います」とヤン・アンドレアは伝えている)。『囚われの女』『逃げ去る女』『見出された時』三篇は、死後出版を待ってはじめて〝完了〟の時を持つことができたのである。プルーストは言葉の真の意味における〝果てしない〟小説を書いたのかもしれないのだ。それとも、〝来たるべき書物〟、〝約束の書物〟しか書かなかったと言うべきか？

終わりがこんなふうにとりとめがないように、始まりもまた漠然としている。

一般に彼がこの大作に取りかかったのは一九〇八年の二月頃と推測されている。「かなり長い作品に取りかかりたい」と二月二日付のストロース夫人宛書簡にある。その年のカルネ（手帳）には、やがて『スワン家の方へ』になる幾つかの断章が書き始められていた。「『失われた時を求めて』の歴史にとって貴重なこのカルネが書き始められたのが［一九〇八年春の］パリであったとすれば」と伝記作者のディエバックは言っている、「このカルネに記されるノートの大部分をプルーストが記載するのは、カブールにおいてである」（『プルースト』）。先に見たように『楽しみと日々』にも（「海景」）、そして途中で放棄された三人称体の長篇小説『ジャン・サントゥイユ』にも、そして『失われた時』の直接の前身である批評的エッセイ『サント・ブーヴに逆らって』にはむろんのこと、彼の畢生の大作に直接繫がるような断章がいくつもあって、何月何日にこれを書き始めたと確定することは不可能だ。

6　移ろい、転移する日の光の断片

断章ということで言えば、プルーストが一九〇七年十一月十九日、フィガロ紙に発表した『自動車で行く道の印象』という作品は、『失われた時を求めて』の断章が新聞に発表されたもっとも早い時期のものである。

このことからプルーストはこの断章をもって『失われた時』を書き始めたと言うこともできよう。小説から抜き取って新聞に発表するという後年のスタイルではなく、新聞に発表したものを小説に挿入したわけだが、こうした抜粋とか挿入が可能であるということは、プルーストの七篇の小説が微細な断片の集成からなる精緻な構造物であることを窺わせる。

プルーストとデュラスを比較する場合にも、プルーストのあの息の長い、言葉がぎっしりつまった小説の世界と、デュラスの『愛人』や『愛』、遺作となった『これで、お終い』に顕著な、余白の多い、とぎれとぎれの小説の世界から、両者は隔絶した文体の持ち主と考えられがちだが、むしろ反対に、首尾一貫した物語に収斂することのない、断片の集成としての作品世界をつむぎ続けたという意味で、両者の共通性に着目すべきなのである。

『自動車で行く道の印象』はプルーストの第一回カブール滞在時（一九〇七年八月五日から九月二十日まで）に運転手付きの車で行ったノルマンディー紀行である。そのなかのカーン（ノルマンディー地方カルヴァドス県の都市）の鐘塔に関する記述が、後になって『スワン家の方へ』のマルタンヴィルの鐘塔に関するよく知られた一文に、修正を加えて挿入されたことで、この旅の記録はとりわけ注目に値する。

この断章はノルマンディーという土地の『失われた時を求めて』への最初の登場と見ることができるが、プルーストはカーンからマルタンヴィルへ場所を移しているのだから、鐘塔以外の背景となる要素――ここではノルマンディー――は、消去されていると考えるべきかもしれない。

同様のモデルの消去ということは、プルーストの作品の最大のモデルであるコンブレーのイリエについても指摘することができる。彼はイリエをモデルにして『スワン家の方へ』のコンブレーを書いたのだが、一九一四年に第一次大戦が始まると、コンブレーがドイツ軍の空襲を受ける状況を作品に取り込む必要から、この土地をパリの東北東約二百キロの位置にあるランスの近くに移動させてしまうのである。『見出された時』で「私」は昔の恋人のジルベルトからこんな手紙を受け取る――「メゼグリーズ［コンブレーの近郊］の戦闘は八か月以上も続き、ドイツ軍は六十万人以上の兵士を失いました。彼らはメゼグリーズを破壊したけれども、そこを占拠することはできませんでした」。

こうしたことはプルーストの小説で描かれる事象がいかにモデルに依拠するところが少ないかを証するものだ。だからと言って、イリエ、あるいはノルマンディーが彼の小説で占める重要性はいささかも減じるものではない。イリエ、あるいはノルマンディーは小説の核として残る。この矛盾したモデルとの関係はどのようにして生じたのか？

そのことを『自動車で行く道の印象』におけるカーンの鐘塔と、『スワン家の方へ』のマルタンヴィルの鐘塔の描写に即して見てみよう。

「午後もだいぶ晩くなってから……を発ったから、日暮れまでにリズィユーとルヴィエのほぼ中間にある両親の家に着きたいと思えば、一刻もぐずぐずしている暇はなかった」

と『自動車で……』は書き始められる。「両親の家」とあるが、マルセルの両親は、父は一九〇三年に、母は一九〇五年に亡くなっている。この文章は最愛の母の死後二年にして書かれた、作家としての誕生を告げる第一声であったのだ。

新聞に書いた体験記であるにもかかわらず、このようにプルーストはフィクションを加えている。リズィユーとかルヴィエといったノルマンディーの実在の地名を出しながら、出発の場所を「……」と伏せているのも、実在の地名と架空の地名をないまぜにする『失われた時を求めて』の虚実混入の方法に近いものがある。「……を発った」とあることによって、一文は神話的な雰囲気を帯びるのである。

書き出しの一節からして、プルーストが停滞する事象ではなく、迅速に変化する事象に関心を向けていることが如実に伝わって来る。プラントヴィーニュの回想録にもあるように、グランド・ホテルの部屋に籠もって、滞在中ほとんど浜辺に下りて行かず、長篇の大半をベッドに横たわって書いたと言われる、病身で〝不動の旅人〟プルーストの、作品における非常な速度と運動に着目したい。「右に左にと、私の前に、閉め切ったままの自動車の窓ガラスが、九月の美しい日 *la belle journée de septembre* を言わばガラス越しに見せてくれるのだった。そうした日の光はたとえ戸外であっても一種の透明なものを通してしか目に見えないものなのだ」

この日の光はノルマンディーの日の光であるのだが、「一種の透明なものを通してしか」、すなわち書くという一種の抽象作用を通してしか、目に見えるようにはならない。ノルマンディーの平野を車で行く車窓の「右に左に」見えるこの九月の日の光は、『花咲く乙女たちのかげに』で話者が初めて汽車でバルベックに向かうとき、車窓に見た同じノルマンディーの暁の光の次の名高い描写を思い起こさせずにおかない。

「けれども線路の方向が変わったので、汽車は弧を描き、朝の光景にとって代わって窓枠のなかには、とある夜の村があらわれたが、そこでは家々の屋根が月光に青く映え、共同洗濯場は夜の乳白色の真珠の帳におおわれ、空にはまだびっしりと星がちりばめられているのだった。そしてバラ色の空の帯 *bande de ciel rose* を見失ったのを私が悲しんでいたとき、ふたたびそれが、今度はすっかり赤くなって反対側の窓のなかに認められたが、それも線路の第二の曲がり角でまた窓から消えてしまった。だから私は、一方の窓から他方の窓へとたえずかけ寄りながら、真紅で移り気なわが美しき朝の空の間歇的で対立する断片 *les fragments intermittents et opposites de mon beau matin écarlate et versatile* を寄せ集め、描き直し、こうして全体の眺めと、連続した一枚の画布とを手に入れようとつとめるのであった」

マルセルがこれからバルベックで会うアルベルチーヌの印象が、夜明けの空に予兆か先触れのようにして描き込まれていることに注意したい。第I部の7「i赤」で見たように、プルーストはアルベルチーヌを一貫して「バラ色の人 *rose personne*」と描写するのだが、ここでは後にマルセルの心の全幅を捉えることになる恋人が朝の空のバラ色に化身して、暁の中を走る列車の窓にあらわれ、主人公を出迎えているかのようではないか。

『自動車で行く道の印象』も、やがて『失われた時を求めて』という「連続した一枚の画布」のなかに「寄せ集め」られるのを待っている、「真紅で移り気なわが美しき［午後の］空の間歇的で対立する断片」に他ならないのである。プルーストにあってはこうした「断片」に時間の粒子がつまっていて、それがバラ色の空になったり、バラ色の恋人の頬や唇になったりして、作品のあちこちに移ろい、転移してゆく。

「間歇的」と言うのは、断片と断片の間に隙間があって、忘却があるからである。プルーストではデュラスと同様、この隙間、この「間歇」において決定的なことが起こる。たとえば、プチット・マドレーヌによる想起などがそうである。アルベルチーヌに関しても話者は、彼女を連続した一つながりの物語のなかでは捉えず、あらわれたり消えたりする断続的なイメージ、間に忘却を置いた〝何人ものアルベルチーヌ〟として見る。車窓の右に左に見える朝の空と夜の空は話者の視界において連続していない。プルーストが「時間」と呼ぶのは、そうした間歇的にあらわれる「日の光 *jour*」のことだと考えられる。

『アンデスマス氏の午後』でデュラスがヴァレリーという娘によって体現されているのを見た、あの「日の光」である。プルーストもデュラスも見かけの文体の相違にもかかわらず〝断片〟の作家と称せられるのは、二人がともに記憶や視覚の間歇性ということを作品の生成の核にしているからである。

「やがて道が曲がった。そして道の右端に沿って続く土手が低くなると、カーンの平原があらわれた。街はなかった。街はしかし目の前にひらけた広がりのなかに含まれていたのだが、遠ざかって行く距離のために、見えもしなければ見当もつかなかった。頭を野原から高く出し、たんたんたる平野に迷いこんだように、空に向かってサン＝テチエンヌの二本の鐘塔がそびえていた。やがてそれが三つになるのを私たちは見た。サン＝ピエールの鐘塔が加わりに来たのだ」

ここで一番目につく箇所は「街はなかった」という表現である。街は「目の前にひらけた広がりのなかに含まれていたのだが、遠ざかって行く距離のために、見えもしなければ見当もつかなかった」とは、どういうことだろうか？　私がノルマンディー海岸からカーンまで、プルーストの紀行の跡を車で辿ってみたときにも、こんなふうにサン＝テチエンヌやサン＝ピエールの教会の鐘塔を、「街はなかった」という状態で見ることなどできはしなかった。しばらく車を走らせれば、鐘塔はたちまち建物の陰に隠れてしまう。むしろ鐘塔が街の「広がりのなかに含まれて」しまい、街しか見えなくなるのである。プルーストがここを訪れた百年前であっても、カーンの街が「見えもしなければ見当もつかな」くて、ただサン＝テチエンヌの二本の鐘塔だけが、平野の平らかな地平線から立ち上がっている、などということはありえなかっただろう。『花咲く乙女たちのかげに』のエルスチールの海の絵を語った部分にも、「町は見えずにただ教会だけが四方を水に囲まれて、［……］」とあることを想起したい。

プルーストは鐘塔だけを浮かび上がらせ、カーンの街を消し去る書き方をしている。サン＝テチエンヌの鐘塔がこの文章の核心をなしていて、この核心が迅速に移動しながら、それに付随する写実的な要素――この場合は、カーンの街――を、振るい落としてしまったかのようだ。

コンブレーがパリの西南西約百キロのシャルトル近くのイリエからパリの東北東約二百キロのランス近くに移動させられたときにも、同様の〝天と地の間に漂っているような〟身の軽さが感じられる。コンブレー伯爵について『スワン家の方へ』には、こう書かれている、――「彼らは町の所有者だが、自分の家は持たず、きっとおもての道の上に、天と地のあいだに住んでいるのだ *demeurant sans doute dehors, dans la rue, entre ciel et terre*――あたかも私がカミュの店に塩を買いにゆくときに顔を上げると、サン＝ティレールの後陣のステンドグラスに、その黒い漆の裏側だけを見せているあのジルベール・ド・ゲルマントの姿のように」。また『囚われの女』には、「シャルリュス氏はコンブレー伯爵であるゲルマント家の一員であり、コンブレーに住居こそ持たぬが、ステンドグラスのジルベール・ル・モーヴェのようにコンブレーの天と地のあいだに住んでいた *habitant Combray sans y avoir de logis, entre ciel et terre, comme Gilbert le Mauvais dans son vitrail* [……]」。そんなふうにコンブレーという土地も、教会のステンドグラスに描かれた図柄のように天と地のあいだに架けられていたのかもしれない。

だからこの鐘塔は、──写実の重さを持たないだけに──プルーストの他の作品、『失われた時を求めて』のなかに移動できたのであり、ノルマンディーのカーンからコンブレー近郊のマルタンヴィルに移ることができたのである。そしてこのコンブレー自体も、第一次大戦以後は、地図の上では東北東へ三百キロほどの距離を移動するのだ。

カーンの鐘塔は自動車の窓から眺められたものだったが、マルタンヴィルの鐘塔ではペルスピエ医師の馬車のなかから眺められたものに変わっているのに、その優美な姿に大した変更も要しなかったのは、この鐘塔がいかに絶対的な速度を帯びてプルーストの作品のなかを移動しているかを教えてくれる。

ここで次に『スワン家の方へ』に鐘塔の行方を追ってみよう。

「頭を野原から高く出し、たんたんたる平野に迷いこんだように、空に向かってマルタンヴィルの二つの鐘塔がそびえていた。やがてそれが三つになるのを私たちは見た。というのはマルタンヴィルの二つの鐘塔の正面に、大胆に身をひるがえしつつ、おくれてきた鐘塔、すなわちヴィユヴィックの鐘塔が飛び入りして、これに合流したからだ。時間が流れ、私たちは馬車をいそがせた。にもかかわらず三つの鐘塔は、［……］」

もしサン=テチエンヌの鐘塔がカーンの街を引き連れていたなら、こんなふうに「大胆に身をひるがえ」すことはできなかっただろう。

ところでプルーストは場所（カーンからマルタンヴィルへ）や乗り物（自動車から馬車へ）や作品（新聞記事から長編小説へ）を移行させただけではなかった。より示唆することの大きい変更をこの鐘塔の場面に加えていたのである。

7　美しい蝶への羽化を待つ男

マルタンヴィルを行く馬車を御していたのはペルスピエ医師の御者だったが、ノルマンディーの平野を疾走する自動車を運転していたのは、イタリア人の血を引くモナコ生まれの十九歳の若者、アルフレッド・アゴスティネリだった。

プルーストは彼を「わが運転手、知恵者のアゴスティネリ *l'ingénieux Agostinelli*」というふうに、ユリシーズ風の形容を振った本名でフィガロ紙の記事『自動車で行く道の印象』に登場させている。当然、ラシーヌの『アンドロマック』にある「知恵者のユリシーズ *l'ingénieux Ulysse*」が思い起こされているのだろう。作家がこの運転手を中世の教会の焼絵ガラスに描かれた人物かなんぞのように描写する筆に注目しよう。彼もまた「天と地のあいだに住んでいる」一族としてプルーストに描かれる運命だった。自動車がノルマンディーの野を疾走するように、他の作品の、他の場所へ拉致されるべく定められていたのだ。「……」を発った「私たち」は、いずくとも知れぬ地へ運ばれて行くようだ。アゴスティネリはスピードの化身さながらだ。彼は「スピードの巡礼者か、修道女」に喩えられるのである――

「[……]わが運転手はゴム引きのたっぷりした袖なしのマントを着て、フードのようなものをかぶっていたが、この被り物が若さの絶頂にある髭のない顔を締めつけているせいで、私たちがますますスピードを上げて夜のなかに突っ込んでゆくと、彼はスピードの巡礼者か、修道女のような者に見えた。ときどき――いっそう非物質的な楽器を即興的に演奏する聖女セシルとなって――彼は鍵盤にさわったり、自動車のなかに隠されたあのパイプオルガンの音栓の一つを引っ張ったりしたが、その音楽はほとんど聞こえず、とは言っても音楽が続いていることが分かるのは、オルガンの弁装置を変えるときだけ、つまりギヤを変えるときだけなのだ。言わば抽象的な音楽で、象徴と数だけからなっており、天体が天空を巡るときに立てるというあの調和の音楽を思わせる」

アゴスティネリを描写するこの一節は紀行文のなかでも独立した断章のようになっていて、この断章のなかに彼の肖像が教会の聖人の像のように聖別されて描かれている。

教会の聖人のように、とは、プルースト的に解釈すれば、恋人のように、と言い換えてもよい。彼が作品のタイトルにも考えた「絶えざる讃美 *adoration perpétuelle*」がここに始まったと考えることができる。

「知恵者のアゴスティネリ」と言うのは、リズィユーでラスキンが語る大聖堂の葉模様の彫刻を見たいと思ったのに、暗くて見えなかったとき、この運転手が機転を利かせて車のライトで石柱を照らしてくれたことから、作者がアゴスティネリに呈した賛辞である。ペシュナールはこの場面に言及しながら、「おそらくこんなふうにして『囚われの女』の物語は始まったのだ、——ちょうど自動車のライトに照らされたゴシック様式の正面玄関を見ているときに、影のなか、フロントガラスの背後に、若い男の輝く瞳を認めて、それと知ることなく、奇妙な情熱が芽生えたのと同様に」と書いている（『カブールのプルースト』）。

アゴスティネリはこの断章の焼絵ガラスに嵌め込まれたまま『スワン家の方へ』のマルタンヴィルの鐘塔の場面に移されたかのようである。なるほどあそこではノルマンディーもアゴスティネリも消去されているが、それだけにいっそう強固な核として、カーンの鐘塔とともにあるアゴスティネリの肖像は、マルタンヴィルの鐘塔の場面の全景にノルマンディーの日の光のようにちりばめられたのだ。

前にデュラスの海における現実的なもののあらわれを述べたときに『スワン家の方へ』のこの場面から引いた、「鐘塔の描く線や、夕陽に照らされたその表面」が「まるで一種の皮のように引き裂け、それらのうちに隠れていたものが少しだけあらわれた」と言うのは、ここに透明な海の光のように感じ取られるアゴスティネリのことだったのだろうか？　それともここでは逃れ去る鐘塔そのものがアゴスティネリの記憶と化しているのか？　「ときどき道の曲がり角で鐘塔の姿は隠れてしまうが、ついで最後にいま一度あらわれ、それからとうとう二度とその姿は見えなくなってしまった」——ここには「逃げ去るアルベルチーヌ」がすでにその影を曳いているようだ。

そのようにしてスワン家の方の散歩道がノルマンディーの海の光に浸されているような印象が生まれる。サンザシの生垣やジルベルトが登場する前に「まだ何も見えないうちに「海だ！」」と叫ぶ旅行者が現われ、一瞬、エルスチールの描くカルクチュイの海景が一閃するようだったパッセージを思い起こしていただきたい。あるいは『ロル・V・シュタインの歓喜』で、ロルの視線から見返されるとき、あの作品の全体がS・タラの海の光に浸されるようであったことを。

このアゴスティネリが後にアルベルチーヌになって『囚われの女』や『逃げ去る女』に登場することを考えると、ディエバックがその『プルースト』で言うように、彼がマントを着た「聖女セシル」や「修道女」に喩えられて、「女性に変容」させられていることも見逃せない。アゴスティネリはこの頃すでに、美しい蝶への羽化を待つ蛹のようにアルベルチーヌへの変容の過程にあったのかもしれない。

小説のヒロインになるべく身づくろいを始めたのかもしれない。

この時期に「彼がこの若い運転手に恋をしていたとはちょっと考えられないが」(ディエバック)、ここには作家と若者の間に「七年か八年後に」起こることが、予兆のようにして端々に息づいている。と言うのもプルーストは「知恵者のアゴスティネリ」のポートレイトを締め括るために、こんな予言的な言辞を置いているからである。

「願わくは、私を運んでいる若い運転手のハンドルが、彼の才能の象徴となり、その刑罰の予兆となる不幸のなからんことを！　私たちはある村で車を停めなければならず、[……]」

プルーストはすでに予言か予兆の空間を手探りし始めているようだ。

アゴスティネリはプルーストのこの文章が載ったフィガロ紙を読んで絶賛の手紙をよこし、プルーストはその手紙を「自分の受け取ったもののうちでもっとも美しい手紙」と評したという。後に見るように、彼はそれらの手紙の一通を『逃げ去る女』に引用してノルマンディーの恋の形見とするだろう。「彼はまったくしがない〝身分〟の出で、まるで教養のない男でしたが、それでも私は彼から大作家なみの手紙を何通かもらっています」と一九一四年六月十日付のジード宛書簡にはある。しかし私はまた先走りすぎた。ノルマンディーの自動車旅行の後、二人の関係はそのまま途絶え、『スワン家の方へ』の刊行を半年後に控えた一九一三年五月に、職を失ったアゴスティネリがパリのオスマン通りのプルーストのアパルトマンを訪ね、運転手として使ってもらいたいと申し出る時まで、彼のことはおよそ六年の間プルーストの意識から消えるのである。プルーストは当時オディロン・アルバレ（セレストの夫）を運転手に雇っていたので、アゴスティネリを秘書として雇い、進行中の作品のタイプ原稿を作成する仕事に就かせる。

そのようにしてオスマン通り一〇二番地のアパルトマンに、元運転手が内妻のアンナと一緒に移り住むことになったのだ。

六年前には何でもなかった二人の間に、なぜ恋が生まれたかは謎に包まれている。

二人はどのようにして〝再会〟したのだろうか？　エルスチールのアトリエでマルセルがアルベルチーヌに〝再会〟したとき言われているように、プルーストは若いアゴスティネリの変貌に驚くばかりで、そこには言葉の一般の意味での〝再会〟はなかったと言うべきだろうか？

この再会にはプルースト的な忘却の時間が介在している。『花咲く乙女たちのかげに』の祖母の何気ない仕種が『ゲルマントの方』ではずっと忘れられていて、『ソドムとゴモラ』の二度目のバルベック滞在の際に〝間歇的に〟思い出されるような、時間の断層に似た忘却の時期があったのだ。それがプルーストの愛の「暗室」だったのだ。かくも長い時間をかけてアゴスティネリを撮った写真は暗室のなかでプリントされ、鮮明な像をあらわしたのか？

それともアゴスティネリの背後にノルマンディーの海を見出して、マルセルがバルベックの海の遺いのようなアルベルチーヌを再び愛し始める、そうした愛の再生があったのだろうか？「［……］アルベルチーヌは、私にとってとりわけなつかしい一連の海の光景の印象 *toutes les impressions d'une série maritime* を、彼女のまわりにことごとく巻きつけていた。私にはこの少女の両の頰の上でなら、バルベックの海岸全体に接吻できたろうとさえ思われた」（『ゲルマントの方』）。そんなふうにアゴスティネリは海の匂いを体に巻きつけてプルーストの前に現われたのだろうか？「アルベルチーヌがパリに来ていて私の家に立ち寄ったということを聞いただけで、彼女の姿がまるで海辺に咲く薔薇の花のように *comme une rose au bord de la mer* 目に浮かんでくる。そのとき私をとらえたものはバルベックへの欲望か、それとも彼女に対する欲望だったのか、私には分からない」（同）。これはプルーストがアゴスティネリをパリのアパルトマンに迎えたときの感想をそのままマルセルに表白させたものだろう。デュラスもまた、ノルマンディー海岸で知り合ったヤン・アンドレアをパリのサン・ブノワ街のアパルトマンに迎えたとき、同様の感想を抱いたのだ。デュラスもプルーストのように、恋人をノルマンディーの海や光の化身として描くのである（『廊下に座る男』一九八〇年、参照）。

そんなふうにしてプルーストの小説には現実の直接の転写がある。この現実の転写にこそ彼の作品の真に不気味な味わいは存するのだ。

プルーストにおける現実の転写は、作者の書いている時間を虚構の時間のなかに差し込むことによって行われる。この書いている時間がプルーストの作品のリアリティを生み出す。アルベルチーヌは虚構の時間を体現し、アゴスティネリは現実の――書いている――時間を体現する、と言うべきか？　いや、むしろアルベルチーヌにおいて虚のアルベルチーヌと実のアゴスティネリが縫い合わされると見なすべきだろう。アルベルチーヌとは文字通り〝書かれたアゴスティネリ〟に他ならないのである、――デュラスにおいてヤン・アンドレアが彼女によって〝書かれた海〟の化身に他ならないように。

ペインターはプルーストがアゴスティネリを雇うことにしたのは、「宿命的な思いつきにとらえられた」からだと解釈している（『マルセル・プルースト――伝記』）。リズィユーの大聖堂の石柱を照らす車のライトの奥に輝いていた若い運転手の目のことを言っているのだろう。六年前のノルマンディーの自動車旅行の頃はプルーストに恋をする心が欠けていて、六年のあいだ本人も知らずに封印されていた恋心が、一種〝間歇的〟な仕方で〝思い出された〟のだ。『自動車で行く道の印象』に描かれた「知恵者のアゴスティネリ」の肖像には、作者にも意識されない恋が封入されていたのだろう。無意識の恋があの文章を書かせたのだ。それが今になって封が破れるように溢れ出したのだ。彼は自分の過去の文章に恋したのだ。あるいは、彼は自分の過去の文章によって自分の知らなかった恋を思い出したのだ。そう言えば、『失われた時を求めて』におけるマルセルのアルベルチーヌへの恋にも長い忘却の期間があって（『ゲルマントの方』）、彼はこの恋を〝間歇的に〟思い出すようであった……。

8　恐怖の昏睡《コマ》

デュラスがヤン・アンドレアと愛し合うにいたる経緯にも、それが決定的な局面にさしかかるたびごとに、同じような忘却の時が挿し込まれているように思われる。

『ヤン・アンドレア・シュタイナー』によれば、――そしてデュラス亡き後、『この愛こそ』によってヤンの側からこの経緯は語られるのだが――二人が初めて出会ったのは、カーンで開かれた『インディア・ソング』の上映会においてであった。ヤンはノルマンディーのカーン大学で哲学を専攻する大学院生だった。映画の後で座談会があり、みなでバーに飲みに行った。デュラスは書いている――「私はといえば、ウイスキーを飲んだことも、あなたのことも、まったく覚えていなかった。*Moi je n'avais aucun souvenir de ces whiskies,ni de vous*」（傍点引用者）。ヤンはデュラスを映画館のパーキングまで送ってゆく。そのときヤンは「恋人はいますか？」と尋ね、デュラスは「一人もいないわ、本当よ」と答える。「まったく覚えていない」ことをこんなふうに書くのは、〝忘れていることを書く〟――忘却の記憶 *mémoire de l'oubli*――の背理を表わしていよう。忘却ということは、忘却の擬態 *simulacre* としてしか認識されないものなのだ。

それから二人はデュラスの車の話をする。彼女は夜、一四〇キロで飛ばす。ルノー16って素晴らしいわ……。

プルーストとアゴスティネリの関係にも車が介在していたことを書き添えておこう。アゴスティネリは飛ばし屋だったらしく、『自動車で行く道の印象』では「スピードの巡礼者」と評されていた。彼は（当時まだめずらしかった）車の運転手だっただけではなく、飛行機のパイロットにもなろうとするだろう。プルースト自身も（運転はしなかったが）車が好きだったようである。アゴスティネリとプルーストの関係を一冊の本にした原田武によれば（『プルーストに愛された男』）、アゴスティネリは機械とスピードを愛し、自動車と飛行機に目がなかったし、匂いに敏感なプルーストも自動車の「ガソリンの匂いにだけは許容度が高かったよう」だ。

この最初の出会いの後——「最初の出会い」には次々と「後」が続くのだ——ヤンはデュラスに頻繁に手紙を出す。ときには毎日、ときには詩のような手紙を。まさに「恋は言葉」（本書「序」）を地でゆく関係である。「砂漠のような場所」から叫ばれた呼びかけの手紙。「これらの呼びかけは明瞭に美しかった *Ces appels étaient d'une évidente beauté*」とデュラスは評する。「あなたの手紙は美しい。私の人生で一番美しい手紙だ」とも。プルーストもまたアゴスティネリから受け取った手紙を絶賛したのだった。確かに人は言葉に恋することから始めるのだ。

デュラスは返事を書かない。そのようにして恋する時間を掌中におさめようとする。逃れてゆく恋の時間を前に、あたかも女見者 *voyante* が時間の糸車をまわすようにして時を過ごす。そして一か月ほどヤンの音信が途絶えるときが来る。そのときになって、ようやくデュラスが手紙を書く。「どうしてあなたが手紙をくれなくなったかを知りたいと思って」。

興味深いことは、彼女がこのヤンに出した手紙のことをやはり、全然知らなかった、と書いていることである。「しらを切る」という言い回しをその深刻な意味合いで使いたくなるような忘却振りではないか。実際、恋愛における決定的な出来事に関しては、知らないふり、、、をする以外に対応のしようがないのかもしれない。とりわけデュラスにとって重要なこと——恋することと書くこと——は、忘却と深い関係にあるようだ。「長い間、私はこの手紙についてほとんど何も知らなかった。その手紙を書いたのがあの夏だったということも、私の人生にあなたが出現して来たことも、確かではない」。その手紙を彼に送ったということが信じられるようになったのは、「二年前に、そういう種類の手紙を受け取ったと、あなたが私に言ったときでしかない」。幻の手紙と言うべきか。恋の手紙はいつでも幻の手紙の性格を帯びるものなのだろう。だれか他の人が書いたような、自分が自分ではない状態で恋の手紙は書かれるのだ。

恋愛という出来事が秩序立った年代記的な記述を不可能にすることを示すかのように、デュラスがヤンとの出会いを語る『ヤン・アンドレア・シュタイナー』の文章は時の迷宮のなかへ縺れ込んでゆく。

「この見出された手紙の後で」とデュラスは書く。またしても「後で」である。とはいえ「この見出された手紙」がいつ書かれたのか、そもそも書かれたかどうか、投函されたかどうかさえ不確かだと彼女の言う〝幻の手紙〟であるとすれば、その「後で」とは一体どんな時間帯に属するのだろう？　さまよえる時間のなかで、と言うべきだろうか？　そんな時間のなかで、「あなたは私に電話して来た」。

彼女に確信が持てることは、ローシュ・ノワールのアパルトマンでヤン・アンドレアからの電話が鳴ったことだけであるようだ。「あなたはここに、ローシュ・ノワールに電話して来た。私に会いに来るところだと私に言うために *pour me dire que vous alliez venir me voir*」。

デュラスは *vous alliez venir me voir* と書いている。「過去における近い未来」をあらわす半過去の *aller* が使われているが、*aller* の原義である「行く」の意も含まれているのだろう。「私に会いに来る」と「私に会いに行く」が交錯しているような一文である。それが近い未来のなかで起こる。まるでヤン・アンドレアは電話をかけているその間にも、ローシュ・ノワールのデュラスのところへ向かっているかのようだ。

ここにはデュラスがヤンと初めて出会ったのはいつか？　という問いが秘められている。本書の冒頭でプルーストのアルベルチーヌについて立てた問いに、こうして戻って来たのだ。

言うまでもなく、二人はカーンの『インディア・ソング』の上映会で会っている。しかしデュラスはそのことを「覚えていない」と言う。その後で、デュラスの書いた手紙の一件がある。二人は手紙のなかで会ったと考えるべきだろうか？　しかしその手紙を出したことも「確かではない」とある。このようにして、出会いの時がさまよい出す。あちこちと、先へ行ったり、遅れたりする。恋がもっとも心をときめかせる時である。

あるいは決定的な出会いは、ヤンがローシュ・ノワールのデュラスに「会いに来るところだ」と電話した時に求められるのか？　電話線を伝わる声と競い合うようにしてローシュ・ノワールのデュラスの許へ急ぐヤン・アンドレア……。この電話線のなかで最初の出会いは果たされたのか？

だから、「その後で」ローシュ・ノワールのバルコニーからヤンの来訪を待ち受けるデュラスの振舞いには、何か一つの決定的なことが終わってしまった後の印象が漂うのである（本書第II部の15

「そして、八〇年夏」)。このバルコニーの前にトゥルヴィルの海が拡がっていることを忘れないようにしよう。「それは七月の初旬、朝の十一時のことだった」とデュラスは書く。こんなふうに時刻まではっきり記された年代記的な記述は、この出会いが〃忘却〃に値するほど決定的なものではなかったことを証している。ここではまだ出会いは起こっていないのである。あるいは、出会いはすでに起こってしまったのである、――「あなたに会いに来る（行く）ところだと言う」ヤンの電話のなかで。ローシュ・ノワールのバルコニーに立ってヤンを待ち受けるデュラスは、第II部の「そして、八〇年夏」で見た通り、もう冷静な高みの見物のまなざしを取り戻している。

その証拠に、デュラスはこのバルコニーからの観察と、ヤンが彼女の部屋のドアをノックするまでの間に、年代記的な記述を混乱させるようにして、〃いつ〃と確定することのできない不思議な空白のなかに落ち込んだ昏睡の体験を差し挟むのである。

この昏睡をデュラスは「恐怖の昏睡《コマ》」と言う。ここにはアルコール中毒で死地をさまよった体験が反映しているのだろうか？　しかし彼女がアルコール中毒で入院するのは一九八二年と、一九八八―八九年のことである。『ヤン・アンドレア・シュタイナー』は一九九二年刊。書物の刊年からすれば、アルコール中毒で入院したことは過去の出来事に属するが、八〇年夏の最初の出会いからすれば、それはまだ起こっていないことに属する。八二年のヌイイーのアメリカン病院における「手荒な断酒」による治療。これは献身的に看護したヤン・アンドレアの『M・D』に詳述されている。ついで八八年十月から翌年の六月まで続いた薬物による人為的な「昏睡《コマ》」。ロール・アドレールの評伝『マルグリット・デュラス』によれば、その間、彼女はさながらに「眠れる森の美女」だった……。

デュラスの時間軸はどこに置かれているのだろう？　ヤンに初めて会った時か？　そのことを書いて本にした時か？　体験の上にか？　言葉の上にか？　先の電話に関しても、「私に会いに来るところだと私に言うために」とあった。「会いに来る」ことと「言う」ことと、どちらにウエイトが置かれているのだろう？　『ヤン・アンドレア・シュタイナー』にはこうある――「人が物語を知るのは、それが書かれてからのことにすぎない *On ne connaît jamais l'histoire avant qu'elle soit écrite*」。

八〇年夏のヤン・アンドレアとの出会いの時間のなかに、「恐怖の昏睡」の時間が混入して来る……。彼女は病院で寝ている。白衣を着た医師たち、微笑を浮かべた人たちを彼女は眺める。その人たちの顔を識別できない。それが壁とか医療器具のかたちではなく、人間のかたちをしていることは分かる。「それから私は再び目を閉じた。それからまた目を開いた、彼らをもう一度見るために、話に聞くところでは、面白がっているようなほほえみを目に浮かべて」。

なぜヤンとの出会いの時間のなかに、こうしたいつのこととも知れない昏睡の時間をデュラスは挿入したのだろう？　この「昏睡」は「忘却」ということのアレゴリーなのだろう。この昏睡、あるいは忘却のなかで、愛が結晶したのだ。ここにもまた「黒い部屋」、あの愛の「暗室 *chambre noire*」がある。デュラスにとって恋は、忘却や眠りのフィルターを通して垣間見られるものなのだ。プルーストにとって真の過去が、間歇的な（つまり忘却を介在させた）記憶を通して垣間見られるものであったように。

「魂を奪われた状態」――『ロル・V・シュタインの歓喜』におけるロルの *ravissement*（歓喜／喪心）が、ヤンとの最初の出会いを迎えるデュラスを見舞ったのだ。恋する女たちの夢遊病的な振舞い、催眠術にかけられたような……。ここにデュラスの描く多くの眠る女たちの原型が認められる。しかし、デュラスにおいて特徴的なことは、こうして魂を奪われた女がもっとも強度な女になるということだ。デュラスにおいては恋する女がもっとも強いのである。

バルトの『恋愛のディスクール・断章』の、その名も「*Ravissement*」と題された断章にこうある、——「あの人のイメージ *l'image de l'autre* が初めて私を捕えに *ravir* やって来た瞬間、私はかのイエズス会士アタナシウス・キルヒャーの《不思議なめんどり》に他ならない」。このめんどりは両脚を縛られ、嘴のすぐ先に白墨で引かれた線に目を据えたまま、催眠状態に陥っていた。両脚を解かれた後も、めんどりは魅惑されたように動かない。「彼女」をこの放心状態から目ざめさせるには、「羽根のところをちょっと叩いてやるだけでよかった」。このめんどりは恋に落ちたバルト自身の姿だが、戯画化のタッチを免れていない。おそらくデュラスが『恋愛のディスクール・断章』を読めないと言ったのは（『物質的生活』）、犀利な批評家であるバルトが振るう恋愛分析のメスに覗く、こうした戯画化のタッチを受け入れることができなかったからだろう。デュラスにとって恋する女の催眠状態は「さわることのできない」性質のものなのだ。

ローシュ・ノワールのデュラスのアパルトマンをヤンがノックするのは、この昏睡からさめた後のことである。ここには少し辻褄の合わないところがある。バルコニーからヤンの来訪を見守っていた彼女は、彼が視界から姿を消すと、自分の部屋に戻って彼のノックを待ったのだろうか？　そしてあの「暗室」に入ったのか（第II部の3「立入禁止の暗室のなかで」参照）？　そこで眠りの擬態を身にまとったのか？

大事なことは、恋愛における *ravissement*、その放心状態、その「眠り」は、擬態と区別がつかない、ということである。というのも、その眠りが〝本当の〟眠りであるとすれば、それは認識することのできないものであるからだ。このことは恋が演技ということと切り離せない関係にあることを証明している。恋愛はどんなに深刻な命がけのものであっても、その語の深い意味における遊戯 *jeu* に係わるものなのだ。

まるで彼女はヤンのノックによって昏睡から目ざめたかのようである。ヤンが眠っている彼女――眠るアルベルチーヌ――の部屋のドアをノックしたかのようである。「ノックはとても、とても微かなものだった。あなたのまわりの人がすべて眠っているかのように。このホテルのなかでも、街のなかでも、浜辺でも、海でも、海辺の夏の朝のすべてのホテルの部屋でも」。マルグリットを目ざめさせるものか、その眠りを守るものか、どちらとも言えない微かなノック。あるいはヤンのノックが彼女に催眠術をかけたのか？　彼女は昏睡のなかで目を見ひらき、来訪者の姿を見たかのようだ。つまり、この昏睡――あるいは忘却――のなかに、もっとも大切な出会いの秘密、恋の擬態のすべてがしまわれているということだろう。「沈黙があった。／それからドアがノックされた。それからあなたの声――僕だ、ヤンです」。それから……、それから……、デュラスは自分に物語っているのである。それから彼はどうしただろう？　それから私は……。こんなふうに過去の糸を解きほぐして思い起こす時間が恋する時間というものなのだ。

彼女はすぐに返事をしない。彼女は待ち、待たせる。音も立てずに、息を殺して。彼女はそれまで過ごして来た十年間の「厳しい孤独」（本にそう書いてある）のことを考える。それが今まさに破られようとしているのだ。だからこれは〝初夜〟と言うべき体験だろう。ヤンのおとずれを前にしたデュラスは『愛人』の少女より純潔な感じである。

待機の時の後で、ドアを開ける。最初の出会い。そしてドアが閉められる。「あなたの上に、そして私の上に。新しい体、背の高い、痩せた体の上に」。ヤン・アンドレアはそのようにしてデュラスの「囚われの男」になったのである、――アゴスティネリがプルーストの「囚われの男」になったように。そこにノルマンディーの海が捕えられたように。

プルーストがアゴスティネリをパリのアパルトマンに住まわせた頃の話に戻ろう。一九一三年五月頃のことである。

その頃からプルーストの身辺の世話を始めたセレスト・アルバレの回想に、「〝囚われの女〟アルベルチーヌのように、彼が愛する〝囚われの男〟アゴスティネリを身辺にとどめておきたがったとの説は、滑稽である。その意味では、オディロンも彼と同様であり――それに私だって！　M・プルーストに仕えていた人は誰でも、ある意味で彼の囚われ人だったのである」（『ムッシュー・プルースト』）とある。彼はこのノルマンディーの思い出をとどめる恋人を『囚われの女』のアルベルチーヌのように、慧眼のセレストの目にも触れさせないようにしたのだろうか？　しばしばオスマン通りのプルーストを訪ねたプラントヴィーニュも、「囚われの男」にせよ「囚われの女」にせよ、そんな者の痕跡はプルーストの住まいのどこにもなかった、と言っている（『マルセル・プルーストとともに』）。

プルースト自身この「囚われの男」の痕跡を作品から消そうとした意図が見える。当然のことながら、作者のこうした言明は二重の意味に取らねばならず、一種のカモフラージュ、あるいは韜晦があるかもしれない。アンリ・ボネは『マルセル・プルーストの愛とセクシャリティー』で、アルベルチーヌが「男性」であることを隠そうとするプルーストの「カモフラージュ」を指摘し、アルベルチーヌが女であると読者に思わせようとする作者の「策略」は「ほとんどマキャベリ的である」とまで断じている。同じボネが編んだ『ゲルマント大公夫人のマティネ』の「『見出された時』のノート」には、こうある――「*Capitalissime* アルベルチーヌその他が私のためにポーズを取ったというとき、私が覚えていない他の人々もそうしたのだ。一冊の書物は巨大な墳墓で、ほとんどの墓石の上にある名前は消えていて読むことができない。ときに、それとは反対に、名前が思い浮かぶことがあるが、女のことは思い出すことができない、たとえ彼女の何かがこれらのページのなかに生き延びているとしても。あの魅惑のまなざしをして、やさしい言葉をかけてきた娘、彼女はここにいるのだろうか？　それに、どんな箇所に？　私にはもう分からない」。こんなふうに作者によって消去されたモデルはどんなにあることだろう。コンブレーが、ノルマンディーが、そしてアゴスティネリが、このようにしてプルーストの「一冊の書物」という「巨大な墳墓」に葬られたのだ。

デュラスも彼女の「モデル」を消去する発言を繰り返したことをつけ加えておこう。『これで、お終い』の「私は一度もモデルを持ったことはない」を始めとして、「ヤン、あなたは自分のことをデュラスのペンダントみたいだと思わない？」とか「あなたは何でもない。無だ。二重のゼロだ。*Vous êtes nul. Rien. Un double zéro.*」など、――むろん愛の睦言として聞き流すべきものだが――ヤン・アンドレアを無に帰するような言辞は、枚挙にいとまがない。

9　小説がモデルと競合し始める

モデルということで言えば、スワン夫人オデットのモデルにされたことに腹を立てたロール・エマーンに、プルーストが反論した一通の書簡が残されている。ロラン・バルトが『パリのマルセル・プルースト』で絶賛した一九二二年五月十八日付の手紙である。そのなかでプルーストは、シャルリュス男爵に身体的特徴を提供したと言われるドアザン男爵をモデルに十行ほどの文章を書いたからと言って、数巻にわたって登場する一人の人物（シャルリュス男爵のこと）がドアザン男爵であるなどとは言えない、と書いている。そんなふうに、作家は書物のなかに「ある一人の人物を入り込ませる」のだと思い込む社交界の人々の「愚かしさ」ということを、プルーストは語るのである。

しかし、作品と実生活を切り離すプルーストの弁解を真に受ける必要はないだろう。ここには作家が自分の作品をモデルから自立させようとする擁護の身振りが感じられる。こうした作家の側の自己弁護は逆にモデルの存在を裏づける結果になるのではないか？　ロール・エマーンの憤激の手紙と、それに反駁するプルーストの手紙は、結果としてロール・エマーンがオデットのモデルであることを後世の人々に決定的に印象づけてしまったのである。老獪なプルーストは、そんなことを百も承知でモデルの存在を打ち消す文章を残したのだ。

自分も「囚われの女」のモデルの一人である、と言うセレストの冗談めかした言い分には真実がある。セレストに対するプルーストの暴君ぶりは、確かに『囚われの女』で神経質なネロに比せられるマルセルを思わせるものがあるからだ。嫉妬深いマルセルの監視の下に置かれたアルベルチーヌが「美しい牢獄なんてない」と嘆くように、アゴスティネリもオスマン通りのアパルトマンでひそかに幽閉の身をかこっていたのかもしれない。

プルーストがアゴスティネリの存在を人の目に秘めていたことは、当時の何通かの書簡によっても知られる――

「[……]私がアゴスティネリを秘書として雇っていることは誰にもおっしゃらないようにして下されば、ありがたいのです。要するに、あの男のことは誰にもおっしゃらないよう、お願いいたします」(一九一三年八月四日付、シャルル・ダルトン宛)

「私の秘書(元運転手)のことは、人に話さないようにしてほしい。人間なんて馬鹿なものだから(我々の友情がそう思い込まれたように)、同性愛ではないか *quelque chose de pédérastique* などと思われかねない。私自身は気にとめないが、あの青年に迷惑をかけては申し訳ない」(同八月十一日付、アルベール・ナミアス[息子]宛)

このように否定することは、その事実があったことを知らせるようなものであることを、プルーストが知らなかったはずがない。おそらく恋する人の常として、彼はアゴスティネリのことを――打ち消すかたちではあっても――人に語らずにいられなかったのだろう。

そして二人は七月二十六日、突然思い立ったようにしてカブールに発つ。カブール発のレナルド・アーン宛の手紙によれば、「一時間前にはそんなことを考えてもいなかった」のだ。

「自動車が道に迷うやら、なにやらで、おそろしく大荒れの旅をして、朝の五時にこのホテル[グランド・ホテル」に着いて、いま君に手紙を書いている。ここにやって来るのは六度目だが、元気でやっている。／たくさんの愛情を送る、僕のグンシュト〔レナルドの愛称〕。手紙はたまにしか書けない。グラセ〔『スワン家の方へ』の最初の版元〕が校正刷りを戻すように言っているからなのだが、まだ手をつけてないのだ！」

プルーストは『スワン家の方へ』の校正刷りを持ってカブールに発ったのである。彼が片時も手放さない、「ベージュの布張りの、鉄のように固い厚紙で出来た、とても頑丈な、とても古びて、とても擦り切れた大きいスーツケース」（ペシュナール）のなかには、カルネや原稿や校正刷りがぎっしり詰まっていたのだ。それは生成過程にある小説の断章群と言うべきものだろうか？　それともそのスーツケースのなかには、現実以上に現実的な何ものかが秘められていたのだろうか？　校正刷りにはアゴスティネリとのノルマンディーの恋を書いたカーンの鐘塔がマルタンヴィルの鐘塔に移し替えられて書き込まれているのだし、アゴスティネリは第一篇に続く『花咲く乙女たちのかげに』や『ソドムとゴモラ』の草稿をタイプで打った（か、あるいは読んだ）ことがあるのかもしれないのだから、彼にはプルーストの作品に取り込まれてゆく自覚があっただろう。彼はオスマン通りのアパルトマンの「囚われの男」である以上に、プルーストの作品の「囚われの男」になりつつあったのである、――ノルマンディー海岸でヤン・アンドレアがマルグリット・デュラスの小説の「囚われの男」になったように。

大切なことは、ここで小説の進行と作者の実生活の進行が一種の競合状態に入ったことである。プルーストは一方では小説第一篇の校正刷りを抱えている。まだこれに「手をつけてない」のは、恋に忙しいからだ。あるいはこの恋のことを書くのに忙しいからだ。あるいはこの恋のことを校正刷りに加筆する必要があったからだ。おそらくは『スワンの恋』(『スワン家の方へ』第二部)の校正刷りに……。プルーストの名うてのあの〝加筆〟とは、こんなふうに現実の恋が紙の上の恋に加えるものであったことを忘れてはならない。

一九二一年、亡くなる一年前の大晦日の深夜、ボーモン伯爵の舞踏会に姿を見せたプルーストが公爵たちにしか話しかけないのを見て、ピカソは傍らのジャン・ユゴーにこうささやいたという、――「見てご覧、彼はモティフにとりかかっているんだよ」。いや、彼は公爵のエチュードにばかり専念したわけではあるまい。アゴスティネリというモティフにとりかかるプルーストがいたのである。

一方では、ここにはモデルになる人物――ピカソの言うモティフ――の介入がある。作者とモデルが手を携えて小説という人生で織る織物を織り始めたかのようだ。

他方では二巻以降の小説が書き進められている。そこにアゴスティネリとのことが同時進行し始めたのである。そのようにして研究者によって〝アルベルチーヌのロマン〟と名づけられる、当初は予定されていなかったパートが、作者自身によってもコントロールできないかたちで、彼の進行中の小説に介入して来たのだ。

当時(一九一三年)の構想では『失われた時を求めて』は三部構成で、第一篇『スワン家の方へ』、第二篇『ゲルマントの方』、第三篇『見出された時』というものだった。「この三部構成は」とジャン＝イヴ・タディエはガリマール刊の評伝シリーズの一冊『マルセル・プルースト』のなかで言っている、「タイトルにも明らかなように論理的なものだが、二つの大きな挿話が導入されることによって一変することになる——アルベルチーヌの物語と一九一四—一八年の戦争によって、である」。タディエによれば、アルベルチーヌの名前が作品に登場するのは一九一三年の五月頃とされる。「生と作品が並行して進行していったのだが、プルーストがアルフレッド・アゴスティネリを秘書として住まわせた一九一三年五月のとある一日以降、突如として、この生と作品が直角に交叉する。生が作品を横切ってゆく。［……］」

六度目のカブール滞在は〝大荒れ〟の模様で、短時日で切り上げられる。わずか十二日でプルーストは急遽パリに帰る。夏の盛りにパリに戻ったことについては、アゴスティネリがノルマンディー海岸で女を追い回すことを止めず、彼をアルベルチーヌのようにパリのアパルトマンに「囚われの人」にする必要があったからだとミシェル・エルマンは推測している（『評伝マルセル・プルースト』）。

とすれば、『ソドムとゴモラ』のラストで、アルベルチーヌが話者にとってもっとも恐るべきゴモラの女、ヴァントゥイユの娘とつきあいがあったことを知り、グランド・ホテルの一室で眠られぬままバルベック海岸に昇る荒涼とした夜明けの太陽を見ながら、どうしてもアルベルチーヌをパリに連れ帰り、結婚しなければならないと決意する件りは、この時の二人の慌しいパリ帰還を小説世界に移し替えたものだという解釈が成り立つ。以下に引く夜明けの悲しみの太陽をめぐる記述については、一九一三年六月十八日付のマックス・デロー宛の書簡に、日の出の太陽を「卵」に喩えるときに使う専門用語について尋ねている部分があり、プルーストがこの頃すでに『ソドムとゴモラ』の訂正（「*correction de mon livre*［私の本の訂正］」と彼は書いている）に取りかかっていたことを証するものだ。おそらくプルーストは体験を小説に書いたのではないだろう。むしろ逆だろう。デュラスの『愛人』にも、「私は経験に先立って知ったje l'ai su avant l'experiment」という重要な言葉が書きつけてある。言葉——書かれたこと——が現実——体験——を導く、奇妙な時間錯誤の光景が作家の前に拡がってゆく。

言うまでもなくこの朝の海は、『花咲く乙女たちのかげに』の話者がバルベックのグランド・ホテルに祖母と一緒に初めて到着した日の翌朝、ボードレールの「海に輝く太陽」を海上に見出して感嘆したあの天国的な歓喜の歌と対応する、ゴモラという「未知の土地 *terra incognita*」に放り出された者の悲痛な嘆きに満ちているのだ——

「[……]私はすすり泣きをこらえることができなかった。そのときである、ミサでパンと葡萄酒を奉献するごく機械的な動作のように、だが私にはこれから一生のあいだ毎朝きまってすべての喜びを犠牲にして行なわなければならない血まみれの供犠を象徴する動作に見えたのだが——これは夜明けとともにかならず荘重にくり返される私の日々の悲しみであり、私の傷の流す血なのであった——金色をした太陽の卵が、まるで凝固する瞬間の濃度の変化で平衡が破れて押し出されたように、絵に描かれたようなぎざぎざの焰をまわりにつけたまま、一気に幕を突き破ってあらわれた。[……]」(『ソドムとゴモラ』)

ここに犠牲に供されているのは、ノルマンディーの夜明けの太陽だろうか? マルセルのアルベルチーヌへの恋だろうか? いや、むしろアゴスティネリが供犠にされたのではないだろうか? プルーストの恋愛観のなかには、愛の対象を聖化する者はその対象を犠牲に供するものだという理念があった。「〈時〉の女神」アルベルチーヌを失ったマルセルは、「祖母の死とアルベルチーヌの死を結びつけてみると、このころの私の生活は、この二つの殺人によって穢されている *ma vie était souillée d'un double assassinat* ように見えた」(『逃げ去る女』)と考えるのである。

パリへ帰還した後、『スワン家の方へ』の出版の直後、十二月初め、アゴスティネリは『囚われの女』末尾でアルベルチーヌがマルセルの眠っている間に失踪するように、この愛する獄吏の前から姿を消す。

アゴスティネリは南仏アンチーブのパイロット養成学校に入り、マルセル・スワンと名乗っていた。プルーストの洗礼名と彼の本の登場人物の名前を結び合わせたこの名前は、彼がプルーストの小説の囚われの人であることをいかんなく示す変名だ。彼はもはやプルーストによって「書かれる男」である運命から逃れられないと知ったのだ。プルーストは——『逃げ去る女』にやがて書くように——秘書のナミアスを使って彼を呼び戻すべく工作するが空しく、翌一九一四年の五月三十日、飛行訓練中に、この「恋の虜囚」はアンチーブ沖で墜落、帰らぬ人となった。

七年前に、ノルマンディーの恋の道行とも言うべき『自動車で行く道の印象』のなかに、カーンの鐘塔とともに「知恵者のアゴスティネリ」の肖像を教会の焼絵ガラスの聖人像のように定着したプルーストは、そのときこんな予言的な言葉を書きつけたことを思い出さなかっただろうか?——「願わくは、私を運んでいる若い運転手のハンドルが、彼の才能の象徴となり、その刑罰の予兆となる不幸のなからんことを!」

プルーストにおいて時間の糸が先へ行き、後へ行きして縺れた様相を呈し始める。アゴスティネリが地中海の海の藻屑と消えた同じ日、プルーストがそれとは知らずこの死にゆく者に出した手紙は、

「沢山のお手紙ありがとう（そのなかの文章――たそがれの、など*crépusculaire etc.*――は、素晴らしかった）」と書き出されている。「素晴らしかった」と評したアゴスティネリの手紙を、彼は『逃げ去る女』でアルベルチーヌが「私」に書く別れの手紙に使うのである――「［……］だって、二重の意味でたそがれの*deux fois crépusculaire*散歩だったのですもの（日が暮れかけていましたし、わたしたちは別れようとしていたからです）」。

この言葉が結果として死別を意味してしまったことを知ると、プルーストならずとも二人の上に降りて来た「たそがれ」に慄然としないではいられなかっただろう。

10　ヴェネツィアに死す

ノルマンディーのカブールで出会ったアゴスティネリは彼の生まれ故郷、南仏モナコに近い地中海のアンチーブ沖で命を絶ったのだった。

一九一三年、第一篇『スワン家の方へ』の刊行と前後して、アゴスティネリが秘書として作家のアパルトマンに住み込むようになった頃から、プルーストはこのカブールの男をモデルとしたアルベルチーヌを『失われた時を求めて』に導き入れるようになる。『囚われの女』と『逃げ去る女』の二篇は、アゴスティネリの出現とその失踪、そして死を俟って、今日見るような「アルベルチーヌのロマン」に結実していったのだ。

アルベルチーヌにおけるアゴスティネリのもっとも特徴的な刻印は、彼女がゴモラの女であることだろう。アルベルチーヌは女性でありながらアゴスティネリをモデルに持つことによって女を愛する性向を賦与された。その意味でアルベルチーヌは——作者プルーストがしばしばそう見られたように——男と女の性格を併せ持つ両性具有的な嗜好の持主だった。

このことと関連するが、アルベルチーヌにおけるアゴスティネリの祖型は、彼女がノルマンディー海岸バルベック（カブール）から遣わされた海の化身として話者の前に現われるところにも認められる。アルベルチーヌもアゴスティネリも、海から現われ、海に姿を消したのだ。

アルベルチーヌがマルセルのアパルトマンから失踪し（『囚われの女』末尾）、マルセルが彼女の行方を追って、彼女を取り戻すべく奔走する経緯（『逃げ去る女』）は、アゴスティネリの失踪とその探索という作者の実地の体験に即した叙述になっているが、アルベルチーヌの死はアゴスティネリのような飛行機の墜落事故によるものではない。彼女は落馬が原因で死ぬ。海に消えるのではない。しかし『逃げ去る女』におけるアルベルチーヌの死をめぐる場面を一読すれば明らかなように、彼女の事故死はマルセルにとって恋人の消滅を意味しない。むしろ彼女は死ぬことによってその存在感を増したとさえ言える。

死んだ後もマルセルは彼女の思い出となまなましい愛の行為を交わしているかのようだ。彼女がマルセルの心のなかで死ぬためには、長い苦しみに満ちた忘却の時を経なければならない。『逃げ去る女』全篇を通じて描かれるのは、そんなふうにしてアルベルチーヌが死んでゆく——あるいは消滅してゆく——光景なのだ。

アルベルチーヌの死がマルセルに本当に訪れるのは、彼の心のなかで彼女の忘却が完了するヴェネツィア旅行においてだった。

なぜヴェネツィアがアルベルチーヌの死に場所に選ばれたのか?――彼女が初めてマルセルの前に姿を現わした『花咲く乙女たちのかげに』のバルベック海岸で、「そのねばりつく身体と深い色の目の注意深い視線を水面すれすれにあらわしている」と言われたノルマンディーの海の「守護女神」、――彼女が死んで帰る場所として、アドリア海の女王の街、ヴェネツィアほどふさわしいところはない。

水の都ヴェネツィアにアルベルチーヌは葬られたと言うことができる。ノルマンディーの海から遣わされた男であるアゴスティネリが地中海のアンチーブ沖に散ったように、バルベックの海の精アルベルチーヌはヴェネツィアの運河の水に消えたのだ。

ヴェネツィアはまた別の意味でアルベルチーヌの墓場として似つかわしい場所である。それは晩年のプルーストに師事した作家のポール・モーランが『ヴェネツィア *Venises*』で言うように、「どこで地上が終わり、どこで水が始まるか分からない」「両性具有 *androgyne*」の街であるからだ。『逃げ去る女』には、「ほとんど海のまっただなかにあっても、ヴェネツィアの与える印象は常に都会的な性格のもので、……」とある。同じようにアルベルチーヌも、どこで男が始まり、どこで女が終わるか分からない、両性具有的な女性だった。『囚われの女』で彼女は「水陸両生の愛 *amour amphibie*」を生きる女と言われるのである。

男とも女ともつかぬゴモラの女、アルベルチーヌは、海とも都会ともつかぬ水の都に自分を映して、そこに身を投げたと言うことができよう。それはつまりアルベルチーヌの忘却をヴェネツィアで完了させたマルセルが、そこに自分を映す鏡を見出したということでもある。「海が私のお墓になるわ *La mer sera mon tombeau*」と『ソドムとゴモラ』で彼女は同性愛をマルセルに疑われて、予言している。「私は溺れるわ、水に飛び込むわ *Je me noierai, je me jetterai à l'eau*」。「サッフォーのように *Comme Sapho*」とマルセルは応じる。運河の水に映る像は、男にもなり、女にもなって、アルベルチーヌの変幻する姿をマルセルに返したはずである。

ヴェネツィアの街を縦横に分割して、そこに無数の薄く小さな結晶した鏡のような反映をきらめかせる運河《リオ》の水は、アルベルチーヌと重ね合わせられ、一体化したものとして描かれる。ヴェネツィアはアルベルチーヌの死を映す水であり、鏡である。

デュラスもまた『大西洋の男』(一九八二年)でヤン・アンドレアに呼びかけ、「あなたと海、二人は私にとって一つでしかない。ただ一つの対象 *objet*、このアヴァンチュールにおける私の役 *rôle* という対象でしかない。私もまた海を眺める。あなたも海を眺めなければならない、私が、私の力の及ぶ限り、あなたの代わりに、海を眺めるように。*Je la regarde moi aussi. Vous devez la regarder comme moi je la regarde, de toutes mes forces, à votre place.*」

と、海の鏡に視線を投げる恋人たちに、彼女自身の姿を見出している。

「対象」とか「役」という語が使われているのは、『大西洋の男』という本がヤン・アンドレアを撮った映画についての物語であるからだ。ここではデュラスとヤンが——向かい合うことなく——ともに「力の及ぶ限り」、それぞれの「代わりに」、「海を眺める」ことによって、海という鏡に自分を投影する。ノルマンディーの海が媒の役割を演じ、そこで人格の交換——「私」と「あなた」、男と女の役割交換——という恋愛のドラマが演じられる。
プルーストにおいても、デュラスにおけると同様、海は愛する者の性とペルソナを交換する媒《なかだち》の役割を果たしていたのである。

11　水の音

最後にもう一度、浮舟のことを思い起こすべきだろうか？　浮舟と宇治川の水の流れのことを？この宇治十帖のヒロインにも「荒らましき水の音」がついて離れなかった。アゴスティネリにノルマンディーの海から地中海のアンチーブ沖までの潮騒がつき添っていたように。

宇治川の水の音をいつも耳にしている浮舟は、「私は、私の本において、いつも海辺にいた」と言い、「ロル・V・シュタインの関係している様々な場所は、すべて海に面した場所、彼女がいるのはいつも海辺」と言ったデュラス、彼女のヒロイン、ロルや、彼女の愛人、ヤン・アンドレアを想起させないではおかない。宇治川に身投げしようとする浮舟も、マルグリットのように「私は海がとてもこわい。私が見る悪夢、私の見る恐ろしい夢は、いつも潮や浸水に関係がある」と言っているようではないか（『マルグリット・デュラスの場所』）。

「荒らましき水の音」というのは、浮舟が物語に登場するより以前、宇治の八の宮を薫が訪ねたときに聞く宇治川の音だが、彼がここで会う八の宮の二人の姫君、大君と中の君は、この水の音をともなって薫の前に現われるかのようだ。

薫はやがて大君に恋をし、大君亡き後は、その「形代《かたしろ》」として中の君に紹介（取り持ち）された、彼女の腹違いの妹の浮舟に心を寄せてゆく。八の宮の姫君から浮舟へと移ろう薫の恋には、この「荒ましき水の音」が絶えずつき添っていたのだ。

「川風のいと荒ましきに、木の葉の散りかふ音、水の響きなど、あはれも過ぎて、もの恐ろしく心細き所のさまなり」（「橋姫」）と評される宇治にあって、「もののみ悲しくて、水の音に流れそふ心地したまふ」（「総角《あげまき》」）というのは、薫に迫られる大君の心境だが、浮舟のそれと取ってもおかしくないだろう。

デュラスのヒロインたち、「いつも海辺」にいるロルも、女友だちのタチアナを「身代わり」として、ジャック・ホールドの愛撫を受けさせる。メコン川を渡る『愛人』の少女は、エレーヌ・ラゴネルを自分の「形代」として中国人に提供しようとする。そんなふうにデュラスの女たちは互いに互いを「形代」として提供し合い、「女たちの共同体」をかたちづくっている。女たちを互いに結ぶものとして、「ここはS・タラ、川のところまで」と言われる水の音があったのだ。

「彼女は聞く、耳を傾ける。彼女は言う。

――音がするわ。

彼が耳を傾ける。彼はようやく何かの音を聞く。流出する音、塩の淵に水が落ちてゆく絶え間のない音を、ふたたび聞いたと思う。彼が言う。

――水だよ。

――違うわ。――彼女は言葉を途切らせる――あれはS・タラから聞えて来るのよ。

――あれは何ですって?

――S・タラだわ、S・タラの音だわ」(『愛』)

浮舟に聞き取られるのは、この(男には聞こえ、ロルには聞えない――なぜなら、それはロル自身の音だから)水の音である。薫が浮舟を垣間見る場面では、「泉川の舟渡りも、まことに、今日は、いと恐ろしくありつれ」と女房たちが話し合っていて、浮舟の将来を暗示するようだし(「宿木」)、中の君に大君の「形代」として浮舟を勧められて薫が詠む歌にも、

「見し人の形代ならば身に添へて恋しき瀬々のなでものにせむ」(「東屋」)

というふうに、浮舟を水に流す祓いものの人形《ひとがた》(なでもの)のように扱い、匂宮に奪われた後、浮舟が自分の名を詠み込んだ歌には、

「橘の小島の色はかはらじをこのうき舟ぞゆくへ知られぬ」(「浮舟」)

と、S・タラをさまようロルとおぼしき女や『愛人』のメコン川を渡る少女を思わせる流離の心があって、水の音が浮舟を離れることがない。薫と匂宮の板挟みになる頃から、「身をうしなひてばや」と思う浮舟の身近には、いっそう「この水の音[が]恐ろしげに響きて行く」のである。

浮舟失踪後、宇治を訪ねた浮舟の母は「響きののしる水の音を聞くにも疎ましく悲し」と思い、

「このいと荒ましと思ふ川に流れ亡せたまひにけり」と娘の死を想像する（「蜻蛉」）。「さらにこの水の音けはひを聞くに、我もまろび入りぬべく」と母が思うように、宇治十帖の本当のヒロインは大君や浮舟である以上に、女たちを一つに束ねてゆく宇治川の水ではないかと考えられるほどだ。

薫にとって浮舟との関係は「水の契り」かと思われて、「いかなるさまにて、いずれの底のうつせにまじりにけむ」（「蜻蛉」）と問う薫の煩悶は、アゴスティネリをアンチーブ沖の海に失ったプルーストの煩悶そのままだ。

アゴスティネリが死んだ年の夏（一九一四年）、最後にカブールを訪ねたプルーストは、薫のように「川近き所にて、水をのぞきたまひて、いみじう泣きたまひき」（「手習」）という有様だったのではないか？　アルベルチーヌの死後、その忘却が進行するなかでヴェネツィアに旅をしたマルセルは、大運河《カナール・グランデ》を前にしたテラスで「ヴェネツィアの上げる悲嘆の声のように高まる」「ソレ・ミオ」の歌声を聞く（『逃げ去る女』）。それはヴェネツィアの波の音に混じり合う死んだアルベルチーヌの嘆きの声なさがらだ。エドワール・ビジューブもこの水の都がプルーストにとって持つ意味を「内なるヴェネツィア」と言っている（『内なるヴェネツィア――プルーストと翻訳の詩学』）。ここではヴェネツィアの水が恋人の記憶を流す忘却の川、レテの流れのように作用しているのである。

浮舟の場合、アルベルチーヌとことなり存命であることが薫の知るところとなり、小君という浮舟の父違いの弟が薫の手によって浮舟の元に遣られる。そのとき浮舟が小君に伝える返事は、「さてうつし心も失せ、魂などいふらんものもあらぬさまになりにけるにやあらん、いかにもいかにも、過ぎにし方のことを、我ながらさらにえ思ひ出でぬに、［……］」（「夢浮橋」）

とあって、ロル・V・シュタインの喪心か『苦悩』の日記のことを忘却したマルグリット、あるいは祖母やアルベルチーヌの忘却を生きるマルセルを思わせ、深淵の底に沈んだ〝心の間歇〟をのぞかせる。ロルも『苦悩』のマルグリットも、浮舟のように「昔のこと思ひ出づれど、さらにおぼゆることもなく、あやしく、いかなりける夢にか」と訝しく思うばかりだったのだ。

「浮舟」という名はデュラスの小説の旅人たち、『愛人』の渡し船の上の十五歳と半ばの少女や、同じ小説のラストでインドシナからフランスへ渡るアマゾン号の船上にある十八歳の彼女、『ジブラルタルの水夫』のアンナや『エミリー・L』のエミリー・Lなど、水上の道をたどる女たち、これら幾人もの「消え去ったアルベルチーヌ」の様態を喚起させずにおかない。

『愛人』のラストでは少女はこんな海を渡っている、——

「シナ海があった。紅海、インド洋、スエズ運河、朝、目がさめると、そこにいた *c'était fait*。震動がないのでそれが分かった。砂のなかを歩んでいた。しかしすべてに先立ってあの大海原があった *Mais avant tout il y avait cet océan*。[……]」(『愛人』ラストの航海)

すべてに先立って「あの大海原」、あの水の音があったのだ。ここにも「浮舟」がいるようで、『愛人』の少女も、『逃げ去る女』のアルベルチーヌも、「大西洋の男」とデュラスによって名づけられたヤン・アンドレアも、同じ海からやって来た恋人たちの変幻する姿を残している。

12　ノルマンディー海岸の恋人たち

デュラスが八〇年夏、トゥルヴィルのロシュ・ノワール・ホテルにカーン大学のホモセクシャルの大学院生を迎えたとき、この作家はヤン・アンドレアのうちにアゴスティネリの姿を重ねていたのではないだろうか？

アゴスティネリでなければ、彼を女性に転換したアルベルチーヌの姿を透かし見ていたようである。プルーストがアゴスティネリを女性化してアルベルチーヌに変えたように、デュラスもヤン・アンドレアを女性化された男性として愛したのだ。

プルーストがアゴスティネリをそうしたように、デュラスもまた、ヤンを本のなかの人物にして、そこから引き出して現実に解き放ち、本のなかに閉じ込めるということを繰り返す。そのようにして「囚われの女」と「逃げ去る女」が、ヤン・アンドレアに重ねられてゆく。

「[……]何の感情もなく私は、その日の日付を、一九八一年六月十五日、月曜日と、大声で言った、猛烈な暑さのなかをあなたは永久に行ってしまった ***Vous étiez parti dans la chaleur terrible pour toujours*** と、そう、今度こそ、永久に行ってしまったと」(『大西洋の男』)。

ヤン・アンドレアはここでアルベルチーヌのように逃れ去る時間、あの夏の日の光を身に纏って、デュラスの視界を遠ざかってゆくのである。

プルーストとアゴスティネリの間の不可能な愛が、デュラスとヤン・アンドレアの間で反復されている。

デュラスという異性愛の女と、ヤン・アンドレアという同性愛の男。プルーストという同性愛の男と、アゴスティネリという異性愛の男。そんなふうにして男と女の配列の上に、別の性の配列が加えられる。虚構と現実、女と男を組み合わせた、新しい男、あるいは女が誕生したのだ。

デュラスもまたヤン・アンドレアを車の運転手として使い、彼に自分の作品をタイプで打たせるようになる。ヤンはデュラスの愛人であり、運転手であり、秘書だった。ノルマンディーの海岸をヤンの運転する車で走るとき、デュラスはプルーストの『自動車で行く道の印象』を思い出さなかったか？　彼女は傍らでハンドルを握るヤンにアゴスティネリの面影を捜さなかっただろうか？

プルーストがアゴスティネリとの最初の出会いをフィガロ紙の記事に書いたように、デュラスも一九八〇年夏にヤンとローシュ・ノワール・ホテルで会ったことを記念するかのように、その頃リベラシオン紙に連載していた記事の七回目に、突如として、「あなた」という呼びかけでヤン・アンドレアを登場させ始める。この文章は『八〇年夏』と題されて本になり、ヤン・アンドレアに献呈された。『八〇年夏』にはまるで暗号のようにして、プルーストの小説への言及がある。アンカルヴィルのカジノでアルベルチーヌが女友だちのアンドレと踊っているのを見た医師のコタールの指摘で、話者が初めて恋人がレズビアンではないかという疑惑を抱く『ソドムとゴモラ』の一節である。ここにはヤンがカブールやトゥルヴィルのホテルのバーで若者たちとつきあう姿を見るデュラスのまなざし——それはいくぶんロル・V・シュタインのまなざしだろう——が投影しているようだ。『ソドムとゴモラ』のこの場面については、CD版『言葉の歓喜』にも一九八〇年のデュラスの発言として収録されているし、『ヤン・アンドレア・シュタイナー』でも「あのカプールの男」というふうにプルーストが名ざされ、

「あのとても緩やかな夕べ、あなたも覚えているでしょう、二人の意地悪な娘が彼［マルセル］の前

で踊り、彼は娘たちへの欲望にさいなまれて、命を失うところまでゆき、そこ、海を見渡す大きなサロンのカナペに、泣き伏し、［……］」

と、くり返し言及されている。

ヤン・アンドレアをモデルにした小説（『青い目、黒い髪』）を彼にタイプで打たせるところも、プルーストがアゴスティネリをモデルにした〝アルベルチーヌのロマン〟をタイプで打たせただろうこととと、符合が感じられる。

「それは一九八六年の夏だった」とデュラスの『ノルマンディー海岸の淫売』にある。「私は物語『青い目、黒い髪』を書いている。夏の間ずっと、毎日、ときには夕方に、ときには夜。ヤンが叫ぶ時期、絶叫する時期に入ったのは、その頃だ。彼は日に二時間、本をタイプで打つ。本のなかで私は十八歳だ。私は一人の男、私の欲望を、私の肉体を憎んでいる男を、愛している。ヤンは私に口述されてタイプを打つ」

ノルマンディーの海を前にして、その海のことを、まるで海の上に書くようにして書いたデュラス。彼女は愛人の体の上に、じかに彼と彼女の物語を書いているようだ。

そのようにしてヤン・アンドレアは〝書かれた海〟に織り込まれた〝書かれた男〟になった。「ノルマンディー海岸の淫売 *La pute de la côte normande*」に愛される「大西洋の男 *L'homme atlantique*」になった——。

アゴスティネリが女たちの後を追いまわしたように、ヤンもまたノルマンディー海岸で美しいホテルのボーイたちの後を追いまわす。「私はほとんど一度も彼を見たことがない」とデュラスは書く、

「この男、ヤンを。彼はほとんどいつでもそこに、私たちが一緒に住んでいる海辺のアパルトマン［ローシュ・ノワール・ホテル］にはいない」（『ノルマンディー海岸の淫売』）。あるいは、「彼が自分の時間を、自分の夏をどうしているかを語るのは、不可能だ。彼は完璧に読解不能で、予見不能だった。彼は限界がない、と言ってもよかった。彼はあらゆる方角、あらゆるホテルに出かけて行き、美しい男たちを次から次へと漁りまわる［……］」（同）。アゴスティネリが「逃げ去る男」であったように、デュラスにとってのヤンも「逃げ去る男」だった。プルーストのようにデュラスも、逃れ去る者しか愛することができなかった。

プルーストもデュラスも、逃れて行く恋人の先にノルマンディーの海を見ていた。アゴスティネリとヤン・アンドレア、——この二人への愛を媒介にして、同じ一つの海が、プルーストからデュラスへと手渡される。

結論　幻の愛　*L'amour fantôme*

……彼女はまた深い眠りに落ちて、その存在から彼を解放してくれることがある。
黒い絹の下に浮き出ている、顔の輪郭はとても美しい。

デュラス『青い目、黒い髪』

...Elle a aussi ce sommeil profond qui le délivre de sa présence.
La forme du visage est très belle, dessinée sous la soie noire.

Duras, ''Les yeux bleus cheveux noirs''

本書の始まりに〝眠るアルベルチーヌ〟の形象があった。『失われた時を求めて』の第五篇『囚われの女』で話者マルセルによって眺められる〝眠るアルベルチーヌ〟は、「囚われの女」としての恋人の姿をもっとも絞り込んだところに現われる形象だ。そこでアルベルチーヌは眠りに落ちることによってマルセルの完全な所有に帰すると見えて、眠りのほうに意識を解き放ち、この〝獄吏〟の手から逃げ去ろうとしている。

〝眠るアルベルチーヌ〟において、プルーストが恋の対象に与えた二つの姿形――「囚われの女」と「逃げ去る女」が一つに重なる。彼女の絶えざる遁走はここで捕捉され、〝定着された遁走〟の姿を現わす。

ラシーヌの古典主義時代以来、二百年以上にわたって培われてきたフランス心理分析の恋愛が、二十世紀初頭、プルーストの〝眠るアルベルチーヌ〟に結晶し、それが解体してゆく光景を目の当たりにしているような気がする。

『失われた時を求めて』はフランス恋愛小説のあらゆる様態を描くと同時に、恋愛小説のあらゆる様態にとどめを刺したと言うことができる。プルースト以後、恋愛小説を書くことが困難になった。眠るアルベルチーヌは恋愛小説の可能性と、その不可能性の懸崖に横たわっているかのようだ。

フロベールは『ボヴァリー夫人』のヒロインについて「ボヴァリー夫人は私だ」と言った。同じようにプルーストも彼の小説のヒロインについて「アルベルチーヌは私だ」と言うことができただろう。知られる通り『失われた時』は話者が眠りに入る場面から始まる。この話者は作者プルーストとよく似た経歴をたどる人物だが、言うまでもなくマルセル・プルーストその人ではない。とはいえフロベールが「ボヴァリー夫人は私だ」と言ったのと同じ意味においてなら、プルーストは『失われた時』の「私」であると言うことが許されよう。長篇冒頭の「私」の就寝の場面は、作者と話者が眠りによって同じ「私」という人称に溶解する場面である。

しかしこの場面には、もう一つ別の人格の溶解が用意されていて、それが「私」とアルベルチーヌの融合である。眠りに入った話者（「私」）が、何巻ものページと時を隔てて、『囚われの女』の〝眠るアルベルチーヌ〟の姿を取る（このことは本書第I部15章に詳述した）。眠るアルベルチーヌとは「私」の眠りの形象化されたものだったのだ。

従ってアルベルチーヌの同性愛的傾向は、「私」の同性愛的傾向の転移したものだとの解釈が成り立つ。このことは作者プルーストの同性愛的傾向が、アルベルチーヌやシャルリュス男爵のような主要人物のみならず、大多数の登場人物が巻を追うごとに明らかにするゴモラ、またはソドムの傾向に転移されていることと、パラレルな関係をなしている。

「私」だけがこの倒錯を免れているように見えるのは、彼のソドムはアルベルチーヌのゴモラに転写されているからである。転写されているけれども、ソドムの痕跡が「私」から消去されたわけではない。彼がアルベルチーヌの異性との関係には寛大でありながら、彼女の同性愛（ゴモラ）に対してだけ常軌を逸したほどの嫉妬をおぼえるのは、この「私」の隠蔽された同性愛のゆえであると考えられる（第I部4「黒い神秘」でマルセルを〝隠れソドム〟と名づけたことを参照）。嫉妬という感情はルネ・ジラールも言うように（『シェイクスピア——羨望の焰』）、自分と関係のない世界の者には向けられず、自分の同類（ここでは同性愛者）にもっぱら向けられるものなのだから。

「私」に残されたこのソドムの痕跡が、作者が意図的に賦与したものか、作者のソドムが無意識的に転写されたものか、これが「私」なる人物のセクシャリティーを考える上で大きな争点になる。しかし人の無意識を人が問うことには当然、ある程度の限界がある。忘却とか眠りを問うことに限界があると同様に。プルースト自身、この限界と戯れるようにして「私」という人物の無意識を舞台に上せたきらいがある。「私」の無意識に作者の無意識が重ねられているかどうか、問うことができようか？「あなたは眠っていますか？」と人に尋ねることができるだろうか？少なくとも「眠っています」という答えが嘘であることは明らかだろう。

同じように「あなたは恋しているのですか」と問うことはむなしい。恋とは「われにもあらず」、「不意を突いて」、「知らぬ間に」起こる出来事であるのだから。恋しようと思って恋することはできない。プルーストとデュラスが繰り返し言うように、すべての恋は〝無意志的な〟恋である他ないのだ。

人の無意識は擬装——シミュラークル——を通してしか窺い知ることはできない。恋が無意識の領域に属するものであるなら、恋のすべてのあらわれは幻ということになろう。恋する人は相手の擬装をしか愛することはできない。それはすみずみまで演技と仮面、鏡の張りめぐらされた仮想現実（ヴァーチャル）の世界なのだ。

アルベルチーヌの嘘とはそのような仮想現実のあらわれだろう。この「嘘」をほとんどアルベルチーヌの「愛」と言ってよいほどなのである。マルセルはこのシミュラークルを通してアルベルチーヌを愛し、彼女の眠りを眺める。結論から言えば、この眠り、この無意識は不可知の闇のなかにある。

逆に言えば、これが——答えのない問いであるからこそ——恋愛をめぐるもっとも興味深い争点になる。

プルーストの眠りは性の転換という機能を担っている。眠っている男のなかに女が、眠るマルセルのなかにアルベルチーヌが生まれる。「私」のなかの男性的分身が、「私」のなかの女性的分身の眠りを眺めると言ってもいい。しかしこの女性的分身は当然のこととして——「私」という〝男性〟の片割れであるという意味で——完全な女ではない。彼女は「女を愛する女」、ゴモラの徒だ。男とも女とも決定できない、性の交錯する薄明の地帯に彼女は眠っている。

「アルベルチーヌは私」であるとすれば、この性の薄明地帯に眠るアルベルチーヌは一枚の鏡になって彼女を眺める「私」の像を写し出す。眠るアルベルチーヌを眺める「私」においても性別は自明のものではなくなる。「私」もまた男とも女ともつかぬ性の黄昏のなかに漂流し出す。

アルベルチーヌとともに、そして彼女の反映としての性格を持つ「私」という人物とともに、恋愛における性別が漂流し始めたのだ。それがプルーストの今日的な意味である。我々は愛するとき自分が男であるか女であるかを確かなこととして認識しているわけではない。愛は無意識を領土とし、そこでは性差が鮮明に意識されながら、同時にその限界において性差が融解する。そんな無意識の領域では、ときには男が女になり、女が男になりして、性を交換している場合もある。男とか女とかが擬装であり、演技であることが明らかになる。プルーストは眠りという坑道を通って、恋愛における性の倒錯する領野に足を踏み入れたのだ。

恋愛は無意識にかかわるものだということを〝眠るアルベルチーヌ〟は体現しているのかもしれな

い。

プルーストの〝眠るアルベルチーヌ〟を現代において引き継いでいるのがマルグリット・デュラスのヒロインたちである、という発想が本書の出発点にあった。

そこには二人の〝眠るアルベルチーヌ〟がいると言っていいだろう。プルースト的なアルベルチーヌとデュラス的なアルベルチーヌと。

デュラスのアルベルチーヌは彼女の創造した女性ではない。ある意味ではデュラス自身がアルベルチーヌなのだ。とりわけ八〇年夏にノルマンディー海岸でヤン・アンドレアというホモセクシャルの男性と恋に落ちてからの彼女の小説（『廊下に座る男』以降）では、性愛におけるジェンダーの縺れということが前景化される。そこではヤン・アンドレアがアルベルチーヌの役を演じていながら（『大西洋の男』）、『愛人』では中国人のモデルとして登場している。

それに応じてデュラスをモデルとする女性のアイデンティティーも限りなくあいまいになり、『青い目、黒い髪』におけるように名前も、顔も、性格も定かでない黄昏の光に溶け込んでゆくようである。そこでは「彼」とか「彼女」といった人称代名詞によってだけ性差が示されている。このことはしかしデュラスにおいて性差が解消されたことを意味するのではない。むしろ性差は抽象化され強度なものになる。ただ、性差が個人の顔や人格とは離れたところで、顔や人格を横断するようにして現われ出るということなのだ。

デュラスの小説には、多くの眠る女たちが登場する。『太平洋の防波堤』の嗜眠症的なまどろみを生きる母親から始まって、『ヤン・アンドレア・シュタイナー』のアルコール中毒の「恐怖の昏睡《コマ》」

に陥るマルグリットにいたるまで、彼女たちは苦悩の極限でふと意識を手放してしまうようにして眠りのなかに入ってゆく。デュラスはこうした眠りを「女たちのテリトリー」と呼び、「空虚 *vide*」とか「欠如の穴」と名づける。

デュラスほど恋が主体の意識を逃れ出てゆくものだということを繰り返し語った作家はいない。恋する人にとっては恋する自分自身が「逃げ去るアルベルチーヌ」なのだ。デュラスの小説の恋する女たちは、すべからくこの逃れ去る女の無意識の刻印を身に帯びている。

デュラスにおいて見逃せないことは、──そしてプルーストとの最大の相違は──この無意識の刻印を帯びて逃れてゆくヒロインが作者自身の主体に他ならないということだ。プルーストにあって客体であったものが、デュラスにあっては主体になる。この主客の転倒にデュラスという事件はある。

恋が無意識であるということ──この無意識の薄明の領域に、デュラスの眠る女たちは出没する。それはまことに〝出没する〟と言うしかない登場の仕方である。なぜなら彼女らは魂を奪われた、亡霊のような姿で姿を現わすのだから。

ノルマンディー海岸トゥルヴィルの──プルーストも何度か泊まったことのある──ローシュ・ノワール・ホテルに住まいを定めて執筆された『ロル・V・シュタインの歓喜』のヒロイン、ロルは、〝眠るアルベルチーヌ〟の直系と言うべき女である。

それゆえ二人のアルベルチーヌ、プルースト的なアルベルチーヌとデュラス的なアルベルチーヌがいる、という前言は、プルーストのアルベルチーヌとデュラスのロル・V・シュタイン、この二人の女がいる、と言い換えることができよう。

しかしロルがアルベルチーヌを踏襲するだけでなく、アルベルチーヌに「逆らって *contre*」、新しいアルベルチーヌとして登場することもおさえておかなくてはならない。ロルはアルベルチーヌのような「囚われの女」でもなければ「逃げ去る女」でもない。彼女においてそのような——追う者と追われる者の——恋物語は、小説の冒頭のページで早くも終わってしまっている。

デュラスは素早くこの物語を片付けてしまう。T・ビーチの市営カジノのダンス・パーティでロルは一夜にしてフィアンセのマイケル・リチャードソンをアンヌ・マリ・ストレッテールに奪われる。メロドラマ風の展開だが、それでいいのだ。一つの悲劇がコーダを刻み、物語がそこで終わること、それだけが緊急の課題だったのだから。それ以後の小説が、この悲劇の残響音のなかで展開すればよいのだから。「囚われの女」や「逃げ去る女」の物語が終わったところで、〝眠るアルベルチーヌ〟がさまよい出せばいいのだから。

何もない場所、物語の廃墟、そんなところがロルの出没する場所だ。それが彼女のさまようS・タラの海辺だ。

ロルはプルースト的な「愛される女(アルベルチーヌ)」の定型を外れている。彼女はここで愛する女ではあっても、愛される女ではない。それゆえ彼女には「囚われの女」や「逃げ去る女」のドラマは起こりようがない。彼女は一方的に「見る女」であり、「愛する女」である。ロルのこの一方的な——それは迷路に通じる方向と言うべきだが——在り方に注目しなければならない。

とはいえこの愛する女においては奇妙なことが起こっている。彼女は愛する主体でありながら、その主体を奪われてしまう。表題に言う「歓喜/喪心 *ravissement*」とはそのような意味に解される。

そこに残されるのは愛するという心を欠いた、強度に抽象的な愛——〝愛の亡霊〟というべきものだ。デュラスはプルーストの無意志的な愛を純粋状態で取り出し、それをロルのペルソナと取り替えてしまったのである。

このようにして恋愛心理にとどめを刺したのは、先に述べた通り、文学史的に言うならプルーストだった。猫のいないところで残されたチェシャー猫の笑いのようなロルの愛が残される。それは漂流する愛、いたるところに転移し、憑依する愛だ。そのような愛は限りなく亡霊の愛に近いものになる他はない。

プルーストによって殺害された恋愛心理の亡霊が、ロル・V・シュタインになってデュラスの小説に憑きまとうことになる。

デュラスの〝眠るアルベルチーヌ〟は「立ったまま眠る」ような状態に入り、あちこちにさまよい始める。ロル・V・シュタインはアルベルチーヌのように嫉妬深いマルセルに眺められるがままになっている女であるばかりではなく、無意志的な、夢遊病者のような仕方ではあっても、男——女友だちタチアナの恋人ジャック・ホールド——の跡をつけ、恋をする（ような振りをする）。

ロルにおいてはこうしてすべてが擬態として現われる。彼女がジャック・ホールドを恋しているかどうかを言うことはできない。そもそも彼女の心は「奪われた *ravi*」ままであるのだから、その心理はあらゆる推測の届かない不可知の闇に失われている。彼女はなぜタチアナとジャックの関係に介入しようとするのか？　ロルとアンヌとマイケルの三者の間に成立した、あのめくるめくような黄金の三角関係を、タチアナとジャックとともにもう一度生き直そうというのか？　ここにはロルのマゾヒズムがあるのか？

それらの問いはロルにとってすべて無効である。デュラスはこうした恋愛心理の迷妄から解き放つために、ロルを心の奪われた状態で、空虚のなかに放置したのかもしれない。

しかし、考えてみよう。人はロルのような「立ったまま眠る」状態に陥らなくても、だれかを恋していると言うことができるのだろうか？　恋が無意識にかかわるものであるとするなら、恋していると言った瞬間に恋は別のもの――シミュラークル――に姿を変えてしまう。デュラスの恋する女たちはそのような意識の狭間で眠りの状態へ移行するのである。

一つだけ確かなことは、ロルの眠りが、たとえばレアージュの『O嬢の物語』に描かれるような「隷属状態の幸福」とは似て非なるものであることだ。ロルはまかり間違ってもマゾヒストではない。プルーストのアルベルチーヌがマルセルという〝暴君〟の下で強いられたような囚われの身をかこつ姿を、デュラスのロルに想像することはできない。支配、被支配、奴隷と暴君、愛する者と愛される者――恋愛の舞台を久しく律してきたこれらの物語は、デュラスとともに終わったのだ。

ロルは魂を奪われることによって解放される。果てしない空虚な場所にさまよい出る。ロルもまたデュラスの多くのヒロインと同様に、出発してゆく女である。そこには不思議なかたちで自由な女が誕生している。千年にわたる恋愛心理の鎖を断ち切った女がいる。心でもない、肉体でもない、幻の愛 *l'amour fantôme* を生きる女がいる……。

書誌

一、以下に掲げる書物は、本書で言及するか、参照した本に限定した。ラシーヌ、ボードレール等の古典は除外してある。
二、『失われた時を求めて』の訳は鈴木道彦訳、集英社版によった。ただし、文脈の関係で部分的に私訳を用いた場合もある。
三、その他の引用文献は原則として私訳を用いた。既訳がある場合はそれを参照し、訳文をそのまま使わせていただいた場合もある。

I　プルースト関係

Œuvres de Proust
À la recherche du temps perdu, éd. de J.-Y. Tadié, Bibl. de la Pléiade, 4 vol., 1978-1989.
Jean Santeuil, précédé de *Les Plaisirs et les Jours*, éd. de P. Clarac et Y. Sandre, Bibl. de la Pléiade, 1971.
Contre Sainte-Beuve, précédé de *Pastiches et mélanges* et suivi de *Essais et articles*, éd. de P. Clarac et Y. Sandre, Bibl. de la Pléiade, 1971.
Contre Sainte-Beuve, éd. de B. de Fallois, Gallimard, 1954.

Matinée chez la princesse de Guermantes, éd. d'H. Bonnet, 1982.
Albertine disparue, éd. de N. Mauriac et É. Wolff, Grasset, 1987.
La Prisonnière, éd. de J. Milly, Flammarion, 1984.
La Fugitive (*Albertine disparue*), éd. de J. Milly, Flammarion, 1986.
L'Indifférent, Gallimard, 1978.
Écrits de jeunesse, 1887–1895, Institut Marcel Proust international, 1991.
Correspondance, éd. de Ph. Kolb, 21 vol., 1970–1993

Biographies de Proust

L. Pierre-Quint, *Marcel Proust, sa vie, son œuvre*, Kra, 1925.
G. D. Painter, *Marcel Proust*, 2 vol., Mercure de France, 1966.
H. Bonnet, *Marcel Proust de 1907 à 1914*, Nizet. 1971.
G. de Diesbach, *Proust*, Perrin, 1991.
M. Erman, *Marcel Proust*, Fayard, 1994.
J.-Y. Tadié, *Proust*, Gallimard, 1996.

Ouvrages sur Proust

J.-F. Revel, *Sur Proust*, Julliard, 1960.

G. Piroué, *Proust et la musique du devenir*, Denoël, 1960.

G. Picon, *Lecture de Proust*, Mercure de France, 1963.

G. Poulet, *L'espace proustien*, Gallimard, 1963.

G. Deleuze, *Proust et les signes*, PUF, 1964.

M. Plantevignes, *Avec Marcel Proust*, Nizet, 1966.

M. Bardèche, *Marcel Proust romancier*, 2 vol., Les Sept Couleurs, 1971.

J.-Y. Tadié, *Proust et le roman*, Gallimard, 1971.

M. Butor, *Les sept femmes de Gilbert le Mauvais*, Fata Morgana, 1972.

G. Cattaui, *Proust et ses métamorphoses*, Nizet, 1972.

C. Albaret, *Monsieur Proust*, Laffont, 1973.

J. Mouton, *Le style de Marcel Proust*, Nizet, 1973.

S. Doubrovsky, *La place de la Madeleine*, Mercure de France, 1974.

J.-P. Richard, *Proust et le monde sensible*, Seuil, 1974.

A. de Lattre, *La doctrine de la réalité chez Proust*, 3 vol., José Corti, 1978, 1981 et 1985.

H. Bonnet, *Le progrès spirituel dans 《La Recherche》 de Marcel Proust*, Nizet, 1979.

R. Fernandez, *Proust ou la généalogie du roman moderne*, Grasset, 1979.

J. Milly, *La Phrase de Proust*, Champion, 1983.

J.-J. Nattiez, *Proust musicien*, Christian Bourgois, 1984.

J.-L. Baudry, *Proust, Freud et l'Autre*, Minuit, 1984.

H. Bonnet, *Les amours et la sexualité de Marcel Proust*, Nizet, 1985.

G. *Macé, Le manteau de Fortuny*, Gallimard, 1987.

P. Boyer, *Le petit pan de mur jaune*, Seuil, 1987.

V. Descombes, *Proust, philosophie du roman*, Minuit, 1987.

A. Compagnon, *Proust entre deux siècles*, Seuil, 1989.

E. Bizub, *La venise intérieure*, À la Baconnière, 1991.

C. Pechenard, *Proust à Cabourg*, Quai Voltaire, 1992.

D. Mabin, *Le sommeil de Marcel Proust*, PUF, 1992.

G. Macchia, *L'Ange de la nuit, Sur Proust*, Gallimard, 1993.

S. Zagdanski, *Le sexe de Proust*, Gallimard, 1994.

R. Laporte, *Marcel Proust, le narrateur et l'écrivain*, Fata Morgana, 1994.

J. Solomon, *Proust, lecture du narrataire*, Minard, 1994.

J. Kristeva, *Le temps sensible*, Gallimard, 1994.

L. Fraisse, *Proust au miroir de sa correspondance*, SEDES, 1996.

P. Citati, *La colombe poignardée*, Gallimard, 1997.

A. de Botton, *Comment Proust peut changer votre vie*, Denoël, 1997.

Brassaï, *Proust sous l'emprise de la photographie*, 1997.

J. Dubois, *Pour Albertine*, Seuil, 1997.

N. Beauthéac, *Les Promenades de Marcel Proust*, Chêne, 1997.

R. Coudert, *Proust au féminin*, Grasset, 1998.

Ph. Sollers, *L'Œil de Proust*, Stock, 1999.

J. Picon, *Passion Proust*, Textuel, 1999.

R. Breeur, *Singularité et sujet, Une lecture phénoménologique de Proust*, Millon, 2000.

S. Gaubert, 《*Cette erreur qui est la vie*》, Presses Universitaires de Lyon, 2000.

A. Simon, *Proust ou le réel retrouvé*, PUF, 2000.

マルセル・プルースト『失われた時を求めて』全十三巻、鈴木道彦訳、集英社、一九九六年—二〇〇一年

『プルースト全集』全十八巻、別巻一、井上究一郎他訳、筑摩書房、一九八四年—一九九九年

ジョージ・D・ペインター『マルセル・プルースト——伝記』全二巻、岩崎力訳、筑摩書房、一九七二年

フィリップ・コルブ篇『プルースト・母との書簡』権寧訳、紀伊國屋書店、一九七四年

ジル・ドゥルーズ『プルーストとシーニュ』宇波彰訳、法政大学出版局、一九七四年

ジョルジュ・プーレ『プルースト的空間』山路昭・小副川明訳、国文社、一九七五年

ジャン・ムートン『プルースト』保苅瑞穂訳、ヨルダン社、一九七六年

セレスト・アルバレ『ムッシュー・プルースト』三輪秀彦訳、早川書房、一九七七年

ジャック・リヴィエール『フロイトとプルースト』岩崎力訳、弥生書房、一九八一年
プルースト＝ラスキン『胡麻と百合』吉田城訳、筑摩書房、一九九〇年
サミュエル・ベケット『プルースト』大貫三郎訳、せりか書房、一九九三年
セルジュ・ドゥブロフスキー『マドレーヌはどこにある』綾部正伯訳、東海大学出版会、一九九三年
ジュリア・クリステヴァ『プルースト――感じられる時』中野知律訳、筑摩書房、一九九八年
ロジェ・ラポルト『プルースト／バタイユ／ブランショ』山本光久訳、水声社、一九九九年
アラン・ド・ボン『プルーストによる人生改善法』畔柳和代訳、白水社、一九九九年
ミシェル・エルマン『評伝マルセル・プルースト』吉田城訳、青山社、一九九九年
ブラッサイ『プルースト／写真』上田睦子訳、岩波書店、二〇〇一年

井上究一郎『マルセル・プルーストの作品の構造』河出書房新社、一九六二年
保苅瑞穂『プルースト・印象と隠喩』筑摩書房、一九八二年
鈴木道彦『プルースト論考』筑摩書房、一九八五年
鈴村和成『テレフォン――村上春樹、デリダ、康成、プルースト』洋泉社、一九八七年
石木隆治『マルセル・プルーストのオランダへの旅』青弓社、一九八八年
佐々木涼子『ロマネスク誕生――プルーストの文学をめぐる七章』芸立出版、一九九一年
工藤庸子『プルーストからコレットへ』中公新書、一九九一年
井上究一郎『かくも長い時にわたって――PROUST. POT-POURRI』筑摩書房、一九九一年

吉田城『「失われた時を求めて」草稿研究』平凡社、一九九三年
阿部宏滋『プルースト――距離の詩学』平凡社、一九九三年
武藤剛史『プルースト――瞬間と永遠』洋泉社、一九九四年
原田武『プルーストと同性愛の世界』せりか書房、一九九六年
保苅瑞穂『プルースト・夢の方法』筑摩書房、一九九七年
石木隆治『プルースト』清水書院、一九九七年
吉川一義『プルースト美術館』筑摩書房、一九九八年
原田武『プルーストに愛された男』青山社、一九九八年
井上究一郎文集II『プルースト篇』筑摩書房、一九九九年
土田知則『プルースト――反転するトポス』新曜社、一九九九年
櫻木泰行『プルーストの詩学』慶應義塾大学法学研究会、一九九九年
牛場暁夫『マルセル・プルースト』河出書房新社、一九九九年
塚越敏『創造の瞬間――リルケとプルースト』みすず書房、二〇〇〇年
湯沢英彦『プルースト的冒険』水声社、二〇〇一年

II デュラス関係

Œuvres de Duras

Les Impudents, Plon, 1943.

La vie tranquille, Gallimard, 1944.

Un barrage contre le Pacifique, Gallimard, 1950.

Le marin de Gibraltar, Gallimard, 1952.

Les petits chevaux de Tarquinia, Gallimard, 1953

Des journées entières dans les arbres, Gallimard, 1954.

Le square, Gallimard, 1955.

Moderato Cantabile, Minuit, 1958.

Dix heures et demie du soir en été, Gallimard, 1960.

Hiroshima mon amour, Gallimard, 1960.

L'après-midi de Monsieur Andesmas, Gallimard, 1962.

Le ravissement de Lol V. Stein, Gallimard, 1964.

Le vice-consul, Gallimard, 1965.

L'amour, Gallimard, 1971.

India song, Gallimard, 1973.

Nathalie Granger, suivi de *La femme du Gange*, Gallimard, 1973.

Les parleuses, entretiens avec Xavière Gauthier, Minuit, 1974.

Les lieux de Marguerite Duras, entretiens avec Michelle Porte, Minuit, 1977.

Le Navire Night, suivi de *Césarée, Les mains négatives, Aurélia Steiner*, Mercure de France, 1979.

L'homme assis dans le couloir, Minuit, 1980.

L'été 80, Minuit, 1980.

Agatha, Minuit, 1981.

Outside, Albin Michel, 1981.

L'homme atlantique, Minuit, 1982.

La maladie de la mort, Minuit, 1982.

L'Amant, Minuit, 1984.

La douleur, P. O. L, 1985.

Les yeux bleus cheveux noirs, Minuit, 1986.

La pute de la côte normande, Minuit, 1986.

La vie matérielle, P. O. L, 1987.

Emily L., Minuit, 1987.

La Pluie d'été, P. O. L, 1990.

L'Amant de la Chine du Nord, Gallimard, 1991.

Yann Andréa Steiner, P. O. L, 1992.

Écrire, Gallimard, 1993.

Le Monde extérieur, Outside 2, P. O. L, 1993.

C'est tout, P. O. L, 1995, édition définitive, 1999.

La mer écrite, Marval, 1996.

Romans, cinéma, théâtre, un parcours 1943-1993, Gallimard, 1997.

Le ravissement de la parole, 4 CD-livre, INA/Radio France, 1997.

Biographies de Duras

A. Vircondelet, *Duras*, François Bourin, 1991.

F. Lebelley, *Duras ou le poids d'une plume*, Grasset, 1994.

L. Adler, *Marguerite Duras*, Gallimard, 1998.

Ouvrages sur Duras

M. Marini, *Territoires du féminin avec Marguerite Duras*, Minuit, 1977.

Marguerite Duras par Jacques Lacan, Maurice Blanchot..., Albatros, 1979.

Y. Andréa, *M. D.*, Minuit, 1983.

Marguerite Duras à Montréal, Spirale, Solin, 1984.
M. Alleins, *Marguerite Duras, Médium du réel*, L'Âge d'homme, 1984.
Y. Guers-Villate, *Continuité et discontinuité de l'œuvre durassienne*, L'Université de Bruxelles, 1985.
J. Pierrot, *Marguerite Duras*, José Corti, 1989.
C. Blot-Labarrère, *Marguerite Duras*, Seuil, 1992.
Marguerite Duras, Rencontre de Cerisy, Écriture, 1994.
A. Vircondelet, *Pour Duras*, Calmann-Lévy, 1995.
A. Vircondelet, *Marguerite Duras, Vérité et légendes*, Chêne, 1996.
M. Manceaux, *L'amie*, Albin Michel, 1997.
A. Armel, *Marguerite Duras, les trois lieux de l'écrit*, Christian Pirot, 1998.
A. Vircondelet, *Marguerite à Duras*, Édition° 1, 1998.
Duras, Dieu et l'écrit, Actes du colloque de l'ICP, Éditions du Rocher, 1998.
Y. Andréa, *Cet Amour-là*, Pauvert, 1999.
A. Cousseau, *Poétique de l'enfance chez Marguerite Duras*, Droz, 1999.

『夏の夜の十時半』田中倫郎訳、河出書房新社、一九六一年
『愛』田中倫郎訳、河出書房新社、一九七三年
『死の病い・アガタ』小林康夫・吉田加南子訳、朝日出版社、一九八四年

『愛人』清水徹訳、河出書房新社、一九八五年
『苦悩』田中倫郎訳、河出書房新社、一九八五年
『青い眼、黒い髪』田中倫郎訳、河出書房新社、一九八七年
『愛と死、そして生活』田中倫郎訳、河出書房新社、一九八七年
『エミリー・L』田中倫郎訳、河出書房新社、一九八八年
『太平洋の防波堤』田中倫郎訳、河出文庫、一九九二年
『ヤン・アンドレア・シュタイナー』田中倫郎訳、河出書房新社、一九九二年
『北の愛人』清水徹訳、河出書房新社、一九九二年
『廊下で座っているおとこ』小沼純一訳、書肆山田、一九九四年
『マルグリット・デュラスの世界』桝田かおり訳、青土社、一九九五年
『これで、おしまい』田中倫郎訳、河出書房新社、一九九六年
『ロル・V・シュタインの歓喜』平岡篤頼訳、河出書房新社、一九九七年
『緑の眼』小林康夫訳、河出書房新社、一九九八年
『船舶ナイト号』佐藤和生訳、書肆山田、一九九九年

ヤン・アンドレア『マルグリット・デュラス――閉ざされた扉』田中倫郎訳、河出書房新社、一九九三年
ジャン・ピエロ『マルグリット・デュラス』福井美津子訳、朝日新聞社、一九九五年
クリスティアーヌ・ブロ・ラバレール『マルグリット・デュラス』谷口正子訳、国文社、一九九六年

アラン・ヴィルコンドレ『デュラス——愛の生涯』田中倫郎訳、河出書房新社、一九九八年
ミシェル・マンソー『友人デュラス』田中倫郎訳、河出書房新社、一九九九年

III　その他

G. Bataille, *La Littérature et le Mal*, Gallimard, 1957.
R. Antelme, *L'Espèce humaine*, Gallimard, 1957.
G. Genette, *Figures, I, II, III*, Seuil, 1966, 1969, 1972.
E. Lévinas, *Noms propres*, Fata Morgana, 1976.
R. Barthes, *Fragments d'un discours amoureux*, Seuil, 1977.
R. Barthes, *Marcel Proust à Paris*, Radio France, 1978.
M. Blanchot, *La communauté inavouable*, Minuit, 1983.
Ph. Sollers, *Théorie des Exceptions*, Gallimard, 1986.
R. Girard, *Shakespeare, Les feux de l'envie*, Grasset, 1990.
J. Risset, *Puissance du sommeil*, Seuil, 1997.
E. Gallo, *Les Roches Noires*, Cahiers du temps, 2000.

この本の構想を――後記

　この本の構想を紀伊國屋書店出版部の矢内裕子さんに渋谷の喫茶店でお話したのは、七年前のことだった。最初はデュラスの小説を素材にして恋愛について書いてみましょう、という話だった。恋愛ということと恋愛小説の間に区別はなかった。私にとって恋愛は恋愛小説だった。それゆえこれは恋愛論であり、恋愛小説論である。どちらの関心から本書を手に取られても、同じ論旨にゆき着くはずである。

　恋愛において人はなぜ存在より不在と関わりを持つことになるのか？　不在の幻像が恋愛感情の底に絶えず通り過ぎてゆくのは、なぜか？「逃げ去る女 *fugitive*」（プルースト）が「語る女 *parleuse*」（デュラス）になるとき、何が起こるのか？　恋愛の核心に横たわるこの「不在」ということ、幻の存在が、男と女の性差を通して、また二十世紀の百年を通じて、どのような変遷をたどったかを考えてみたかった。序「ヴァーチャルな恋」に始まり、結論「幻の愛」に終わる構成は、本書がその問いのなかで書き継がれたことを証している。

『愛について』という表題だけは初めから決まっていた。そこにプルーストが加わり、ロラン・バルトの『恋愛のディスクール・断章』や『源氏物語』の浮舟にも参加してもらうことになった。一度書いたデュラス論三百枚を筆者の都合で破棄したこともあった。それが五年前のことで、あらためて書いているうちにプルーストが次第に比重を増して来たのは、思いがけない展開だった。〝眠るアルベルチーヌ〟が最初から最後まで白いページに横たわっているようだった。

本書の大部分は書き下ろしだが、第Ⅲ部だけは「すばる」二〇〇一年二月号に掲載された「ノルマンディーの恋」に加筆したものである。掲載時にお世話になった「すばる」の片柳治氏に、この場を借りてお礼申し上げます。このようなかたちで一冊の本を上梓できるのは、矢内さんのご尽力による。彼女の優しいけれどもシャープなディレクションがなければ、本書の成立はおぼつかなかった。厚く感謝します。

著者識

二〇〇一年三月三十一日

鈴村和成（すずむら　かずなり）
一九四四年名古屋市生まれ。東京大学文学部仏文科博士課程中退。現在、横浜市立大学教授。詩人として、文芸評論家として活躍。著書：『ランボーのスティーマー・ポイント』（集英社）、『境界の思考』（未來社）、『幻の映像』（青土社）、『バルト』（講談社）、『小説の「私」を探して』（未來社）、『ランボー、砂漠を行く』（岩波書店）など。詩集：『微分せよ、秒速で』（書肆山田）、『ケルビンの誘惑者』（思潮社）など。訳書：デリダ『視線の権利』（哲学書房）、『ランボー詩集』（思潮社）など。
愛について——プルースト、デュラスと

二〇〇一年五月二四日　第一刷発行©

著者　鈴村和成

発行所　株式会社紀伊國屋書店
東京都新宿区新宿三—一七—七
出版部〔編集〕〇三（五四六九）五九一九
ホールセール部〔営業〕〇三（五四六九）五九一八
〒一五〇—八五一三　東京都渋谷区東三—一三—一一

印刷　精興社
製本　図書印刷

ISBN4-314-00891-1 C0095 Printed in Japan
定価は外装に表示してあります

聖なる夜

◆

ターハル・ベン＝ジェルーン　菊地有子訳

ゴンクール賞受賞作

「私の人生は物語ではない。

だから事実をたてなおし、

あなたがたに秘密を解き明かしたい」

『聖なる夜』の主人公アフマドがみずからの人生を語る、

『砂の子ども』の姉妹篇。

四六判／224頁／本体価2200円

最初の愛はいつも最後の愛

◆

ターハル・ベン＝ジェルーン　堀内ゆかり訳

恋人を共有した二人の美女の恋の結末、
夫に呪いをかける若妻、
蛇使いが見た悪夢――
狂おしいまでに求めあう
アラブの男女の愛と官能を描いた、待望の短編集。

四六判／200頁／本体価1800円

コーヒーの水

◆

〈第 17 回渋沢クローデル賞〉〈第 8 回日仏翻訳文化賞〉受賞

ラファエル・コンフィアン　塚本昌則訳

呪われた海が生んだ美少女・アンティーリャの秘密とは？

予言する千里眼の女、逃亡奴隷の夢魔、美しい娼婦たち……

カリブ海に浮かぶ混沌の島で紡がれる、

豊穣な物語。

四六判／432 頁／本体価 3800 円